JN208219

「似合うな」
後ろへ下がったチェスターが満足気に微笑んだ。
彼の青い瞳には、蜜薔薇《バラーラ》を髪に挿したシンシアが映る。

Contents

囚われの鱗姫は救国の王子と秘めやかな恋に落ちる

一章
転機

部屋にあるのはシンプルな寝台と小さなテーブルセット。棚に並ぶ本は貴族令嬢として嗜《たしな》むべき最低限のものだけ。窓に吊《つ》るされた厚いカーテンは、朝が来ても開かれることはない。庭の花壇に咲いた四季の花を眺めることも、梢《こずえ》に止まって囀《さえず》る小鳥の姿を見ることも、シンシアには許されていなかった。

部屋に焚《た》き込まれた星桂草《シモン》の香は、人の生と死に立ち会う清浄の薫り。だがこの寂しい空間に誕生の喜びなどあろうはずもなく。ならば捧《ささ》げられるは葬送の香煙か。

伯爵家に生まれた娘でありながら、シンシアに家庭教師は付けられていない。読み書きは幼い頃に乳母から教わったけれど、それ以上は独学だ。

家族と顔を合わせることは、年に数えるほど。食事と掃除の時間になれば下女《メイド》が訪れる。彼女たちは怯《おび》えた様子で、決してシンシアと交流を持とうとはしなかった。

冬が旅支度を終えたのだろう。春告花《チェラル》の枝先に付いた蕾《つぼみ》が膨らんでいく。薄紅色の可憐《かれん》な花が咲けば、春の到来である。

多くの者が心浮き立つであろう春を目前に控えたある日。食事の時間でもないのに、侍女がシンシアの部屋を訪れた。顔を青くした彼女の手には、大きな荷物が携えられている。

如何《いか》に厭《いと》われていようとも、シンシアは伯爵家の娘。彼女の着替えを平民の下女に任せるわけにはいかなかった。そもそも貴族が纏《まと》う夜会服の着方を知る平民は少ない。

だからシンシアは、下女ではなく侍女が来たことに、今日が特別な日なのだと理解する。

「お召し替えを」

シンシアは侍女に指示されるまま、身に着けていた服を脱ぐ。肌が外気に晒《さら》された途端、侍女が小さな悲鳴を漏らした。

「ひいっ!?」

侍女はますます顔を青くさせ、体を震わせる。そんな侍女に対して、シンシアは申し訳なく思う。そして同時に、悲しくなった。

シンシアの肌には、魚に似た薄く小さな鱗《うろこ》が生えている。目立つ場所だと、左の脇腹から背中にかけて。腕は右の肩から肘に、左の二の腕の中ほどから手首まで。足にも右の腿《もも》からふくらはぎへと、鱗が並ぶ。他にも疎《まば》らに点在していた。

生まれて間もない頃に生えてきた鱗は、剝ぎ落としても少し経てばまた生えてくる。苦肉の策で皮ごと削《そ》ぎ落とされた左足の膝下は、鱗の代わりに薄紅色の引きつった肌が覗《のぞ》く。

呪われた娘だと蔑まれながらも、屋敷に置かれ最低限の生活を保障されているのは、この左足のお蔭《かげ》だった。

足を削がれた痛みに、幼いシンシアは悲鳴を上げて泣き叫んだ。すると少女に応えるように、空は曇り強風が吹き荒れ、稲光が窓を覆う。

偶然だったのか、それとも本当になんらかの力が働いたのかは分からない。

けれど伯爵家の人間は、その出来事に恐れを抱いた。

シンシアに危害を加えれば、禍《わざわい》がもたらされる。そう考えた彼らは、以降は彼女の体に危害を加えることはなくなった。

だからシンシアには部屋から出る自由こそ与えられていないけれど、衣食住は整えられている。

歪《ゆが》みかけた表情を押さえ込むシンシアに、侍女はドレスを着付けていく。

怯える侍女を気の毒に思いはするが、シンシアは何も言わない。喋《しゃべ》れば余計に怯えさせるだけだと、今までの経験で知っているから。

首までしっかり覆う襟元。鱗を落とすことのないよう、絞られた袖口。さらに白い手袋がはめられる。

ドレスの型は古く、若者向けとは言えないデザイン。けれど王城に上がる最低限のラインはクリアしていた。

派手すぎず、しかし地味すぎて目を引くほどではない。大勢の淑女に囲まれれば、埋没してしまうだろう。

目立つことが許されないシンシアには相応しいドレスだ。

化粧も施し終えた侍女は、これで部屋を出られると安心したのだろう。思わずといった様子で息を吐いた。

その行為がシンシアの気分を害したとでも思ったのか。侍女は引きつった顔で一礼するなり、逃げるように部屋から出ていく。

扉が閉まると、シンシアはせっかくのドレスを着崩さないように注意しながら、椅子に腰かけた。

満足に食事を与えられていないせいか、痩せた体。病人のように色白の肌は化粧で誤魔化されているが、哀《かな》しげな赤い瞳までは隠せない。淡い薄紅色の髪は結い上げられ、髪飾りが光る。今にも消え入りそうな儚《はかな》げな姿は、まるでこの世とあの世の間《あわい》で暮らす精霊を思わせた。

「今夜だったのね」

首元に揺れる小振りの首飾りを指先で摘《つま》み確かめると、シンシアは和らいだ目を閉じる。

彼女が暮らすフェアテル国は、精霊と妖精の守護を受けた国だ。精霊は滅多に人前に姿を現わさないため、その存在を疑う者もいる。一方で淡く光る小さな妖精たちは、国中を自由に飛び回っている身近な存在だ。

彼らは気まぐれに人々に恩恵を与え、時に厄災をもたらす。だから人々は、妖精たちの機嫌を損ねないよう注意していた。

今夜はそんなフェアテル国を治めるケイリー・ドュワール王の生誕祭が開かれる。

伯爵家以上の貴族と十五歳以上の子息令嬢に出席が義務付けられている生誕祭には、十七を迎えたシンシアも参加する義務があった。

彼女が部屋から出ることが許される、数少ない機会の一つだ。

シンシアの胸の中で、外へ出られる喜びと期待、そして不安と恐怖が騒ぎ出す。

わずかな傷でさえ瑕疵《かし》とされる貴族の令嬢。体の至るところに鱗を生やす彼女がどう扱われるか、幼い頃から何度も聞かされてきた。

決して秘密を知られてはいけない。もしも知られてしまえば、今の生活すら失ってしまう。

ゆっくりと息を吐き出して、シンシアは不安と恐怖を押しのける。

「せっかくだもの。楽しまなくちゃ」

愁《うれ》いを帯びた睫毛《まつげ》を上げると、口元に微《かす》かな笑みをかたどった。

期待はしていない。だけど、小さな鉢から大きな池に放たれる、数少ない機会だ。

再び閉じ込められても思い返して楽しめるよう、外の景色をしっかりと目に焼き付けてこよう。

そんな決意を自分自身に言い聞かせ、怖気《おじけ》づきそうになる心を奮い立たせる。

扉を軽く叩《たた》く音で、シンシアは立ち上がった。部屋を出て、使用人の案内で玄関まで向かう。

すでに家族たちの姿はない。シンシアと同じ馬車に乗ることを、そして彼女の姿を目にすることを厭う彼らは、一足先に王城へ向かったのだ。

シンシアは諦めの中にわずかな悲しみを感じながら、玄関扉を潜《くぐ》る。

日が翳《かげ》るにはまだ早い時刻。庭園の花から蜜を吸っていた妖精たちが、ふわり、ふわりと舞い出てきてシンシアに近付いてきた。けれど一定の距離まで来ると、それ以上は近付かない。

元々妖精は人に懐《なつ》かぬ存在。姿を見られただけでも幸いと微笑《ほほえ》みながら、シンシアは用意されていた予備の馬車に乗り込んだ。

そうしてシンシアは王城に向かったのだった。


広いホールで語らう紳士淑女たちを、シンシアは壁際《かべぎわ》で眺めていた。

色とりどりのドレス。輝くシャンデリア。奏でられる音楽――

滅多に見られない光景に、シンシアが退屈を覚えることはない。

ふわりと吹き込んできた香《かん》しい早春の風に誘われて、シンシアは庭園に目を向ける。

明るいホールとは対照的に、日が落ちて薄暗くなった庭園を、淡く輝く妖精たちが飛んでいた。彼らの向かう先には、妖精灯と呼ばれる美しい細工が施されたランタンが揺れている。中には油の代わりに砂糖がたっぷり入った砂糖水が置かれていて、甘いものが大好きな妖精たちを誘《いざな》う。

星の瞬《またた》きほどの明るさしか持たない妖精たちも、集まれば周囲を照らすのに充分な灯《あか》りとなって、人々の暮らしを助けた。

シンシアは熱気がこもる会場からふらりと抜け出し、庭園へ向かう。見かけぬ娘に興味を抱いたのか、妖精たちがふわふわと寄ってくる。

人懐っこい妖精に目尻を下げたシンシアは、手を差し出した。けれど妖精は迷う素振りを見せたものの、彼女の手に止まることなく周囲を舞うに留《とど》める。

残念に思ったシンシアだけれども、逃げることのない妖精たちと共に、夜の散歩を楽しむことにした。

まだ肌寒く、開いた花も少ないためか、人の姿は数えるほど。人目を避けなければならないシンシアには、却《かえ》ってちょうどいい。

妖精灯の柔らかな光が灯《とも》る中を、シンシアはゆっくりと歩く。

ふわりと離れていった妖精を目で追うと、花の女王と称される蜜薔薇《バラーラ》が一輪、緑の外套《がいとう》をくつろげていた。春先の寒さから身を護《まも》るためであろう。彼女の赤い花弁《ドレス》は外套の襟元からわずかしか覗いていない。それでも仄暗《ほのぐら》い妖精灯に照らされて妖艶《ようえん》な美しさを放ち、シンシアを魅了する。

絵本の中に迷い込んだ気がして浮かれたシンシアは、ひらりひらりと舞う蝶《ちょう》のように庭園を進む。

しばらく進んだところで、こつりと足に何かが当たった。下を見れば、白い仮面が足下に落ちている。顔の右半分を覆うであろうその仮面は、夜空を灯す半月のよう。

屈《かが》んで手に取ったシンシアは、辺りを見回した。

でも、誰もいない。

シンシアの傍《そば》にいた妖精の数匹が、生垣の中に潜っていく。

枝葉の隙間を器用に飛んでいく妖精を追ってシンシアが覗き込むと、下を見て何かを探している男の姿が見えた。

白いシャツに、黒いスラックス。招待客の貴族としても、王城に仕える使用人としても、王城で見かけるにはあまりに簡素な格好だ。

いったい何者だろうかと首を傾《かし》げながら、シンシアは生垣越しに声を掛ける。

「あの、探しているのはこれですか？」

人と関わるのは好ましくないと分かっているけれど、困っている人を放っておくわけにもいかない。

はっと顔を上げた男は、生垣の隙間からシンシアの存在を確認するなり、すぐに顔を背けた。

一瞬だけ見えた彼の瞳。煌《きら》めく青色は彼女が知るどんな宝石より美しくて、シンシアは息を呑《の》んだ。

「ああ。礼を言う。下から渡してくれるか？」

聞き取りづらいこもった声。だけど人と話すことがほとんどなかったシンシアは、自分の耳が言葉に慣れていないからだろうと、恥ずかしさを覚えてしまう。

男が姿勢を低くすると、生垣の下から手が伸びてくる。差し出された白い手袋の上に、シンシアは拾った仮面を載せた。

手が引っ込められると、仮面を顔に着けて立ち上がった男が彼女のほうを向く。

右半分は仮面に覆われてしまったけれど、左半分は素顔を晒している。端正な顔立ちは他人を寄せ付けない厳かな雰囲気を纏っていた。

シンシアを見る男の表情が、怪訝《けげん》な色に染まっていく。

「叫ばないのか？」

問いかけの意味が分からず、シンシアはきょとんと瞬《しばた》いた。

彼女の反応を見た男が、自嘲気味に鼻で笑う。

「私の顔を見たのだろう？　令嬢なら悲鳴を上げるものだが？」

仮面を着ける前。わずかに見えた男の顔には火傷《やけど》の痕があり、その上には痛々しい線状の傷痕が無数に走っていた。

シンシアは特段なんとも思わなかったけれども、彼女の肌を見た侍女たちは、いつも悲鳴を上げていたことを思い出す。

きっと白く滑らかな肌でなければ、令嬢は悲鳴を上げるものなのだろう。

そんな結論に至ったけれど、悲鳴を上げられた時、シンシアは悲しい気持ちになった。だからきっと、正しい反応ではないはずだと思う。

それなのに、男から向けられた眼差《まなざ》しを見ていると、要望に応えたほうがいいのだろうかと思ってしまった。だからシンシアは、声を出したのだ。

「きゃあ？」

シンシアにとっては精一杯の行動だったのに、男は隠しきれないほどの戸惑いを見せる。失敗したのだと気付いたシンシアは頬を赤く染め、慌てて頭を下げた。

「申し訳ありません。あまり大きな声は出したことがないので」

そしてもう一度挑戦するため、息を吸い込む。けれど悲鳴を上げる前に止められてしまう。

「いや、いい。無理を言ってすまない」

右手が添えられた彼の眉間には、しわが寄っていた。

期待に応えられなかったことが悲しくて、シンシアは肩を落とす。

「この暗さとこの生垣だ。私の顔が見えなかったのか？」

「少し見えましたけれど」

呟《つぶや》きを耳に拾ってしまったシンシアは、正直に答えた。すると男が微《かす》かに目を見開き、驚いた様子でシンシアを見つめる。

シンシアは彼の態度を訝《いぶか》しく思う。けれどすぐにその理由に思い至り、慌てて膝を折り頭を低くした。

王族など高貴な者の顔は、許可なく直視することを禁じられている。もしも彼が王族であれば、シンシアの態度は咎《とが》められて当然のもの。

「申し訳ありません。もしや、やんごとなきご身分の御方だったのでしょうか？　非礼をお詫《わ》びします」

「気にしなくていい。楽にしなさい」

顔を青くしたシンシアに、男は優しく声を掛けた。

シンシアはためらいながらも、おずおずと顔を上げる。男に怒った様子はなく、穏やかな表情をしていた。

「私の顔を見て、どう思った？」

「お怪我《けが》かご病気でしょうか？」

「怪我だな。先の戦《いくさ》でやられた」

「まあ。とても痛かったのでしょうね。お国を護ってくださり、ありがとうございました。お蔭様で私も家族も、こうして無事に春を迎えることができました。本当にありがとうございます」

昨年、王位争いをしていた隣国がようやく落ち着いたかと思えば、戦争を仕掛けてきたのだ。しかし第一王子が自ら出陣し、国境で侵攻を食い止めたため、大きな被害はなかった。けれど兵士たちへの被害は甚大《じんだい》で、王子も深手を負ったらしい。

「それだけか？　この顔を見て、他に何も思わないのか？」

どうやら怪我のことを聞いているわけではないらしい。

そう判断したシンシアは、彼をじっと見つめて思案する。

「綺麗《きれい》な瞳だと思います」

たくさんの星に照らされた、明るい夜の蒼《あお》。どこまでも透き通る、真っ直ぐな美しい瞳。

男は目を瞠《みは》って、垣根越しにシンシアを凝視した。

「そんなふうに言われたのは久々だ」

仮面の下で、目が細められる。

蒼い瞳に溢《あふ》れる優しい光。シンシアの頬が、仄《ほの》かに赤く染まっていく。

「皆、この顔を恐れる。特に令嬢たちは、悲鳴を上げて逃げていく」

「きっと、怪我を見慣れていないからですわ。それに貴族のご令嬢方は、傷を負うことを大層怖がると聞きました。自分が同じ怪我をしたらと想像して、悲しくなってしまったのですわね」

「そういう理由ではないと思うが……」

貴族の令嬢は、美しくあれと育てられるのが一般的だ。わずかな怪我さえも問題視され、傷痕が残れば結婚に支障が出てしまう。

だから彼の傷痕を見た令嬢たちが悲鳴を上げる気持ちを、シンシアも理解できる。——と、そう思ったのだ。彼女の目には、男の顔を痛ましいと思いはしても、恐ろしいとは映らなかったから。

「名を聞いても？」

「マーメイ伯爵家のシンシアと申します」

「シンシア嬢か。——重ねて失礼だが、シンシア嬢は近く結婚するなどの予定は？」

「結婚の予定どころか、婚約者もいませんけれども」

答えたシンシアの表情が曇る。

シンシアに婚約者はいない。彼女の年齢であれば、すでに婚約者が決まっているどころか、早ければ結婚していても不思議ではないというのに。

しかしこれから先も、彼女に婚約者ができることはないだろう。

無意識に緩んだ口元には、諦めと哀しみが滲《にじ》む。

「シンシア嬢？」

「失礼いたしました。なんでもありませんわ」

思考を振り払い、笑みを張り付ける。

「そろそろ戻りますわ」

「引き留めて悪かった。だが一人では不用心だ。騎士に案内させよう」

そう言って生垣を回り込んできた男は、シンシアに右手を差し出す。左手には杖《つえ》が握られていた。

近くで見ると背が高く、金色の髪が月明かりと妖精灯に照らされて、きらきらと光る。

「どうぞ、レディ」

無意識に自分の手を添えかけたシンシアだったけれど、その男の手に触れる前に、ためらいを覚えて手を止めた。

彼女の鱗を知る家族や使用人たちは、決してシンシアの肌に触れようとはしない。近付くことすら厭うた。

ドレスと手袋で隠した醜い姿をもしもこの男が知れば、シンシアに触れてしまったことを後悔するだろう。

何も知らぬ男から差し出された手を、受け入れていいものか。

逡巡《しゅんじゅん》するシンシアを見下ろしていた男の瞳が、諦めと蔑みを滲ませ鋭く細められていく。

「醜い私に触れるのは嫌か？」

「そういうわけでは！」

シンシアは弾けるように顔を上げ、男の言葉を否定する。だけど言い訳は口にできなかった。彼女の瞳に映った男の顔には、失望と悲しみが見て取れたから。

彼もまた、シンシアと同じ苦しみを味わってきたのだろうと彼女は直感する。そしてシンシアもまた、理由に違いはあれど、彼女を悲しませてきた人たちと同じ行動を取って彼を傷付けてしまったのだ。

申し訳なさと自己嫌悪がシンシアを襲う。彷徨《さまよ》っていた手が胸元に吸い寄せられ、うつむいてしまった。

どうすれば彼の心の傷を最小限に留められるだろうか。考えた末に、シンシアはもう一つの感情を伝える。

「ただ、その、こういうことは、初めてで……」

この気持ちもまた、彼女の本心。

王子様とまでは言わずとも、素敵な男性にエスコートされるのは、令嬢たちの憧れ。シンシアもまた夢に見ていた。叶《かな》うことはないと諦めていたけれど。

男の視線が頭上から降り注ぐ。異性から注がれる、不快感を伴わない視線。年頃の彼女が意識せずにいられるはずもなく。顔に熱が上がっていった。

男の目尻がわずかに下がる。

「差し出した手を取ってもらえないのは、男にとって恥。私を哀れに思う気持ちがあるのなら、どうか手を」

そこまで言われて、拒絶できようか。

シンシアは恐る恐る動かした手を、彼の掌《てのひら》に乗せた。

手袋越しに伝わってくる肌の硬さと温かみ。彼に触れているのだと実感して、羞恥心《しゅうちしん》を覚えてしまう。

緊張で硬くなった指先。真っ赤に染まった頬と耳。ちらりと窺《うかが》うように見上げた瞳は、不安と緊張、恥ずかしさで潤む。

男の咽元《のどもと》が小さく揺れた。

「こっちだ」

「はい」

シンシアは男に手を引かれ、妖精たちが舞う庭園の道を戻る。

右足を引きずっているにもかかわらず、シンシアをエスコートする彼の手は揺れることなく安心感があった。歩《ほ》は遅いけれど、それは庭園をもう少し楽しみたかったシンシアにとってはちょうどよくて。

警備のために立っていた騎士に託されたシンシアは、夢の終わりを突きつけられて口の端《は》を苦く歪める。

煌びやかな会場は、庭に出る前よりも色褪《いろあ》せて見えた。


部屋に置かれた小さなテーブルの上には、年季の入った裁縫箱が置かれていた。

布張りの箱には隙間がないほどに、様々な花や鳥の刺繍《ししゅう》が施されている。これは家族から気味悪がられ、隔離されたシンシアの面倒を唯一看《み》てくれた乳母が残していったものだ。シンシアは彼女から刺繍《ししゅう》の基礎を学んだ。

幼い頃は指先が思い通りに動かず、乳母に見せることができたのは拙《つたな》い出来のものばかりだった。けれど、いつも褒めてくれていたのを憶《おぼ》えている。

幾色もの糸が虹を描く裁縫箱の中から、シンシアは赤色を選ぶ。糸を針孔《めど》に通すと、手元にあるハンカチーフに一針ずつ丁寧に刺していった。

外界から隔離された世界。シンシアに許された自由は少ない。唯一と言っても過言ではない手慰みは、使用人が持ち込んだ布に刺繍を刺すこと。

刺し終えた生地は使用人に回収されていく。誰の手に渡るのか、何に使われているのか。シンシアは知らない。

けれども外を眺める自由さえ持たない孤独な彼女にとって、美しい糸たちが紡《つむ》ぎ出す世界は慰めとなっていた。

庭園から笑い声が聞こえてくる。母エレンと、年の離れた弟妹《きょうだい》たちがお茶会をしているのだろう。楽しげな声は心を弾ませるものだが、シンシアの心は鉛でも押し込まれたかのように重くなり息が詰まった。エレンが開くお茶会に、シンシアが招かれたことは一度もない。

針を運ぶ手を止めて、シンシアはゆっくりと息を吐く。

そういえば今日は昼食が運ばれてこなかったと他人事《ひとごと》みたいに考えながら、シンシアは針先で描く夢の世界に没頭する。そうしていれば、現実を見なくて済むから。

食事が抜かれるのは珍しくなかった。初めはずっと部屋に閉じこもっているせいで、存在を忘れられてしまったのではないかと悲しくなり、涙したこともある。実際に、シンシアの存在を知らない使用人もいるだろう。

だけど彼女には、自分を蔑《ないがし》ろにする家族や使用人たちを責める気持ちはなかった。使用人たちも忙しいのだろうと慮《おもんぱか》る。

それがとても悲しい思考であると、彼女は気付かない。

「できたわ」

最後の一刺しのあと。糸を切ったシンシアは針を戻し、枠から外したハンカチーフを広げた。

夜空を背景に咲く赤い蜜薔薇《バラーラ》。浮かぶ月明かりに照らされて、艶やかに輝く。

王城で見た庭園を思い出しながら刺した図柄は、今までのものに比べて一段と美しい。

「やっぱり想像だけでは駄目ね。実物を見られてよかったわ」

部屋から出るどころか、窓の外を眺めることすら禁じられている彼女が知る景色は限られている。いつもは思い出の中にあるわずかな外の世界を手繰り寄せ、想像で補いながら刺繍を刺していた。

だけどつい先日。王城で見た蜜薔薇《バラーラ》は、彼女の心の中で未《いま》だ咲いている。

口付けたくなるような柔らかな花弁。夢の世界に誘われそうな甘い香り。美しい女王を護るのは、剣《つるぎ》を手に凛《りん》と構える硬い茎とマントを翻《ひるがえ》し盾を掲げる柔らかな葉。

椅子から立ち上がったシンシアは、あの夜のことを思い出しステップを踏む。

誰からもダンスに誘われることはなかった。誘われたとしても、ダンスのレッスンを受けていない彼女は踊れない。

見よう見まねで足を動かし、煌びやかな会場で踊っていた貴婦人たちになりきる。

パートナーに微笑みかけようとして浮かび上がったのは、あの夜に出会った仮面の男。青い瞳は夜空よりも深く、海よりも澄んでいた。

「また、会えるかしら？」

唇から無意識に零《こぼ》れ落ちた言葉。シンシアは自分の口が紡いだのだと信じられず、驚いて動きを止める。

会えるはずがない。彼女が王城へ向かうことなどないのだから。

目蓋《まぶた》を落とし、幻想に封をする。希望を持てばそれだけ辛《つら》くなると、彼女はこれまでの生で知ってしまった。だから心にそよぐ波を鎮《しず》め、凪《なぎ》を呼ぶ。

口元を歪んだ笑みで縫い留めると、シンシアは椅子に戻って新しい布を枠にはめた。

次はどんな世界を紡ごうか。記憶に残る甘い香りを吹き消して、シンシアは針を刺していく。


生誕祭からひと月ほど経ったある日のこと。シンシアは珍しく部屋から出された。使用人に案内され、今まで足を運んだことのない廊下を進む。

連れていかれたのは、彼女の父であるグレイソン・マーメイの執務室。記憶の彼方《かなた》におぼろげに残る父はこんな人だったろうかとぼんやり考えながら、シンシアはグレイソンの前に立つ。

「チェスター殿下がお前をご所望だ。いったい、どこで王子に取り入った？」

この国の第一王子チェスター・ドュワールは、文武に優れた有望な若者として期待されていた。だが先の戦で大怪我を負い、王太子候補から外れている。

部屋から出ることすら叶わないシンシアが、どうすればそんな人物と関われるのか。

眦《まなじり》を吊り上げた父に問われても、シンシアに心当たりなどなかった。

「存じません。私は先日の生誕祭以外は、ずっと部屋にいたのですから」

「勝手に抜け出していたのではないだろうな？」

「そのようなことは決していたしておりません」

屋敷の中を誰にも見咎められずに歩けるはずがない。窓から抜け出そうにも、彼女の部屋の窓は開かないのだから。

シンシアが言わなくても、そんなことは分かっていたはずだ。それでも父は、疑わしげな目をシンシアに向けていた。

父親に信じてもらえない現実に、シンシアの心がじわりと痛む。

「まあよい。王族からの召喚を無下にするわけにはいかない。……化け物のお前を今まで生かしてやったのだ。くれぐれも、恩を仇《あだ》で返すようなまねはするなよ？」

「はい」

ぎゅっと手を握りしめるシンシアの胸が締め付けられ、息が詰まる。

家族からの愛情など、とうの昔に諦めたと思っていた。それでも面と向かって化け物と呼ばれれば、柔らかな心は容易《たやす》く切り裂かれてしまう。

執務室から出て自室に戻ったシンシアは、椅子に深く腰かけぼんやりと壁を眺める。

なぜ王子は自分を呼んだのか。思考を巡らせてみるけれど、まったく見当が付かない。

だけどそれ以上に彼女を悩ませたのは、シンシアがまともな教育を受けていないことだ。

大勢の貴族たちが集まる夜会ならば、壁際で気配を消しておけばやり過ごせる。動く必要があれば周囲のまねをして、話しかけられれば無言で微笑む。

しかし王子自らがシンシアを名指しして呼び出したのであれば、無言で壁際に立っているだけでは済まないだろう。

たとえ短い対面だったとしても、王子の不興を買わずに過ごせるなどと楽観はできない。

「お父様にお任せしておけば大丈夫よね？」

さすがにシンシア一人で王城に向かうとは考え辛い。グレイソンが同伴し、受け答えは彼が担うはずだ。

シンシアは父の言動に合わせて動けばなんとかなるだろう。

そう前向きに考えようとしたものの、視線は本棚に向かい、指先は数少ない本の一冊を引き出す。

年季の入った教本は、彼女の手に渡った時にはすでに、日に焼けて色褪せていた。

教養を身に付ければ父母が認めてくれるのではないかと、縋《すが》るように頭に叩き込んだ。当時は記憶し終えてからも不備がないか何度も見直していたが、今は時間を潰すために目を通す。

幾度もめくられたページは心持ち薄くなっていた。

ぱらり、ぱらりとめくっては、記憶と齟齬《そご》がないか確かめる。

そして指定された日。

シンシアは用意されたドレスを身に着け、グレイソンと共に王城へ向かった。

※

第一王子として生まれたチェスターは、将来国を背負うにふさわしい見目と才能をあわせ持っていた。

輝く金色の髪。宝石のように美しい瞳。整った顔立ちに令嬢たちから好意を向けられる一方で、鍛えられた肉体は男たちからの羨望《せんぼう》を集める。

もちろん、彼の魅力は外見だけではない。選《よ》りすぐられた家庭教師たちによって培《つちか》われた教養。そして騎士たちに混じっても引けを取らない武術。婚約者は蜜薔薇《バラーラ》の女神と讃《たた》えられる、ワイトスノル公爵家の麗《うるわ》しい令嬢ミランダ。

彼の歩む先には、輝いた道が延びているはずだった。

隣国との戦で、大怪我を負うまでは。

一命は取り留めたものの、端正な顔には無数の傷が付き、手足の動きもぎこちない。誰もが見惚《みと》れた美貌は消え、武術の腕前も失われてしまう。

それでも彼は、立ち上がろうとした。

王に必要なのは、顔ではない。確かに醜い外見よりも美しい外見のほうが、人心を摑《つか》むのに役立ちはする。けれどしょせんは上辺の話。王の価値は、如何《いか》に国を治めるかで決まる。

武術が劣っていても恥ずことなどない。王を護るために、多くの騎士たちがいるのだから。

ゆえに彼は、体に問題があろうとも、蓄えてきた知識と国を思う心があれば問題ないと考えていた。

しかし現実は甘くない。貴族社会において彼の心を挫《くじ》くに充分な冷淡さが幅を利《き》かせていたことに、間もなく気付く。

チェスターの顔を見た婚約者のミランダは、悲鳴を上げて後退《あとずさ》る。

当時は仮面など用意していなかったし、今はよく見なければ分からないが、顔の左側にも傷があった。怪我人を見慣れない令嬢にとっては、衝撃的な姿だったのだろう。

腰を抜かした彼女はチェスターが差し出した手を払い、侍女にしがみ付いて震える。その日以降、彼女が見舞いに来たことはない。

すでにチェスターとミランダの婚約は解消され、彼女は第二王子チャーリーの婚約者に据えられた。

態度を変えたのは、ミランダだけではない。

足を引きずって歩くチェスターを見る貴族たちの目には、日に日に失望の色が濃くなっていく。頬や口の中に負った傷のため、はっきりと喋ることができなくなっていたのも、彼らの信頼を失う一因となったのかもしれない。

貴族たちの上に立ち導く存在として相応しくないと、チェスターが落第の烙印《らくいん》を押されるまでに時間はかからなかった。

明確に指摘されずとも、周囲の態度を見ていれば、よほど鈍感な者でなければ気付くだろう。だからチェスターは表舞台から身を引いた。

弟のチャーリーはチェスターには及ばないと評されていたけれど、玉座に就くのに充分な教養を持っている。ならば臣下に見放された自分よりも彼に玉座を任せたほうが、混乱なく国を導けるはずだ。そう考えて。

自分は陰から王家を支えればよいと舵《かじ》を切り、国土に改善点はないかと各地の状況を詳細に調べていく。

貴族には横の繋《つな》がりがあるように見える。だが多くの場合は自分たちが利益を得るためであり、国全体を富ませるための結び付きは限られた。組み合わせればますます素晴らしい一品となるであろう特産品があったとしても、それらが結び付くことなく今日まで来ている。例えば美しい布を織る技術と、鮮やかな染色の技術が互いに手を取れば、それは素晴らしい生地ができるだろう。

また、一部の地域で苦心している問題を、別の領地で用いられている技術を使うことで改善に導けるということもある。

そういった国を豊かにし民が安心して暮らせる未来に繋がる技術を調べ上げ、それらを結び付けられないかと、チェスターは日々資料を漁《あさ》った。

王となる運命であれば、自ら動きすぎれば臣下や領主たちを信頼していないと誤解を招きかねない。

だが今は日陰の身。気になりつつも見ぬふりをしていた部分にまで首を突っ込める。玉座に就くよりもこちらのほうが性に合っていたのかもしれないと、チェスターは内心で笑みを零す。

書類に目を通していた彼は、執務室の扉が叩かれた音で手を止める。

「マーメイ伯爵とご令嬢がお出《い》でになりました」

「入れ」

案内役が開けた扉から入ってきたのは、四十前後の男と十代後半の娘。

四十代の男のほうは記憶の彼方に微かにある顔ではあるが、言葉を交わした記憶はなかった。伯爵なのだから、どこかで見かけていても不思議ではない。ならば、どこで見たか憶えているほどの人物ではないということだろう。

一方娘のほうは、チェスターの記憶に新しい。様子を覗きにいった生誕祭で思わぬ出会いを果たした娘、シンシア・マーメイだ。

「よく来たな。楽にせよ」

声を掛けると、二人は伏せていた顔を上げる。

シンシアもチェスターのことを憶えていたらしい。彼を見るなり目を瞠った。

「あなたは――」

彼女が口を開いたところで、短い叱責の声が飛ぶ。

「シンシア！」

チェスターが思考を中断して声のほうを見れば、グレイソンが深く頭を下げていた。半歩後ろに立つシンシアに至っては、膝を突いて深く礼をしている。

「娘のご無礼をお許しください」

「許す。まあ座れ」

チェスター自身も執務机からソファに移動した。

目を彷徨わせていたグレイソンが、恐る恐る対面に座る。そしてシンシアは、まるで使用人のように伯爵の後方へ控えた。

「どうした？　ご令嬢も座るがよい」

視線を向けて促すが、シンシアは戸惑った顔でグレイソンを窺うばかり。

チェスターが訝しげにグレイソンを見れば、彼はあからさまに狼狽える。

「これのことはお気になさらないでください。殿下の御前に姿を晒すだけでも許されないこと。これ以上の非礼を重ねるわけには」

「彼女を呼んだのは私だ。令嬢を立たせたまま話を進めるほど、私は傲慢ではない。シンシア嬢、そちらへ」

王子であるチェスターが重ねて勧めたにもかかわらず、シンシアの視線はやはりグレイソンを窺う。

目で問われたグレイソンが苦虫を噛《か》み潰したように顔をしかめ、ソファの端に寄った。彼とは逆の端に、シンシアは静かに腰を下ろす。

その様子に、何かがおかしいとチェスターは思う。

貴族の子供は乳母や使用人に任せられて育つのが一般的だ。親子だからと親しくする家庭のほうが珍しいくらいである。しかしそれにしても、二人の間に流れる空気は異様に映った。グレイソンがシンシアに向ける眼差しや言動は、よそよそしいというよりも、唾棄すべき相手に向ける態度に見える。

そしてシンシアは伯爵に対し、遠慮を超えて警戒と怯えを見せていた。

脳裏に浮かぶ疑念をそのままに、チェスターは話を進める。

「早速だが、シンシア嬢を雇いたい」

「失礼ながら、これは殿下のお眼鏡にかなうような娘ではありません」

王族であるチェスターの言葉を、グレイソンは迷うことなく拒絶した。

「邪推をしてくれるな。侍女として雇うと言っている。私の容姿は令嬢には不人気でな。女手が足りず、少々不便をしている」

チェスターが視線を動かした先で、茶菓を並べ終えた男性の侍従が目礼を返す。女性の仕事と決まっているわけではないが、侍女が務めることも多い仕事だ。

だが女性たちはチェスターを怖がる。態度に出さないよう努めていても、無意識な仕草で感情が漏れ出ていた。

嫌な仕事に従事する姿は気の毒に思える。まして原因が自分となれば、罪悪感が募った。それに、自分に悪感情を抱く者が傍にいる状況では心が休まらない。

だから彼の周りからは、女性の使用人を外している。特に不便を感じるほどではないため、女手が足りないなどという事実はない。

けれどチェスターはシンシアと出会ってしまった。――彼の素顔を見ても、怯えることのない令嬢と。

とはいえ、たったそれだけの理由で王城へ呼び出すなど、彼としては有り得ない愚行に思える。

それでもチェスターはシンシアを侍女として召し上げることを決めた。

まるで妖精の悪戯《いたずら》。生誕祭の夜に出会ってから、毎夜の如《ごと》く夢に出てきては涙を零す彼女を放っておくことなどできようか。手元に置いて護るようにと囁《ささや》かれている気がして。チェスターは彼女の身元を調べマーメイ家に使いを出したのだ。

伯爵家の令嬢であれば、王城で侍女として働くのにちょうどよい身分。婚約者もいないという話だから、結婚をするからとすぐに辞めてしまうこともないだろう。

チェスターの申し出は、伯爵家にとっても利益となる話。王城で働けば箔《はく》が付き、嫁入りの際によい手土産になる。多くの貴族が出入りする場所だから、思わぬ相手から見初められる可能性も高かった。

快諾されると思っていた打診はしかし、あまり芳《かんば》しく思われていなかったらしい。グレイソンの表情は、苦渋で歪んでいる。本人は隠しているつもりかもしれないが、狐狸《こり》を相手にしてきたチェスターがそれを見逃すはずがない。

もちろん、落ち目のチェスターに娘を仕えさせたくないと断られる可能性くらい、予想の範疇《ちゅう》《はん》だ。その場合は、無理強いせずに引き下がると決めていた。

けれどグレイソンの反応は、チェスターの想定とは違うもののように思える。部屋に入ってきてから、ずっとうつむいたままのシンシアの様子も気になった。

しばらく無言で思案していたグレイソンが、重い口を開く。

「畏れながら、人違いではありませんか？　これは王城で務めを果たせるような娘ではありません」

「マーメイ伯爵家のシンシアという娘が、他にもいるのか？」

「いえ……」

グレイソンが口ごもる。

「どこでこれの名前を聞いたのか、伺ってもよろしいでしょうか？　これは社交の場にはほとんど出ていません。部屋に閉じこもってばかりの辛気臭い娘です。お恥ずかしながら、礼儀作法さえまともにこなせないでき損ないでございます」

父親の口が蔑みの言葉を連ねているというのに、シンシアに反応はない。

聞こえていないわけはないだろう。ならば、慣れているのか。そう察したチェスターの目が、鋭く細まっていく。

思い返してみれば、生誕祭の際にシンシアが着ていたドレスは、彼女の年齢や家柄を考慮すると違和感があったとチェスターは気付く。アクセサリーも、国王陛下の生誕祭に出席するには質素なものだった。

派手を好まない令嬢もいるので深くは考えなかったが、目の前に座る親子の様子を見ていれば、暴力を受けているのではと疑心が湧いてくる。

「案ずるな。侍女になってすぐの令嬢は皆、似たり寄ったりだ。まともな働きは期待していない」

蝶よ花よと育てられた令嬢たちに働けと命じるのだ。いくら名誉ある王城での務めとはいえども、戸惑うのは当然のこと。中には思い通りにならない状況に、癇癪《かんしゃく》を起こして逃げ出す者も珍しくはない。

「ですが……」

なおも答えを濁らせるグレイソンに苛立《いらだ》ちを覚えたチェスターは、眦を尖《とが》らせた。

「何が不満だ？　はっきりと述べよ」

意識的に声を荒《あら》らげれば、グレイソンは身を縮ませる。口をもごもご動かし、視線を彷徨わせたあとで、ようやく言葉を発した。

「分かりました。けれど、一つだけお願いが。私はこれを殿下のお傍に上がらせることは、反対いたしました。これが殿下や王族の方々から不興を買ったとしても、どうぞ当家にお咎めを下すことはお許しください」

グレイソンの言葉は、チェスターの苛立ちをさらに煽《あお》る。

自分の娘だというのに、まるで暴れ馬でも譲るかのような物言い。だからチェスターは、分かりやすく作った怒りの表情を引っ込め、蔑みを多分に含んだ眼差しでグレイソンを射竦《いすく》めた。

「私を侮辱しているのか？　使用人の躾《しつけ》は主《あるじ》の責務。伯爵家が咎を負うことはない」

「殿下を侮辱するなど、滅相もございません」

グレイソンはソファから転げ落ちそうな勢いで頭を下げる。だが一方で、ほっと息を吐き出したのをチェスターは見逃さなかった。

「伯爵はもう下がっていいぞ」

増す苛立ちを隠すことなく、不機嫌な顔で追い払うように手を動かす。

「しかし……」

「下がってよいぞ？」

「はっ」

重ねて命じてやれば、伯爵ごときが王族に逆らえるはずもない。グレイソンは渋々退室していく。部屋を出る直前、ちらりとシンシアを窺ったグレイソンの目には、不安と怒りが込められていた。

父親の視線に気付いたのか、シンシアの体が硬く強張《こわば》る。

扉が閉まってから、チェスターはようやくシンシアに顔を向けた。

「そう緊張するな。……また会ったな」

微笑みかけると、シンシアがソファから立ち上がる。そのまま膝を突いて深々と礼を取った。

「生誕祭の節は殿下と知らず、大変なご無礼をいたしました。どうぞお許しくださいませ」

「構わん。名乗っていなかったしな。顔を上げて、ソファに座り直せ。そのままでは会話もできぬ」

謝罪するシンシアに、チェスターは苦笑気味に声を返す。

ためらいがちに顔を上げたシンシアは、まるで崖の縁を歩くかのように、ゆったりとした挙動でソファに腰かけた。

「それで、シンシア嬢はどうしたい？」

「父に従います」

「あなたの望みが聞きたい」

問われたシンシアの瞳が、チェスターを映す。迷子を思わせる不安げな眼差しを向けられて、彼は堪《たま》らず彼女を繋ぎとめるための言葉を紡ぐ。

「戦から帰ってきて以来、暇乞《いとまご》いをする者が多くて人手不足でな。手伝ってくれるなら助かるのだが」

彼女の優しさに付け入るのは心苦しく思ったが、困っていると前面に押し出せば彼女は頷《うなず》くだろうという確信があった。

案の定、シンシアはためらったあと、チェスターを真っ直ぐに見つめてくる。

「私でお役に立つのでしたら、誠心誠意、務めさせていただきます」

「頼む」

こうしてシンシアは、チェスターの手元に置かれることが決まった。

二章
王城

思いもよらぬ怒涛《どとう》の展開で、シンシアは王城に上がることになった。

急いで荷造りを始めるが、半日足らずで終わる。彼女の手持ちの服はわずか。持っていく荷物は貴族の令嬢とは思えぬ少なさだ。

遊びに行くわけではないのだから、最低限のものだけでよいと説明を受けている。それでも普通の令嬢ならば、美しいドレスやアクセサリーも持ち込むだろう。だけどそんなもの、部屋から出ることのないシンシアには、与えられてさえいなかった。

父であるグレイソンは、今回の件に納得したわけではない。けれど王子からの命令を覆せる力など持つはずもなく、しぶしぶチェスターの命令に従う。

「この部屋とも、しばらくお別れね」

楽しい思い出など数えるほど。退屈と、惨《みじ》めさと、寂しさばかりが浮かぶ。それでも長年暮らしてきた部屋だ。愛着はある。

指先で壁を軽く撫《な》で、シンシアは微笑む。

「今までありがとう。行ってきます」

そうして部屋をあとにしたシンシアは、屋敷の使用人に先導されて玄関から表へ出た。

手荷物は大きなバッグが一つ。見送りは共に来た使用人が一人。家族の姿はない。寂しく思いながらも、仕方のないことだと自分を納得させる。

待つことしばし。王城から迎えの馬車がやって来た。

手伝いのために派遣された王城の使用人が、シンシアを見て微かに眉をひそめる。彼の表情には困惑の色が浮かんでいた。

貴族の令嬢たちは、使用人用の部屋に入りきらない量の荷物を持ち込もうとするのが常だ。だから令嬢たちに、荷物を減らすよう苦言を呈するのがお決まりだった。

「これだけでよろしいのですか？」

もっと持っていっても構わないと思わず口にしそうになったのは、初めての経験だろう。

「これだけです。よろしくお願いします」

これからお世話になるのだからと丁寧に挨拶してから、シンシアは馬車に乗り込んだ。

王城に居を移したシンシアには一室が与えられた。伯爵家にいた頃よりは狭い部屋。けれども置かれている家具は伯爵家の自室にあるものよりも質がよく、手入れも行き届いている。

持ち込んだ荷物を片付けるために一日の猶予を与えられたけれども、小半刻《こはんとき》とせずに作業は済んでしまった。

手持無沙汰になったシンシアは、クローゼットを確かめる。中には質素なドレスが並んでいた。

これから城勤めとなるシンシアの装いは、主人であるチェスターの評価に繋がる。それ故に、明日からはこれを着て仕事をしろということだろうと推測できた。

王城側が用意してくれた御仕着《おしき》せのドレスを着ないわけにはいかない。しかしもしも露出の多い服であれば、鱗が見えてしまう。そう思ったシンシアの眉が微かに寄る。

確かめるため、シンシアはドレスを手に取った。

彼女の年齢には合わぬ地味な色味と装飾の乏しいデザインだが、それは侍女としての立場ゆえのこと。主人より目立たぬよう、そして主人と間違われぬよう、侍女には控えた装いが求められる。

それでも質は彼女が今まで纏《まと》ってきた装いと比べて格段に上。指先に触れる生地は滑らかで蕩《とろ》けそうだ。

これを自分が着ていいのだろうかと不安に思ったシンシアだけれども、すぐに本来の目的を思い出し、ドレスを確かめた。

袖は手首まであり、襟は首元まで覆う。これならば手袋をはめれば充分に肌を隠せると分かり、安堵《あんど》と共に胸を撫で下ろす。

ドレスをしまい直したところで、戸が叩かれた。

「はい。どうぞ」

シンシアが応えると、戸が開く。入ってきたのは三十前後に見える、おっとりとした雰囲気の女性だった。

「初めまして、マーメイ伯爵令嬢様。ケイト・ロンブーです。歓迎するわ。シンシア様と呼んでもいいかしら？　私のことはケイトと」

「初めまして、ケイト様。マーメイ伯爵家の娘、シンシアと申します。どうぞシンシアとお呼びください」

朗らかな微笑を浮かべて挨拶をするケイトに、シンシアも慌てて挨拶を返す。

ケイトは視線だけで部屋の様子を一瞥《いちべつ》してから、改めてシンシアに意識を向ける。

「もう荷物の整理は終わったかしら？」

荷物の少なさを訝しく思っているのだろう。そうと察したシンシアは、伏し目がちになって頬を染めた。

「終わりました。あまり荷物を持ってきていませんので」

恥ずかしくて、つい小声になってしまう。

ケイトはそれ以上追及することなく一つ頷くと、話題を変える。

「ドレスは確認したかしら？　チェスター殿下から、露出の少ないドレスを用意するよう言付かったのだけれども、シンシア様のお年を考えると地味すぎたのではないかしら？」

困ったようにケイトが頬に手を添えた。

彼女の言葉に驚いたシンシアの視線がクローゼットに向かう。

「チェスター殿下からですか？」

汚れても目立たない暗い色の御仕着せに白いエプロンを着ける下女と違い、侍女は自前のドレスや主人から下賜《かし》されたドレスを用いる。だからチェスターにとって、侍女にドレスを与えることは自分に仕える者に対する義務でしかなく、そこに特別な感情はないのだろう。そう分かっていても、彼がシンシアのために用意してくれたのだと思うと、嬉《うれ》しさで彼女の胸はときめいた。

「大丈夫です。どれも素敵なドレスでした。もう用意されたドレスに着替えたほうがいいのでしょうか？」

シンシアはわずかな期待を秘めながら問う。けれどケイトは首を横に振る。

「今日はどちらでもいいわ。けれど明日以降、城内では用意されたドレスを着てちょうだい。侍女がきちんとした身だしなみをしていなければ、主に恥を掻《か》かせることになるわ。シンシア様の言動がチェスター殿下の評価に繋がると、肝に銘じておきなさい」

笑みを消したケイトに告げられて、シンシアは身が引きしまる思いだった。真剣な表情で頷く。

シンシアの態度を確かめたケイトが、凛とした顔つきのままにこりと微笑む。

「シンシア様には、チェスター殿下の身の回りのお世話や、外出時のお供などをお願いすることになると思うわ」

ケイトはこれからシンシアがすべきことを説明し始めた。聞いているうちに、シンシアの顔は真っ青《さお》になっていく。

「あの、私はあまり社交の場へ出たことがないため、作法が身に付いているとは言えないのです」

王城へ勤めに上がったのだから、部屋に閉じこもっているわけにはいかないと分かっていたはずだった。けれど言葉にされたことで現実味が深まり、シンシアは自分が無謀なことをしているのだと、今更ながらに理解してしまう。

「心配しなくても大丈夫よ。殿下は大らかな方だから、少しくらいの失敗は見逃してくださるわ」

ころころと明るく喋るケイトの様子に、シンシアの緊張がほんの少し緩む。

「さ、まずはチェスター殿下の元へ挨拶に伺いましょう」

そう言って、ケイトはシンシアを部屋の外へ誘った。

使用人たちが生活する空間を抜けると、ケイトは表情を消し口を閉じる。シンシアも彼女にならって、静かに後ろに続く。

「殿下。マーメイ伯爵令嬢をお連れしました」

騎士が護る扉の前でケイトは足を止め、声を掛ける。然《さ》して間を置かずに中から入室を許可する声がして、内側から扉が開いた。

一礼して入室するケイトにならい、シンシアも一礼して部屋に足を踏み入れる。

「よく来たな。マーメイ伯爵令嬢。これからよろしく頼むぞ？」

本の詰まった書棚が壁を覆う部屋の中。机上の書類に目を落としていたチェスターが、顔を上げてシンシアを迎えた。

顔の右半分は仮面に覆われているけれど、晒された左半分は太陽のように温かな笑顔を覗かせている。

シンシアの胸がとくりとときめき、彼の澄んだ青い瞳に目が惹き付けられた。だけど彼女がここにいるのは彼に仕えるため。慌てて膝を深く折り礼を取る。

「マーメイ伯爵家が娘シンシア。これより殿下に誠心誠意お仕えさせていただきます」

短い挨拶を終えると、シンシアはケイトに促されて部屋を出た。


続いて連れていかれたのは、チェスターが使っている執務室の近くにある控室だった。中には休憩用のテーブルと椅子が置かれている。簡易キッチンも設けられていて、小さいながらオーブンも備わっていた。

「お茶などはここで準備を。チェスター殿下は昼食を執務室でお取りになることが多いから、厨房《ちゅうぼう》から運ばれてきた料理はここで整えてからお出しするの」

ケイトの言葉を、シンシアは聞き零さないよう耳をそばだてて聞く。

「チェスター殿下は、渋みのあるお茶を好まれるわ。茶葉はこちらを。湯は熱く、抽出する時間は長めに」

棚に並ぶ紅茶の缶から、ケイトは一つを選んでシンシアに見せる。それから実際に淹《い》れてみせてくれた。

白磁のカップに揺れる紅色の液体から、柔らかく芳醇《ほうじゅん》な香りが広がる。

「飲んでみて。これが殿下の好む紅茶の濃さだから、覚えてちょうだい」

ケイトに言われて、シンシアはカップを手に取り口を付けた。まろやかな舌触りのあとに、渋みが襲う。だけど彼女には、美味《うま》い不味《まず》い以前に濃いのか薄いのかすら分からない。

貴族の令嬢であれば日頃から屋敷でお茶を楽しむ。年頃になればお茶会に招き招かれるものだ。お茶は使用人に淹れさせる場合が多いとはいえ、主催者が振る舞う機会も少なくない。だから令嬢たちは、お茶の淹れ方を嗜みの一つとして学んでいる。

しかしシンシアは、淹れ方どころか紅茶の味さえ知らなかった。

「紅茶って、渋みがあるのですね。だから甘いお菓子と一緒にいただくのかしら？」

ぽつりと零れたシンシアの呟き。拾ってしまったケイトの顔が強張る。

言葉の意味を理解するのに充分な間を置いてから、ケイトは言葉を選びながら口を動かした。

「こちらの茶葉は初めてなのね？」

王城で使われる茶葉は一級品だ。伯爵家の令嬢が飲んだことがなくても不思議ではない。そう解釈しての問いかけだった。

一方、問われたシンシアは、きょとんと瞬く。ケイトの言葉を頭の中で反芻《はんすう》して、自分が失言をしたことに気付いた。紅茶を飲んだことのない貴族など、シンシア以外にいないだろう。かっと頬が熱くなる。

「はい。初めてです」

耳まで赤く染めて、掠《かす》れる声で答えた。

「そう。いつもはどちらの銘柄を？」

「え？」

質問の意味が分からず、シンシアは戸惑う。紅茶と呼ばれるお茶が一種類ではなく無数にあることを、彼女は知らなかった。

だから、正直に答えてしまったのだ。

「ええっと、いつもはお水を……」

視線を泳がせて恥ずかしげに答えるシンシアの姿に、ケイトは今度こそ頬が引きつるのを止められない。

「いいわ。明日はお茶の淹れ方を教えましょうね」

せっかくだからと別のティーカップにもお茶を注いだケイトと共に、シンシアはテーブルに着く。

ケイトにならって、シンシアは紅茶にミルクと砂糖を加える。飲んでみると先ほど感じた渋みが消えていて、まろやかな甘味のある飲み物に変わっていた。

「美味しい」

これほどに素晴らしい味と香りの飲み物なら、貴族たちがこぞって紅茶を好むのも理解できる。シンシアは少しずつ、惜しむように味わう。

そんな彼女の様子をケイトが注意深く観察していることには、気付きもせずに。

「ところでシンシア様は、侍女や使用人を連れてこなかったの？」

音もなくソーサーにティーカップを戻したケイトが問うてきた。紅茶の美味しさに浮かれていたシンシアは、一気に現実に引き戻される。

高位貴族の令嬢であれば、常に侍女などを従えているもの。王城や格上の貴族に仕える場合も、身の回りの世話をさせるために連れてくる。

けれどマーメイ伯爵家で冷遇されていたシンシアには、専属の侍女などいない。一人で城へ上がったシンシアに、ケイトは疑問を抱いたのだろう。

シンシアはティーカップをソーサーに置き、不安げに目を泳がせる。

マーメイ伯爵家での扱いを正直に述べるのは、抵抗を覚えた。

親は子に無償の愛を与えるもので、それは本能にも近いという考え方が幅を利かせている。ならば親から厭われるシンシアは、本能を覆すほどに穢《けが》れた存在なのではなかろうか。その事実を知られてしまえば、優しいケイトもシンシアを軽蔑するに違いない。

そんな恐怖に怯えると同時に、シンシアに対するマーメイ伯爵家での扱いは秘匿すべき事柄なのだと、抑え込むものを感じていた。

事実が公になれば、マーメイ伯爵家の恥となる。そうなれば父グレイソンや母エレンに迷惑がかかってしまうから。

たとえ両親から愛されていなくとも、シンシアにとって二人は大切な親だ。自分のせいで悲しみ悩む両親の姿を見るたびに、シンシアの胸はきつく締め付けられ、耐えがたい苦しみを覚えてきた。

だから今回も、シンシアは真実に蓋《ふた》をする。

「ええ。私一人でお城に上がりました」

歪みそうになる表情に笑顔の仮面を張り付けて、事実だけを答えた。


登城した翌朝。シンシアは部屋の扉を叩く音で目が覚めた。

「マーメイお嬢様、朝でございます。失礼いたします」

シンシアが声を掛ける間もなく、扉が開き下女が入ってくる。彼女は持ってきた盆を部屋にあるテーブルの上に置くと、シンシアが眠る天蓋付き寝台に近付いてきた。

肌の露出が少ない夜着を着ているとはいえ、手袋や靴下は外している。カーテンを開けられてしまったら、鱗を見られてしまう。

焦《あせ》ったシンシアは慌てて上半身を起こすと、布団を体に巻き付けて肌を隠す。それから起床していることを知らせるため、声を上げた。

「お、起きています」

シンシアの声に反応して、下女が足を止める。

「朝のお紅茶をお持ちしましたが、他に入用はございますでしょうか？」

「だ、大丈夫です。ありがとうございます」

下女はシンシアの言葉に微かな反応を残し、一礼して部屋から出ていった。扉が閉まり、足音が遠ざかると、シンシアは詰めていた息を吐く。

上流階級の娘であれば、侍女であろうと朝は使用人に起こされるのは普通のこと。充分に予測できたはずだ。だけどシンシアにはそんな経験さえなくて。思わぬ事態に動揺してしまった。

胸元を押さえて呼吸を整えたシンシアは、耳をそばだてて人の気配がないことを確かめる。それからそっと寝台のカーテンを開き、隙間から部屋の様子を窺った。誰もいないことを確かめると、寝台から降りる。

テーブルの上を見ると、湯気の立つ紅茶とビスケットが置かれていた。王族に仕える者とはいえ、侍女は貴族家の娘。相応の待遇が与えられる。とはいえシンシアにはあずかり知らぬ習慣だ。

「朝食かしら？」

紅茶に添えられた砂糖とミルクを入れると、ビスケットと共にありがたくいただく。

伯爵家では水と乾燥してぱさぱさになったパンを食べていた。数枚のビスケットと紅茶だけでは、朝食としては少ない量。だけど食事を忘れられることもあった彼女は、空腹に慣れている。それに味はビスケットと甘い紅茶のほうがずっと美味しくて、シンシアは嬉しくなってしまう。

ビスケットを食べ終えたシンシアは、御仕着せのドレスに着替えようとして眉を寄せた。夜会服ほどではないが、御仕着せのドレスも一人で着るのには難しい構造をしている。

「どうしましょう？」

このまま悩んでいても時間が過ぎていくだけ。とりあえず一人で着替えてみようとシンシアが動き出したところで、扉を叩く音がした。

シンシアは慌てて自分の格好を確かめる。

目立つ広範囲の鱗は夜着で覆われているけれど、手や足の甲に疎らに生えた鱗は隠せていない。

「シンシア様？　ケイトです。入ってもいいかしら？」

「少し待ってください」

慌てて声を返したシンシアは、辺りを見回した。

手袋をはめ、靴下を履いていては、ケイトを待たせてしまう。目に付いたシーツを寝台から剝ぎ取ると、体に巻き付けて全身を隠す。それから少しだけ扉を開いた。

「お待たせして申し訳ありません。まだ着替えができていないのです。ごめんなさい」

シンシアが中々来ないから迎えに来たのだろうと考えた彼女は、申し訳なさと情けなさで声が震えてしまう。

一方のケイトは、シーツにくるまったシンシアを見て目を瞠る。すぐに廊下へ視線を走らせて目撃した者がいないことを確認すると、そっと安堵の息を吐く。

「こちらこそ、朝からごめんなさいね。とりあえず、中に入れてもらえるかしら？」

ケイトの申し出を受け、シンシアの肩が怯えたようにぴくりと震えた。

シーツにくるまったまま対応するのは失礼にあたる。だからといって、鱗の生えた肌を見せるわけにはいかない。

どうすればいいのか惑うシンシアは、彼女の姿を誰かに見られてしまう前に部屋へ入ろうと考えたケイトに押し切られる形で、そのまま中へ入れてしまった。

ぱたりと扉が閉まる。

「驚かせてしまったみたいね。ごめんなさい」

「いえ、大丈夫です」

申し訳なさそうにするケイトに首を横に振ってみせるシンシアだけれども、彼女の顔は蒼白《そうはく》だ。

居心地の悪い空気が流れる中、ケイトは訪ねてきた理由を説明する。

「シンシア様は、侍女や使用人を連れてきていないでしょう？　それで昨夜チェスター殿下と相談したところ、しばらくは私がシンシア様のお世話をするよう仰《おお》せつかったの」

その申し出は、本来ならばありがたいことだった。現にシンシアは今、着替えもできずに困っていたのだから。

だけどそれは、普通の貴族令嬢であればのこと。シンシアはこの窮地をどうすれば乗り切れるか、必死に思考を働かせる。

着替えを手伝ってもらえば、肌を見られてしまうだろう。そうなれば、優しいケイトもシンシアを嫌ってしまうに違いない。それはとても悲しくて苦しく思えた。

さらにケイトがチェスターに鱗のことを報告したならば、チェスターもシンシアを見限るだろう。なぜ最初に言わなかったのかと咎められるかもしれない。シンシアに触れたことを悔やみ、嫌悪を向けられるのだ。

そして王城を追い出されたシンシアを、父母は憤怒《ふんぬ》と軽蔑をもって迎えるのだろう。

嫌な想像が駆け巡り、シンシアの頭の中を凍らせていく。眩暈《めまい》と耳鳴りが襲い、呼吸の仕方さえ忘れてしまった。

「シンシア様？　大丈夫？　顔が真っ青だわ。ゆっくりと息を吐いて」

青ざめたシンシアの隣に移動したケイトが、彼女を支え背を撫でる。

まるで膜で覆われているかのように、シンシアにはケイトの声が遠くから聞こえた。それでも微かに聞こえてくる声に従って、ゆっくりと息を吐く。

何度か繰り返すと徐々に呼吸が楽になっていき、肌に触れる空気が冷たく感じた。

「昨日登城したばかりだから、疲れているのかしら？　今日はお休みにする？」

「大丈夫です」

掠れた声で返すと、シンシアはぎゅっと目を閉じる。しっかりしなければと自分を奮い立たせ、目を開けた。

「すみません。その、肌に醜い傷痕があって」

偽りの言葉を述べたシンシアの胸が、焼けるように痛んだ。

だけど完全な偽りではない。左足には鱗を剝いだことでできた傷痕があるのだから。

そんな言い訳を心の中で繰り返し、シンシアは言い訳を正当化する。

体を震わせるシンシアを、ケイトが痛ましげに見ていた。

「それで肌の露出を控えていたのね。私に見られるのは嫌？」

御仕着せのドレスに対する疑問が解けたのだろう。腑《ふ》に落ちた様子のケイトに、シンシアは答えられない。

嫌だと言えば、ケイトを信じていないと言っているようなものだ。だからと言って、見られるのは恐ろしい。

無言で答えを察したケイトは、シンシアに提案をする。

「それなら私は後ろを向いて目を閉じておくから、一人で着られるところまで着てくれる？

声を掛けてくれれば、そこから手伝うわ」

シンシアは驚いてケイトを見た。

「いいのですか？」

怒っていないのですか？

そんな意味も含まれていることに、ケイトは気付かなかったのだろうか。笑顔のまま頷く。

「傷痕を人に見られたくないという令嬢は珍しくないわ。ちょっと虫に刺されて赤くなっただけで、部屋から出てこなくなる令嬢だっているくらいだもの」

ケイトは茶目っ気たっぷりに肩を竦《すく》めてみせた。

そんな彼女の柔らかな態度のお蔭で、シンシアの心は軽くなる。

「ありがとうございます」

目蓋が熱くなり涙が零れそうになるのをぐっと呑み込んだ。

「さ、着替えましょう？」

「はい」

約束通り、ケイトはシンシアに背を向けた。

彼女を待たせるわけにはいかないと、シンシアは急ぎ着替える。アンダースカートまで着付けたところで、鱗が見えていないことを確認してからケイトに声を掛けた。

振り返ったケイトは、シンシアを見てわずかに目を瞠る。侍女に着付けてもらっていたはずの伯爵家の令嬢が、そこまで一人で着られるとは思っていなかったのだろう。しかし何も言わずにシンシアの背後に立ち、続きを手伝い始めた。

ドレスを固定するための紐《ひも》を幾つも結び、ピンで留め、仕上げていく。

鱗に気付かれないか不安なシンシアは、緊張しながらケイトの指示に従った。

「こちらの椅子に座ってちょうだい」

ドレスを着終えると、ケイトが鏡台前の椅子へと誘導する。そこでシンシアの髪は結い上げられ、薄く化粧が施された。

「飾り気がなくて気に入らないかもしれないけれど、お仕事のための装いだから我慢してちょうだい」

「充分です。ありがとうございます」

鏡に映る自分の姿を見て、シンシアは心からお礼を伝える。

血色の悪い顔が化粧によって健康的に見えた。すっきりとまとめられた髪型は大人びて見える。

暗い部屋の中で時間が過ぎるのを待っていた頃の彼女に比べて、なんと活き活きとしていることか。

「では行きましょうか？」

「はい」

シンシアはケイトと共に部屋を出た。

ケイトは宣言通り、シンシアに紅茶の淹れ方から教えた。

「まずはポットとカップを温めましょう」

台の上に並ぶのは、黄色い磁器に小花が描かれた茶器。これは侍女たちが控室で使うためのもので、チェスターに差し出す茶器は純白の磁器に金縁が施されている。

シンシアはティーポットとティーカップにお湯を注ぐため、用意されていたケトルに触れた。

「熱い！」

「シンシア様!?」

シンシアの悲鳴に、青ざめたケイトが慌てて駆け寄る。

幸いにもケトルに触れてすぐに手を離したため、火傷にはなっていなかった。だけどシンシアの心は、傷みとは別の恐怖に襲われ体が強張る。

失敗をして迷惑をかけたのだ。きっとケイトにも失望され嫌われてしまう。もしかすると、王城から追い出されてしまうかもしれない。

今までマーメイ伯爵家で受けていた惨めな扱いが、彼女を委縮させる。

しかしシンシアの予想に反して、ケイトは優しい声で彼女を慰めた。

「ケトルに触れるのも初めてだったのね。先に言わなくてごめんなさい。熱くなっているから、布巾を使ってちょうだい」

「ケイト様が悪いわけでは！　私が何も知らないから……」

自分が情けなくて、シンシアは奥歯を噛みしめる。

「そんなに落ち込まなくていいのよ？　練習だもの。失敗してもいいの。怪我をしなくて本当によかったわ」

ケイトが優しくシンシアの肩を抱いて慰める。

こんなふうに優しく接してくれたのは幼い頃に傍にいた乳母だけ。シンシアはケトルに触れた指先よりも、人の温かさと優しさを思い出した胸のほうが火傷しそうなほどに熱く感じた。

シンシアは勇気を奮い起こして、もう一度ケイトに教えを乞う。そうして危うい手付きながらも、なんとか初めての紅茶を淹れることができた。

「私がいただいてもいいかしら？」

「もちろんです。お口に合うといいのですけれども」

「ありがとう」

ケイトは品よくティーカップを手に取ると、静かに口に含んだ。

シンシアはどきどきしながら、ケイトの感想を待つ。

「美味しいわ。初めてにしては上出来よ」

にっこりと微笑むケイトの表情を見て、シンシアの肩から力が抜けていく。自然と笑みを浮かべたシンシアは、その後もケイトに教えてもらった。

王城に仕える侍女ならば、主の気分によって複数の茶葉を使い分けることを求められる。けれどシンシアの主人となるチェスターは、気分で茶葉を変えることはしないという。だからシンシアに求められるお茶の技量は、他の使用人たちに比べて高くない。何度も紅茶を淹れる練習を繰り返し、その日のうちにとりあえずの合格を貰《もら》えた。

「お茶の淹れ方はもう覚えたわね？　次はテーブルの上に茶器を出してみてちょうだい。音を立てないよう、優しくね」

「はい」

休憩用の机の右手から、シンシアはそっとソーサーに載せたティーカップを置く。ソーサーの底が机に触れた瞬間、ティーカップが揺れてかちゃりと音がした。音を立てないようにと指示されたばかりだというのに。

叱責を恐れたシンシアの顔から、血の気が引いていく。

あとは残るソーサーの底を水平に置き、手を離すだけ。たったそれだけなのに、恐怖で強張る指先は思うように動いてくれない。混乱するシンシアに追い打ちをかけるように、ティーカップがかちゃかちゃと嘲笑《あざわら》う。

焦ったシンシアは、意識を総動員してソーサーから手を離す。途端にかちゃりと、誰の耳にも明らかな陶器と陶器が触れ合う音が響いた。

「も、申し訳ありません」

反射的に、シンシアは頭を深く下げケイトに許しを乞う。

叩きつけられる怒声を予想して、シンシアの胸はぎゅっと締め付けられる。恐怖に凍える体は小刻みに震えていた。

シンシアは目を閉じて断罪の時を待つ。だけどシンシアの耳朶《じだ》をくすぐったのは、優しい声だった。

「言ったでしょう？　これは練習なの。零すといけないからと、ティーカップに何も入れなかったのもいけなかったかしら。軽いと揺れやすいのよ。次は水を入れておきましょうね」

シンシアはおずおずと顔を上げる。ケイトは声音だけでなく表情にも、怒りや蔑みの感情が見当たらなかった。

一連のケイトの反応は、どれもシンシアにとって衝撃的で。けれども春の日向《ひなた》のように心地よくて。凍えていた体が解けていく。

「さ、もう一度できるかしら？」

「はい。やらせてください」

シンシアは何度も同じ動作を繰り返す。

初めは失敗の連続だった。そしてティーカップが音を立てるたびに、怯えてはケイトの顔色を窺ってしまう。でも彼女は穏やかな表情を崩さず、シンシアと目が合えば優しく目尻を下げる。

いつの間にか、シンシアはケイトの顔色を窺うのを止めていた。肩の力も抜け、ティーカップを机に置く動作からぎこちなさが消えていく。

「シンシア様は努力家ね。単調な作業を繰り返すのは飽きて嫌がる子が多いのだけれども、毎回丁寧に行っているわ。この調子なら、チェスター殿下にお茶をお出しできるようになるのはすぐね」

「ありがとうございます」

細やかなことで褒めるケイトの言葉がくすぐったく感じて、シンシアの口元が緩む。

「今日はこの辺にしましょう。続きはまた明日ね」

「はい。今日はありがとうございました」

シンシアは心からの感謝をのせて言葉にする。

そうして数日をかけてケイトから指導を受けたシンシアは、幾ばくかの不安を残しながらも侍女として働き始めるのだった。


朝になって目覚めたシンシアは、天蓋付きの寝台に横たわったまま下女が起こしにくるのを待つ。もう目が覚めているのでもどかしく感じるけれど、夜着姿で鉢合わせれば鱗を見られかねない。だからカーテンで覆われた寝台の中に隠れていた。

しばらくしてノックのあとに入ってきた下女が、シンシアに起床を促す声を掛ける。

「ありがとうございます。もう起きているので大丈夫ですよ」

シンシアの目覚めを確認した下女が部屋から出ていくと、シンシアは寝台から外に出た。

部屋に置かれたテーブルの上には、下女が用意してくれた紅茶とビスケットが並ぶ。

初めてこれを見た時、シンシアはてっきり朝食なのだと思った。けれど朝の紅茶は王族や上級使用人の起床時に提供されるもので、朝食は別に用意される。具だくさんのスープと柔らかな白いパン。それにベーコンや豆、卵料理が日替わりで。

乏しい食事に慣れていたシンシアは、朝のビスケットを食べてしまうと朝食が食べられず、ケイトに心配をかけてしまう。だから窓や壁をすり抜けて入ってきた妖精たちに、砂糖とミルクを入れて甘くした紅茶と、添えられたビスケットを食べてもらうことにした。

「どうぞ」

部屋に入ってきた妖精たちに声を掛けると、太陽の光に負けてうっすらとしか見えない妖精たちが、ビスケットと紅茶に群がる。

「王城には妖精がたくさんいるのね。やっぱり王族は妖精たちに愛されているのかしら？」

ビスケットと紅茶が減っていく様子を横目に夜着を脱いだシンシアは、肌着や靴下を身に着けていく。一人で着られるところまで着替え終えると、椅子に座って妖精たちの様子を見物した。

生誕祭の夜や王城に上がった最初の日こそ、距離を取ってシンシアの様子を窺っていた妖精たち。しかしシンシアに敵意がないと理解して安心したのか。はたまた美味しいものをくれるいい人だと認識してくれたのか。今では毎朝シンシアの部屋を訪れる。

ビスケットと紅茶を食べ終えた妖精たちが、礼をするようにシンシアの周りを飛ぶ。中にはシンシアが差し出した手に止まる懐っこい妖精もいた。

「皆が妖精に夢中になる気持ちが分かるわ。こんなに可愛《かわい》いのだもの。……マーメイ伯爵家のお部屋にいる時は、一度も目にしたことがなかったわね」

それも当然だろうと、シンシアは思う。

マーメイ伯爵家でシンシアが暮らしていた部屋には、妖精たちが好きな甘いものがまったくなかった。それでなくても気が滅入るほどに薄暗く陰気な部屋だ。妖精たちが忌諱《きい》したとて不思議ではない。彼女はそう考える。

満足した妖精たちが壁や窓を抜けて消えていく。一人残されたシンシアが待っていると、間もなくしてケイトがやって来た。

「おはようございます。シンシア様。よく眠れたかしら？」

「おはようございます、ケイト様。お蔭様でぐっすりでした」

シンシアが開けた扉からするりと入り込んだケイトは、苦笑交じりに朝の挨拶をする。

万が一にも着替え途中の姿を誰かに見られないよう、彼女が来るまで夜着のままで待っていて構わないと、ケイトは何度も伝えていた。だけどシンシアはケイトを待たせるのが申し訳なくて、彼女が来る前にできるところまで着替えてしまうから。

ケイトに手伝ってもらって御仕着せのドレスを身に纏うと、二人は揃《そろ》って部屋を出た。上級使用人用の食堂に向かうと、並んで朝食を取る。

「シンシア様、こういう時はこのようにして」

「はい」

いつも一人で簡素な食事を取っていたシンシアは、貴族としての作法を知らなかった。このまま王城勤めを終えてどこかの家に嫁げば、シンシアとマーメイ家だけでなく、チェスターや王家の恥となってしまう。そうケイトから指摘されたシンシアは、彼女から貴族令嬢としての所作も学ぶ。

朝食を終えると、職場となるチェスターの執務室近くの控室へ向かった。

シンシアが毎日最初に行う仕事は、執務室に入ったチェスターに朝の紅茶を運ぶこと。用意した茶器を台車に載せて執務室へ入ると、彼はすでに執務机に腰を据え、資料に目を通していた。

シンシアは彼の邪魔にならないよう、机の端に紅茶を置く。視線の端で捉えたのか、チェスターは資料から顔を上げぬまま、ティーカップを取り口を付けた。

「日に日に美味くなるな」

仮面から覗く左の口角が持ち上げられる。

褒められた経験などほとんどないシンシア。歓喜が胸から溢れ、無意識に表情が綻んでいく。

「ありがとうございます」

熱を持った顔を隠すためにうつむくと、むず痒《がゆ》く緩んだ唇から感謝の言葉を押し出す。

「いや、礼を言うのはこちらだ。私の味覚はあまり理解してもらえない。毎日、私好みのお茶が飲めるのはシンシアのお蔭だ」

そう言って顔を上げたチェスターの目は、優しく細められていた。

忌諱され続けてきたシンシアにとって、チェスターやケイトはどこまでも優しい人に思える。だからだろうか。シンシアの瞳には、彼の姿が露に濡れ、朝日を浴びて輝く緑のように眩《まぶ》しく映った。


シンシアが王城へ上がってから半月も経たぬ頃のこと。チェスターからお呼びがかかった。

「シンシア、付いてこい」

「はい」

執務室を出るチェスターに従って、シンシアは別室に移動する。部屋の中に入ると、王家御用達の商人が待機していた。

「シンシアも座れ」

戸惑うシンシアは、チェスターに促されるまま彼の隣に腰かける。だけど、いったい何が起きているのか分からず、目をぱちぱちと瞬いてしまう。

「いつも手袋をしているが、サイズが合っていないようだ。それでは細かい作業に支障が出るだろう？」

チェスターから指摘を受けて、シンシアは視線を下げた。

彼女が使っている手袋は既製品だ。ぴったりとは言い難《がた》い。指先を使う作業では、素手のようにはいかなかった。

チェスターの前でシンシアが行う作業は限られているけれど、それでも目についたのだろう。

「あ……。申し訳ありません。これから気を付けます」

「咎めているわけではない。この店の手袋は使い心地がよいから、シンシアもどうかと思って誘ったのだ」

「ですが……」

チェスターも傷痕を隠すために、常に手袋をはめていた。

とはいえ王族が用いる品は、手袋といえど高価なもの。伯爵家の収入でも賄《まかな》えないことはないだろうが、父に頼むのは気が引ける。

消極的なシンシアの態度を受け、チェスターが大袈裟《おおげさ》に顔をしかめた。

「使用人に身だしなみを整えさせるのも主人の仕事だ。私に恥を掻かせようなどという企てがないのなら、素直に受け取れ」

「め、滅相もございません。そのようなことは考えたこともないです」

シンシアにチェスターを害する気などあるはずがない。慌てて首を横に振り否定する。

そんな彼女を見つめるチェスターの目が、悪戯っぽく和らいだ。その表情を見て、シンシアはからかわれていたのだと気付く。そして同時に、彼が気を使ってくれたのだと知る。こんなふうに言われてしまえば、シンシアは断ることができないから。

「ありがとうございます」

チェスターの優しさに触れたシンシアは、頬に熱を感じながら頷いた。

けれど難関は終わらない。

「では採寸いたしますので、一度、手袋を外していただけますか？」

商人の言葉を聞いて、シンシアは凍り付く。

手の甲や指にも、わずかではあるが鱗が生えている。手袋を外すということは、鱗を見せるということだ。

「あ、やっぱり、その……」

顔色を悪くしたシンシアに、何かを感じ取ったのだろう。チェスターと商人は一瞬だけ目を見交わした。

「失礼をいたしました。ご令嬢のお手を男の私が拝見するなど、無遠慮でしたね。お許しください。そのままで構いませんので、採寸をお許しいただけますでしょうか？」

すかさず商人が頭を低くして詫びる。

彼が悪いわけではない。そう伝えたかったが、シンシアに事情を説明する勇気はなかった。

どうしたものかと悩むものの、なおも断り続ければ、商人にもチェスターにも迷惑を重ねてしまう。

だからシンシアは、恐る恐る右手を差し出した。左手に比べて、右手に生える鱗はほんのわずかだから。

表情を緩めた商人が、シンシアの手に触れないように注意しながら、紐や指輪のような器具を使って採寸していく。

右手の採寸を終えて、ほっと胸を撫で下ろしたのも束《つか》の間《ま》。商人は次の要求をしてきた。

「次は左手もお願いできますか？」

「え？」

「左右で微妙に違いがありますので」

右手を採寸した時に、商人はシンシアにまったく触れていない。だからきっと大丈夫だと、シンシアは思い切って左手も差し出す。

なんとか採寸を終えると、商人は帰っていった。シンシアとチェスターも、部屋をあとにする。

「すまなかったな。却って悪いことをしてしまった」

執務室に戻る廊下の途中。人気がないことを確認して、チェスターが後ろを歩くシンシアに声を掛けてきた。

「いえ。どうか謝らないでください。お気遣いいただきまして、ありがとうございました」

ただの使用人であるはずのシンシアを、チェスターはしっかり見てくれている。そして気配りをしてくれた。その気持ちを嬉しく感じこそすれ、嫌な思いはしていない。問題があるとすればシンシアのほうに人には言えない秘密があるせいで、不安になってしまっただけだ。

「申し訳ありません」

彼の厚意を素直に受け取ることができない自分が哀しくて、シンシアはうつむいてしまう。

「シンシアこそ謝る必要はない。私もこの姿だからな。君の悩みを少しは理解できるつもりだ」

軽く浮かせた仮面の下で、チェスターが微笑む。

優しく細められた目に釣られて、シンシアの顔にも笑みが広がる。

チェスターは、シンシアの世界を変えてくれた。あの寂しい部屋から救い出してくれただけでなく、優しい人々に出会わせてくれ、毎日幸せを感じさせてくれるのだ。

自分にも何か彼に返せることはないかと、シンシアは考える。

与えられた仕事は一生懸命に行っていた。でもそれだけではチェスターが与えてくれる喜びには全然足りなくて。だからシンシアは、もっと彼の役に立ちたいと思う。

それなのに、一人で部屋の中に閉じこもっていた彼女にできることなど、ほとんど思いつかなかった。

仕事を終えて部屋に戻ったシンシアは、静かに考えた。

「私にできるお礼って、何があるかしら？」

彼の役に立てるほどの知識は、当然ながら持ち合わせていない。何かをプレゼントするにしても、王子であるチェスターは一級品に囲まれて暮らしている。シンシアの給金で手に入るものなど、彼にとってはがらくたも同じだろう。

「刺繍なら刺せるけれど」

たった一つだけの特技。乳母が刺した刺繍しか見たことのない彼女には、自分の腕前がどれほどのものなのか分からなかった。

渡したところで却ってチェスターを困らせてしまうかもしれないと、弱気が意気地を抑え込む。だけど、他に思いつかなくて。

シンシアは初めて貰った給金で、絹のハンカチーフを買った。

仕事が終わってから眠りに就くまでの時間。見物にやって来た妖精たちが放つ淡い光を頼りに、シンシアは一針、一針。心を込めて布に色をのせていく。

初めはチェスターと出会った時に見た、気高く妖艶に綻ぶ蜜薔薇《バラーラ》を刺繍しようと考えた。そして夜の闇にも負けぬ明るい月と煌めく星々。仄かに灯る妖精灯に戯《たわむ》れる妖精たちを添えて。

だけどチェスターのことを思い浮かべながら構図を考えるうちに、別の柄を刺したくなった。

周囲には、日を浴びて柔らかく笑む蜜薔薇《バラーラ》を。そして中央の泉には、畔《ほとり》に腰かけて座る水楓《アクアメプル》の精霊と、彼女の膝を枕にして横たわる騎士の構図を。


かつて、妖精たちを軽んじる王がいた。彼は妖精たちが暮らす森を開拓し、人の土地を増やそうとする。怒った妖精たちは、人間たちに牙を剝《む》く。

そんな中、一人の騎士が立ち上がった。彼は王を諫《いさ》め、自ら森に赴き妖精たちに和解を申し入れる。

けれども人間の区別などつかない妖精たちは、自分たちの味方をしてくれた騎士を攻撃してしまう。それでも騎士は反撃しなかった。

剣を抜くことなく、ひたすら詫びる彼の態度に、妖精たちの怒りは次第に収まっていく。

ようやく妖精たちから許しを得た騎士は、そのことを王に伝えるため森を出ようとする。だけど妖精たちの怒りを一身に受け止めた騎士の体は、とっくにぼろぼろになっていた。

覚束《おぼつか》ない足取り。霞《かす》む視界。

道に迷った騎士は美しい泉に辿《たど》り着く。

木の葉が浮かんでいなければ、どこからが水面《みなも》なのか分からないほどに澄み切った清水。覗き込めば青々とした水草が緩やかに舞う。

乾いた咽を潤そうと、騎士は水を口に含んだ。その味は、まるで蜜のように甘い。

人心地が付いた騎士は、顔を上げて目を瞠る。池の畔に、この世の者とは思えぬ美しい娘が座っていたから。

娘は輝く赤いドレスを纏ったまま、膝下まで足を水に浸《つ》けて微笑む。

「森を救ってくれてありがとう」

見惚れていた騎士は、ぱしゃりと水音がして我に返る。その時にはすでに、娘の姿は消えていた。彼女が立っていた場所には、赤い葉を茂らせた水楓《アクアメプル》の木が一本。

水辺で育つ水楓《アクアメプル》の樹液は甘く、煮詰めて蜜や砂糖の代わりに使われる。幹は鱗状の樹皮に覆われ、先が五つに分かれた掌状の葉を茂らす。夏の間は緑に、秋は赤く色づいた。

娘の姿が消えたことに驚き瞬く騎士。だが彼の衝撃はそれだけに留まらない。いつの間にか騎士の体から傷が消えていたのだ。

古《いにしえ》の物語。真偽など定かではない、お伽噺《とぎばなし》の一つ。

シンシアは赤い糸で娘のドレスを彩る。

チェスターも水楓《アクアメプル》の精霊と出会えますようにと、願いを込めて。

※

笑い声が、風に乗って響いてくる。王族たちが暮らす区画から渡り廊下を通って執務室に向かっていたチェスターは、ふと庭園に視線を向けた。
蜜薔薇《バラーラ》の花が色を添える緑の垣根。その向こう側に覗くのは、金色に輝く頭が二つ。
一人はチェスターの弟である、第二王子チャーリー。そして彼の対面で微笑んでいるのは
チェスターの元婚約者であり、現在はチャーリーの婚約者となっているミランダだ。
チェスターの婚約者に選ばれたことを誇りに思うと言ってくれた彼女は、顔を合わせるたび
に頬を染めて笑っていた。だが今やその笑顔は、チャーリーに向けられている。
「私である必要はなかったということか」
彼女の豹変《ひょうへん》を咎めるつもりはない。庶民と違い、王侯貴族の婚姻には政略的な要素が強い。
王を至高の存在と考え、その隣に立てることを誉れと考えるのは当然のこと。チェスターが
玉座から遠退《とおの》いた以上、彼女の敬愛が向けられる先が変わるのは想定内。
けれども、チェスターと親しくしていた過去などすっかり忘れてしまったような彼女の姿を
見てしまうと、自分という存在の価値が分からなくなってくる。
くすぶる気持ちを振り払い、チェスターは止めていた足を動かす。しかし庭に面した通路か
ら建物に入ろうとしたところで、声を掛けられた。
「兄上」
チェスターは再び足を止めて振り返る。チャーリーとミランダが彼を見つめていた。
かつて同じように呼びかけては朗らかに笑って話しかけてきた弟は、気まずそうに顔を背け

ている。まるで背負わされた罪の重さに耐えられず、今にも罪悪感に押しつぶされそうな表情で。

転がり込んできた次期王太子の座。そして国一番の令嬢ともてはやされる婚約者。

喜ぶのではなく申し訳なさそうにする姿には、チャーリーの生真面目さと優しさが垣間見える。

チェスターは、そんな態度など望んではいなかった。今まで通りとまでは言わなくても、兄弟として普通に接してほしいと思う。チャーリーが罪悪感を抱く必要などないのだから。

そしてチャーリーの腕に手を添えるミランダもまた、チェスターと目を合わせないよう視線を下に向けていた。

彼の顔を思い出しての恐怖からか。それとも彼を捨てたことへの罪悪感からか。チェスターには判断しかねる。以前の彼女は自信に溢れていて、そんな態度を見せたことはなかったから。

ただチャーリーの腕に添えられた彼女の指先が、いつも以上に白くなり震えていることから、チェスターの存在を恐れていることは推察できた。

「どうした？」

呼び止めておきながら用件を切り出さないチャーリーに、チェスターのほうから先を促す。

けれどチャーリーはちらりとチェスターを一瞥しただけ。用件を口にすることはなかった。

しばしの間。チェスターは二人が喋り出すのを待つ。だけどチャーリーは顔色を窺うようにちらちらと見るばかりで何も言わない。ミランダに至っては顔色を悪くさせ、視線を逸《そ》らしたままだ。

「そろそろ行くぞ？　弟のデートを邪魔するほど、野暮ではないつもりだからな」

「あ……」

チャーリーが何か言おうとしたけれど、結局言葉は続かない。

チェスターは二人を置き去りにして通路を進む。胸にどろりとした鬱屈《うっくつ》を感じながら。

変わってしまったのは彼らだけではない。使用人たちも、貴族たちも、令嬢たちも。彼を慕っていたはずの者たちは、すっかり遠ざかってしまった。

人の心は移り変わるもの。そして政《まつりごと》に関わる者は、切り替えが早くなければ務まらない。

理解はしている。それでも心に灰色の煙がくすぶってしまう。誰もが自分を次期王太子という目でしか見ていなかったのではないかと。そんな疑念が込み上げてくる。

チェスターは暗くなった気持ちを払拭《ふっしょく》しきれないまま、辿り着いた執務室の扉を開ける。するとそこには眩しいほどの光が差し込み、花が咲いていた。味気ない部屋に慣れていたチェスターは、呆気《あっけ》に取られて目を瞬く。

「おはようございます、殿下」

色とりどりの花を活けた花瓶の隣で、シンシアが笑っていた。

「あの、お花を貰ったので飾らせていただいたのですが、ご迷惑だったでしょうか？」

チェスターが入り口で固まっていたからだろう。シンシアの眉が下がっていく。

改めて花瓶に目を向けたチェスターの表情が緩み、口の端が上がる。心を満たしていた灰色の煙は、柔らかな日差しを嫌がってか霧散していた。

「いや、ありがとう。シンシアのお蔭で部屋が華やかになった」

「よかった」

ほっと安堵の息を吐くシンシアを見て、チェスターは目尻を下げる。

シンシアが活けた花は、王城の洗練された生活で目を肥やしているチェスターから見れば、稚拙なものだ。余計な葉を取り除くことなくそのままにしていて、色や形のバランスも整っていない。

けれどチェスターのためにと、心を込めて飾ってくれたのだろうという気持ちは汲《く》み取れた。

チェスターが執務机に着けば、紅茶が運ばれてくる。彼好みのさっぱりとした香り。口に含めば渋みが頭を冴《さ》えさせるお茶は、チェスターのために淹れられたものだ。

シンシアは、チェスターを第一に考えて行動してくれる。

かつては当たり前に享受していた善意。けれど今ではほとんど向けられない優しさ。紅茶の温度だけではない何かが、チェスターを内側から温めていく。

ふと、チェスターは顔を上げた。

いつもならお茶を出したあとはすぐに下がるシンシアが、チェスターの前に留まっていたから。

「どうした?」

何かあったのかと問いかけるも、答えは返ってこない。ためらうシンシアが言葉を探し出すまで、チェスターはゆっくりと待つことにした。

「あ、あの、ご迷惑かとは思ったのですが、他に思い浮かばなくて」

差し出されたのは、刺繍入りのハンカチーフ。

怪我を負う前は、多くの令嬢から贈られたものだ。特に戦の前となれば、令嬢と鉢合わせるたびに差し入れられた。

上質な生地を用い、刺繍には高価な色糸が惜しげもなく使われたハンカチーフは、いずれも華やか。中には金糸や銀糸どころか、宝石を縫い留めたものまであったほど。

比べてシンシアのハンカチーフはといえば、生地が薄く、糸の質や色数も劣る。だがそれを補ってあまりある構図と色使いで、美しい絵柄を描き上げていた。しかも一角だけではなく、見える範囲全てに。四つ折りにされているけれど、布の厚さから隠れている部分にも施されていると分かる。

あまりに見事な出来栄《できば》えに、チェスターは目を瞠った。

「お礼がしたくて。王城で働かせていただいて、とても嬉しく感謝しているのです。その、私が刺したものを殿下に差し上げるなど、おこがましいと思ったのですけれども。殿下にお贈りできるような品物を、他に用意できなくて……」

シンシアの声は、徐々に小さくなって消えていく。

助けられているのは自分のほうだと、チェスターは胸の内で反論する。彼女が王城へ来てくれたことで、陰鬱《いんうつ》に引きずり込まれそうだった心がどれほど救われたか。

だけどそんな言葉は呑み込んだ。

「ありがとう。素晴らしい刺繍だ。大切に使わせてもらうよ」

彼女の心遣いが嬉しくて。ただ、その気持ちだけを伝えたくて。

顔を上げたシンシアが、花が零れるように笑み崩れる。

「よかった」

胸を撫で下ろす仕草を見せる彼女は、心から安堵しているように見えた。だからだろうか。

チェスターも表情を緩めてしまう。

「あ、お仕事の手を止めてしまい、失礼しました」

「いや、構わない」

我に返ったシンシアが、顔を真っ赤に染める。慌てて茶器を載せた台車を押して部屋から出ていく彼女の後ろ姿を眺めながら、チェスターはふっと笑みを漏らす。

幼少の頃から厳しく躾けられた貴族の令嬢たちには見られない行動。本来ならば主人として咎めるべきだろう。だけど今は、彼女の無邪気さが彼を癒やす。

チェスターは無作法だと知りながら、好奇心に負けてハンカチーフを開いた。

描かれていたのは水楓《アクアメプル》の精霊と傷付いた騎士。周囲には蜜薔薇《バラーラ》が咲き誇る。その意味を、チェスターは正しく理解した。

シンシアと出会ったあの夜のこと。そして、チェスターの傷が癒えるようにとの願いが込められていること。

「すごいですね。『不屈の騎士』ですか？」

書類を持ってきた部下のトレヴァーが発した声で、チェスターは我に返った。

「そうみたいだな」

傷を負った騎士は、水楓《アクアメプル》の精霊によって癒やされる。お蔭で王の元へ報告に戻れた騎士だったけれど、彼は水楓《アクアメプル》の精霊を忘れられなかった。騎士を辞して森に向かい、泉を探す。そして数年後。彼は生まれて間もない赤ん坊を連れて、森から出てきた。

真偽も定かではないお伽噺。妖精は身近に存在するが、彼らの上位種とされる精霊の存在は不確かだ。古書を漁れば見たという証言が残っている。しかしどれも曖昧《あいまい》で、他の者が試しても会うことは叶わなかったとの注釈が付く。それどころか、会ったという場所すら実在していない場合もあった。

寂しさの混じる空風が、チェスターの胸を吹き抜けていく。医師は彼の怪我が回復することはないと告げた。だからこれ以上、周囲の状況が改善されることもないだろうと、チェスターは諦めていた。

だというのに、膝元に横たわる騎士の頬へ手を伸ばす精霊を見ていると、まだ諦めるには早いのではないかと思えてくる。

体がままならないからと、周囲に不快な思いをさせてしまうからと、かつてのように剣を振るうどころか、出歩くことすら控えていた。

けれど、それは彼の本意ではない。

かつてのようには動けずとも、日々積み重ねていけば、人並みには動ける日も来るのではなかろうか。そうすれば、もっとできることが増える。

チェスターの傷は国を護った勲章。彼の不自由な体を、刻まれた傷痕を目にして不快と感じる者に、遠慮する必要などあるはずがない。

絶えていたはずの希望の灯火が、心の隅で再び燃え始める。

「刺繍といえば、先日のスワロフ教会でのバザーに、妖精のハンカチーフが出品されなかったそうですね。母が今度こそ手に入れると意気込んでいたのですけど、落ち込んで帰ってきましたよ」

資料をまとめていた部下のスコットが手を止めて、思い出したとばかりに口にした。

「なんだ？　それは」

「ご存知ありませんか？」

「知らないな」

興味を示したチェスターに、スコットが説明する。

「スワロフ教会のバザーに出品されるハンカチーフを手に入れると、妖精の加護を貰えると噂《うわさ》になっているのですよ。失くし物が見つかるとか、庭園の花が綺麗に咲くとか、些細《ささい》なことなんですけどね。ただ刺繍自体も素晴らしい出来栄えらしくて。ご婦人方がこぞって買い求めているみたいですよ」

話を促す格好になったチェスターだったが、関心はすぐに失せた。あまり有益な情報とは思えなかったから。

それよりも彼の頭を占めていたのは、シンシアのことだ。

彼女は侍女としての仕事だけでなく、簡単な雑用まで手伝っている。初めは体の不自由なチェスターを気遣い、細々としたものを手元まで運んでくれる程度だった。それがいつの間にか、彼女の健気《けなげ》な優しさに甘えて量が増えていく。その結果、彼女の教育不足が顕《あら》わとなった。

「最低限の作法は理解している。だが身に付いているとは言い難い」

知識としては学んでいるけれども、体に覚え込ませていない。

チェスターの言葉に、執務室にいた部下たちが同調する。

グレイソン・マーメイの態度。頑《かたく》なに見せない肌。それらを踏まえれば、シンシアが生家でどんな扱いを受けていたのか想像が付く。手袋の下にはきっと——そう思わせるだけの要素は揃っていた。

偶然の出会い。なぜか気になってシンシアを雇ったチェスターだが、日に日に表情が明るくなっていく彼女を見ていると、あの日仮面を落としてよかったと思えてくる。

感情を顕わにしないことを徹底される侍女としては好ましくない。しかしどうせこの部屋の中だけだと、チェスターも彼の部下たちも、温かくシンシアを見守った。

「他家の内情にまで踏み込むことはできませんからね」

「よい嫁入り先を探してあげたらいかがですか？」

いつまでも王城で働かせるわけにはいかない。だが実家に戻せば、再び辛い日々を送るか、あまり好ましくない相手に嫁がされるのではないか。

そんな心配から出た、善意の言葉だったのだろう。

頷こうとしたチェスターはしかし、首肯することができなかった。頭の隅にもやもやとした不快感を覚え、それは嫌だと拒絶する自分に驚く。

とはいえ、彼女が不幸になる未来など許せるはずもない。

浮かんだ感情に首をひねっているうちに、不快感は消えていった。

「そうだな」

改めて同意を示したチェスターは、シンシアの相手に相応しい令息を、頭の中でリストアップする。

ちりりと目の端が黒く淀《よど》み苦いものが胸に込み上げてくる理由に、彼はまだ気付かなかった。

※

庭園の蜜薔薇《バラーラ》が、花の盛りを迎えていた。緑の御仕着せに身を包む従者を引きつれて、着飾った花姫たちは各々の美しさを見せつける。

鮮やかな真紅の花弁《ドレス》を纏うは気高き一の花姫。従者たちを従えて凛と佇《たたず》む。優しい二の花姫は友人たちに囲まれながら、黄色い花弁《ドレス》を揺らして笑みを零す。初心《うぶ》な末の花姫は薄紅色の花弁《ドレス》を着て、従者の陰で嬉しそうにはにかんだ。

ガーデンパーティーを開く令嬢たちのように華やかな、大輪の蜜薔薇《バラーラ》。窓越しに覗いたシンシアは、思わず動きを止めて見入った。

「気に入った花でもあったか？」

シンシアの視線の先を追ったチェスターが問いかける。

軽い雑談。けれど叱られた経験ばかりのシンシアだ。叱責されたと思い込み、体が強張る。

「申し訳ありません。仕事中によそ見をして」

慌てて謝罪するシンシアに、チェスターは労《いたわ》るように眉尻を下げた。

「仕事を放り出して町へ繰り出したというのなら叱らねばならないだろうが、庭園の花を愛《め》でた程度で咎めるほど狭量《きょうりょう》ではない」

　立ち上がったチェスターが、シンシアの隣に来て窓の外を見る。

　下手に動けば触れてしまいそうな距離。シンシアは下がることもできず、そのまま庭園に視線を固定するしかない。

　決して触れてはいないはずなのに、チェスターのほうから温もりを感じる気がした。

　咲き誇る色とりどりの蜜薔薇《バラーラ》が放つ、甘い香りに当てられたのか。それとも隣に立つチェスターの気配に当てられたのか。シンシアの頬が赤く染まる。

「冬以外は常に咲いているから気にしたことはなかったが、普段よりも花が多いか？」

　すぐ隣で呟かれた声が彼女の耳元をくすぐった。

　ますます顔を赤く染めたシンシアの頭の中は、恥ずかしさのあまり真っ白だ。気を抜くと叫び出してしまいそうで、手をぎゅっと握りしめて動揺を抑える。

「シンシア？」

　彼女の異変にようやく気付いたチェスターが、不安げに顔を覗き込んできた。視界に彼の顔が飛び込んできて、シンシアの心臓は激しく脈打ち張り裂けそうだ。

「あ、ああ、あの……」

「うん？」

「ち、ちちち近い、です」

呼吸すらもままならない咽を叱咤《しった》して、シンシアはなんとか言葉を押し出す。

耳や首筋まで真っ赤に染めてうつむいた彼女を見て、チェスターまで顔を赤くした。すっと姿勢を戻してシンシアから距離を取ると、左手で口元を覆う。

「すまない。私が迂闊《うかつ》だった」

「い、いえ。チェスター殿下は悪くありません。私が、その、あまり人と関わることに慣れていないだけで。申し訳ありません」

言いながら、シンシアは落ち込んでいく。

人と接した経験が乏しすぎるから、近くに立たれただけで動揺してしまうのだ。変に思われたのではないかと、不安を感じてしまう。

先ほどとは違う恥ずかしさでうつむくシンシアに、チェスターはゆるりと首を横に振る。

「シンシアが謝る必要はない。普通の令嬢でも、あれほど近くに男が寄ってきたら戸惑うものだ」

そう言ってから顎に手を添え考え込んだ彼は、少しの間を置いて視線をシンシアに戻すと、右手を差し出した。

「少し散歩をしないか?」

「私のことでしたら、お気になさらないでください」

自分が蜜薔薇《バラーラ》に見惚れたせいで、チェスターに気を使わせ時間を奪おうとしている。優しすぎる彼の負担になりたくないと、シンシアは遠慮の言葉を投じた。

そんな彼女に、チェスターはそうではないと否定の言葉を返す。

「体を動かす習慣を付けたいと思っていたのだ。動きが悪いからと怠けていれば、怪我の影響がない部位まで鈍ってしまう。それに動かし続けていれば、この足も歩くことを思い出すかもしれないだろう？」

チェスターが指差すのは、怪我の後遺症でままならない右足。

「一人で外を歩いていて何かあれば、周囲に余計な世話をかけることになる。そう考えて控えていたが、やはり迷惑だろうか？」

申し訳なさそうに、チェスターは眉を下げる。

「とんでもございません！　私でお役に立つのでしたら、なんでもお命じください」

いつも自信に溢れるチェスターの哀しげな表情を見て、シンシアは反射的に叫んだ。

彼のためであれば、なんでもしたいと思った。彼の役に立てるのなら、彼に必要としてもらえるのなら、どんな努力も惜しまない。

それでも彼に対する感謝の気持ちは、到底表しきれない気がする。

「では頼もう」

真剣な眼差しを向けるシンシアに、チェスターはふっと表情を和らげた。

「はい！」

左手に杖を持ったチェスターの右肘に、シンシアは手を添える。彼に頼るのではなく、彼を支えるために。

連れ立って執務室をあとにした二人は、回廊を経て庭園に出た。

庭師たちが毎日丁寧に世話をしている賜物《たまもの》だろう。蜜薔薇《バラーラ》の花弁も緑の葉も、艶やかに輝いている。

シンシアとチェスターは、花壇の間に延びる小道をゆっくりと進む。

「そう心配せずともいい。普段は一人で歩いているのだ。シンシアも庭園を楽しみなさい」

チェスターが転んではいけないと、気を張っていたシンシアに気付いたのだろう。チェスターが足を止めて周囲に視線を動かした。

シンシアも彼にならって庭園を見回す。でも視線はすぐ傍で咲いていた、一輪の蜜薔薇《バラーラ》に留まる。

淡い薄紅色の花弁は、遠慮がちに外へと広がっていく。恥ずかしさが残っているのか。中ほどの花弁は身を寄せ合って外の世界を窺っていた。

思わず覗き込もうとしたシンシアを、濃厚な甘い香りが包む。蜂蜜《はちみつ》のようにとろりと甘く、仄かに甘酸《あまず》っぱい。意識せずとも感じるほどに深いけれど、優しく柔らかな香り。

指先でそっと花弁に触れた彼女は、嬉しげに顔を綻ばせる。

「気に入ったのなら持ち帰るといい」

チェスターが軽く手を上げて合図を送ると、貴人から見えない位置で作業をしていた庭師が現れた。シンシアが見ていた蜜薔薇《バラーラ》を切り、棘《とげ》を落としてチェスターに捧げる。

受け取ったチェスターが改めてシンシアに向き直ると、彼女の前に一輪の蜜薔薇《バラーラ》を差し出した。

「よろしいのでしょうか？」

「私が許したのだ。なんの問題がある？」

王子である彼が贈るのだ。シンシアが罪に問われることはない。そんな意味を含めた言葉だったけれども、シンシアはなおもためらって受け取れなかった。

美しき花の女王、蜜薔薇《バラーラ》。

愛でることは許されても、所有する価値が自分にあるのか。

たった一輪の花を受け取る。そんな他愛《たわい》のないことも、シンシアにはとてつもなく貴重な出来事に感じてしまう。だって、野に咲く小さな花でさえ、彼女は手にしたことがなかったのだから。

胸元から旅立とうとしては戻るシンシアの指先。見つめていたチェスターが、差し出していた手をわずかに引いた。

シンシアの胸が、ぎゅっと握りつぶされるように痛む。憧れを目の前にしながら、摑み取れなかった失意。チェスターの気持ちを蔑ろにしてしまった罪悪感。

悲しさと苦しさで歪む顔を隠すためうつむいた。だけど目だけは正直で。去っていく蜜薔薇《バラーラ》を追いかけて上を向く。蜜薔薇《バラーラ》が視界から消えた途端、髪に触れるものがあって、シンシアは目を瞬いた。

「似合うな」

後ろへ下がったチェスターが満足気に微笑んだ。彼の青い瞳には、蜜薔薇《バラーラ》を髪に挿したシンシアが映る。

一拍の空白。

何が起きたのか理解したシンシアの心に、嵐が吹き荒れた。心臓がどきどきと音を立て、顔は溶けてしまいそうなほど熱い。歓喜と羞恥が渦巻いて暴れ、シンシアの胸は破裂しそうだ。

直立不動となって微動だにしない彼女の様子に、チェスターの表情が翳っていく。

「気に入らなかったか？」

チェスターの言葉を否定したいシンシアだけれども、混乱の只中《ただなか》にいる彼女の唇は震えるばかり。音を紡ぐことはできなかった。それでもなんとか気持ちを伝えなければと、口を開ける。でも息を吐き出すことすらままならなくて。はくはくと喘《あえ》ぎ、ようやく言葉を絞り出した。

「あ、ありがとう、ございます」

掠れた小さな声。

風に攫《さら》われそうなシンシアの言葉を、チェスターは落とすことなく拾う。

「喜んでもらえたならよかった。もう少し歩こうか？　蜜薔薇《バラーラ》の姫」

差し出された右肘。シンシアは顔を真っ赤に染めたまま、ぎこちなく手を添えた。

彼の役に立ちたいと思っているのに。シンシアが返す以上に、チェスターは喜びを与えてくれる。

シンシアは自分の至らなさに落ち込む一方で、彼の隣を歩ける幸運に胸が高鳴った。

※

シンシアとチェスターは、並んで庭園を進む。

男女のことに疎い初心なシンシアを心配したのか。花の蜜を楽しんでいた妖精たちが、ふわふわと集まってきた。

昼の日差しの下では見落としそうなほどに淡い光の珠《たま》。

彼らの動きを視界の端に留めたチェスターは目を瞠る。

どこにでも存在する妖精たちだが、人間に興味を抱くことは稀《まれ》だった。甘いものを用意すれば集められるけれど、そうでなければ寄ってくることはない。

二人に近付いてきたわけではなかろう。たまたま、この辺りに興味を引くものがあっただけだ。

そう考えるチェスターだけれども、一匹がシンシアの髪に飾った蜜薔薇《バラーラ》に止まると、他の妖精たちまで集まってきた。これを偶然と済ませていいものか。

チェスターは眉を寄せて思案する。

だけど妖精たちを頭に乗せたシンシアを見ていると、彼女なら好かれても不思議ではないかもしれないと思えてきた。

醜いチェスターを怖がることもなく、ひたすらに感謝を向けるシンシア。チェスターは、彼女を救うために動いたわけではなかったのに。

「不思議だな」

無意識に出た独り言。

不思議そうに見上げたシンシアに、なんでもないと首を振る。

彼女の傍は心地いい。それがなぜなのか、彼は知らない。かつてはチェスターの周りにも、彼女のように敬愛や信頼を向けてくれる者が大勢いた。だけど、こんな気分にはならなかった。考え事をしていたからだろうか。足元に飛んできた妖精に気付くのが遅れ、チェスターはたたらを踏んだ。

以前ならばその程度で体勢を崩すことはなかった。だが半身が不自由となった今、チェスターの体が後ろへ傾いていく。

すぐに突いた杖に力を込め、傾く体を前方へ押しやる。彼の反応と同時に、シンシアが右腕を引っ張った。

想定以上に前へ向かう力が加わり、今度は体が前のめりになる。このままではシンシアを巻き込んで転んでしまう。

未婚の令嬢が王子に押し倒されたなど、とんだ醜聞だ。何より彼女に怪我を負わせるわけにはいかない。

チェスターは急ぎ杖を浮かせて前に突き直す。そしてシンシアに摑まれたままになっていた右腕の手首を回し、後ろに転びかけているシンシアの腕を摑んで引く。

仮面が外れ、からりと乾いた音が地面で鳴った。風が素肌を晒した右の頰を撫でる。

チェスターもシンシアも無事だったけれど、シンシアは顔色を失くし、瞳を涙で潤ませていた。

「も、申し訳ありません」

「大丈夫だ。支えてくれてありがとう」

今は不自由な体とはいえ、元は従軍に耐えうるほどに鍛えた肉体。転んだところで大したことはない。せいぜい警備の騎士たちが大騒ぎするだけだ。

尊き王族に仕える侍女であれば、シンシアの行動は当然のこと。でも彼女が、チェスターが王族だから助けようとしたのではないことを、彼は見抜いている。

彼女は本心から、ただのチェスターを心配してくれているのだ。そして、叱責されることを恐れていた。

暖かな日差しの下だというのに、チェスターの腕を摑んだままのシンシアの指先は震え、唇は紫色に染まっている。

どれほどの恐怖を感じているのか。こんな反応を示すようになるまでに、どれほどの恐怖を与えられてきたのか。

彼女の過去に思いをはせるチェスターだが、現状を長引かせることは、彼女にとって好ましくない。

「シンシア」

「はい」

「仮面を拾ってくれるか？　この足だと膝を折るのも億劫《おっくう》でな」

「はい。只今」

まるで上官の命令は絶対だと教え込まれた兵士のように、シンシアは恐怖を捨て命令を遂行するため動き出す。

チェスターの腕から手を離し、地面に落ちた仮面を拾う。汚れを確かめてハンカチーフで拭くと、チェスターに差し出した。

「あの、どうぞ」

けれど、おずおずと見上げてくる表情は、まるで悪戯をして叱られるのを覚悟している子猫を連想させる。

その愛らしい表情に、いけないと分かっていながら噴き出してしまったチェスターは、口元を手で覆った。

「笑ってしまってすまない。それとありがとう。仮面を拾ってくれたこともだが、散歩に付き合ってくれて」

前者はともかく後者については、なぜ礼を言われたのか理解していない様子だ。小首を傾げてきょとんと見つめてくる。

褒められ慣れていない。感謝された経験が乏しい。だからはっきりと善行だと分かることでしか、彼女は自分が役に立っていると自覚できないのだろう。

「シンシアがいてくれたから、こうしてすぐに仮面を拾えた。それに一人で庭園を歩いていてもつまらないからな。明日も晴れたら、一緒に歩いてくれるか？」

仮面を受け取りながら言葉を足す。やっと理解したシンシアが、頬を蜜薔薇《バラーラ》色に染めた。

恥ずかしげに、幸せそうに微笑む彼女が輝いて見えるのは、明るい日差しの成す業《わざ》か。それとも妖精たちの淡い光に囲まれているからか。

傷痕の上に仮面を着けようとしたチェスターは、思い至る。

月明かりと妖精灯が頼りの薄闇ではない。隠すもののない日中であっても、シンシアはチェスターの顔を怖がらないのだと――。

分かっていたことだ。それでも実際に目《ま》の当たりにして、チェスターの心は温もりに包まれた。

※

王城の敷地内には、図書館があった。利用が許されているのは、官僚や貴族家の当主、彼らが保証人となった者などに限られる。そんな場所へ、シンシアは休日を利用して赴いた。

自分の知識が人より少ないことに引け目を感じていたシンシアに、チェスターが立ち入りの許可をくれたのだ。

少しでも知識を深めようと意気込んで来た彼女だったけれども、蔵書の多さに圧倒されてしまう。表題を確認するだけでも、一年はかかってしまうのではないかと尻込みした。

「何をお探しですか？」

立ち竦むシンシアに気付いた司書が、問うてきた。だけどシンシアは答えられない。

本を読めば、知識が身に付く。そうすれば今よりチェスターの役に立てる。そんな単純な考えだったのだ。どんな本を読めばいいかなんて、考えてこなかった。

「せっかくお声がけいただいたのに申し訳ありません。こんなにたくさんの本を見るのは初めてで。何を探したらいいのか分かりません」

正直に伝えたシンシアに、司書は図書館の説明をする。

館内で禁止されていること。本の利用方法。貸し出しに関する注意。最後に、どこにどんな本が並べられているのかという、簡単な図面を見せてくれた。

シンシアは説明を聞いているだけで眩暈がしてくる。けれどせっかくチェスターが許可をくれたのだ。おめおめと帰るわけにはいかない。

自分を奮い立たせ、提示された図面を睨《にら》み文字を追った。その目が一つの区画に留まる。

「薬?」

薬とは、医師が処方してくれるもの。その本ということは、薬の種類をまとめたものであろうか。不思議に思ったシンシアが少し視線をずらせば、医学書の区画もあった。

「ここには、お医者様も勉強に来られるのですか?」

「そういうこともありますが、医者を目指す方が、勉強のために読みに来られる場合が多いですね。あとはご家族の病気に役立つことはないかと調べに来る方もおられます」

司書の答えを聞いて、シンシアは薬の本を読むことに決める。チェスターの怪我を治すために、少しでも役立つ知識を得られればと思ったから。

教えてもらった棚に行くと、一冊どころか何十冊という本が並んでいた。全て薬に関する本だ。市販されている薬の種類や利用方法の説明をまとめたもの。中には薬の作り方を示した書物まである。

シンシアは一冊を手に取ると、本を読むために設置されているテーブルに向かった。

本は貴重なものだ。丁寧に一ページずつめくり、真剣に目を通す。

「難しいわね」

文字は乳母が教えてくれた。部屋に数冊の本があったお蔭もあって、読み書きはできる。だけど家庭教師を付けられていなかったシンシアは、専門的な言葉が理解できない。

眉間にしわを寄せて本と睨み合っている間に、時間は過ぎていく。

「もっと簡単な本はないかしら？」

これだけたくさんあるのだ。一冊くらい、シンシアでも理解できる本があるかもしれない。そう考えて立ち上がったシンシアは、持ってきた本を元の場所に返すと別の本を開いてみる。

細かな文字がびっしり書き込まれていて、文字を追うだけで目が疲れそうだ。先ほど手にした本のほうがまだ読みやすいと思えた。

別の本を手に取る。所々に挿絵があり、興味をそそる構成だ。けれど書かれている単語は専門用語が多用されていて、異国の言葉が並んでいるかのように思えた。

もう一冊。今度はこちらを……。

けれど彼女が理解できそうな本は中々見つからない。

本を読むことすらできない自分のふがいなさに、気持ちが落ち込んでくる。シンシアは唇を嚙みしめて悔しさに耐えると、次の本へ手を伸ばす。するとシンシアの前を妖精が横切った。

ふわり、ふわりと本の背表紙を確かめるみたいに飛んでいた妖精が、一冊の本に止まる。シンシアがじっと見つめていると、用は済んだとばかりにどこかへ行ってしまった。

妖精は、ただ本に止まって休んでいただけだろう。そう思いはしたものの、いったい妖精がどんな本に興味を示したのかと、好奇心に誘われて本に手を伸ばす。

引き出した本は、飴色《あめいろ》の表紙に宝石がはめ込まれていた。微かに残る金箔《きんぱく》の欠片《かけら》は、タイトルの名残か。それらから、元は贅《ぜい》を凝らした美しい装丁だったのだろうと想像できる。

開いてみたいけれど、他の本よりずっと古いその本は、丁寧に扱わなければページが零れ落ちてしまいそうだ。立ったままめくるのは危なく思えて、シンシアは中を見ることなくテーブルに移動する。

席に着いて机に置いた本の表紙を慎重にめくると、ページの所々に虫食いの穴が開いていた。癖のある古い文字を、一文字一文字丁寧に追っていく。

書かれていたのは、童話を思わせる優しい文章。そしてめくるたびに美しい挿絵が添えられている。

『森に住む妖精たちが奏でる水琴の音を浴びた、林檎菊《カミール》の花びら。虹を映した泉の水。一緒に煮詰めれば、どんな頭痛も消えていく』

花に留まる妖精の挿絵。隣のページに書かれた薬の作り方はとても分かりやすくて、シンシアにも理解できた。

「これがいいわ」

やっと本を読み始めることができる。シンシアは期待に目を輝かせて、最初のページから一枚ずつめくっていった。

「古傷を癒やす薬の作り方はないかしら？」

戦で負った傷のせいで、チェスターは人々に避けられている。だから優しい彼は仮面を被《かぶ》り、人前に出ることを控えていた。それに体の動きにも制限がある。

古傷が癒えれば、彼は以前のように活躍できるだろう。きっと多くの人から慕われる日々が戻ってくるはずだ。

そんな未来を想像したシンシアは、自分のこと以上に嬉しくなって口元が綻ぶ。

願いを叶えるため、必死になって文字を追う。

「あったわ。どんな古傷も治す薬」

挿絵に描かれていたのは、美しい娘。泉に足を浸し、水楓《アクアメプル》の木にもたれて座っていた。水楓《アクアメプル》は水辺に生える木で、甘い樹液が採れる。

実際に水楓《アクアメプル》を見たことはないシンシアだけれども、その存在はよく知っていた。水楓《アクアメプル》に宿る精霊と騎士の物語は、この国では有名な物語だから。最低限のものさえ与えられていなかった彼女の部屋にも、古びたその絵本は置かれていたほどに。

挿絵から視線をずらして、シンシアは作り方を確かめる。途端に彼女の表情が曇った。

『乙女柿《シアル》の油に人魚の鱗を漬けよう。虹色に変わったら、水穂草《ガルマ》の花粉を加えてようく練って。

最後に人魚が零した真珠を一粒。祈りを捧げれば、どんな傷痕も元通り』

「乙女柿《シアル》？　水穂草《ガルマ》？」

彼女が知る世界はとても狭くて。書かれている材料は心当たりのないものばかり。

唯一分かるのは人魚だ。幼い頃に乳母が語ってくれた物語に出てきた。

下半身が魚の姿をした、美しい娘。海で溺《おぼ》れた王子様を救い、結ばれる物語。

「水辺に行けば会えるのかしら？　でも鱗を剝ぐのは痛そうで可哀そうね。一枚だけでいいから譲ってくれないかしら？」

シンシアは人魚が伝説の生き物だなんて知らなかった。魚と同じように、水の中を泳いでいるのだろうと信じて疑わない。

だから人魚を探すことよりも、どうすれば人魚が鱗を譲ってくれるだろうかと、頭を捻《ひね》りながら挿絵を睨む。

答えが出なくてもう一度本を見て、そして気が付いた。

「あら？」

挿絵に描かれた人魚と思われる娘をよく見れば、足がある。スカートから覗く足を水に浸けているけれど、水面を通して覗くのは見慣れた人の足だ。普通の人と違うのは、露出した腕や肩に魚の鱗が描かれていること。

「もしかして」

シンシアの視線は、自然と自分の体に落ちた。

人魚の鱗は、思ったより簡単に手に入るかもしれない。

「だったらあとは、乙女柿《シアル》と水穂草《ガルマ》ね」

本の内容を忘れないように、持ってきた紙に書き写すと、シンシアは運んできた本を棚に戻す。それから司書の元に向かった。

「植物について書かれた本は、どこにありますか？」

司書に教えてもらった区画に行くと、妖精が数冊の本に止まって休んでいる。

先ほども妖精が止まっていた本に薬の作り方が書かれていたことを思い出し、シンシアは妖精のいる本に手を伸ばした。立ったまま、ページをめくってみる。

「あったわ」

水穂草《ガルマ》は水辺に生える植物で、人の背丈ほどまで伸び、橙色《だいだいいろ》の大きな穂を付けるのが特徴だ。繁殖地は広く、王都でも見つけられそうだった。

「次は乙女柿《シアル》ね」

妖精はもう本に止まっていない。けれどシンシアは先ほどまで妖精が止まっていた本を選んで、テーブルに向かう。

『白い月が浮かぶ夜。フルームにあるワイトムーの森へ迷い込んだ清らかな乙女が、傷付いた銀月牛《ぎんげつぎゅう》を見つけて介抱する。乙女に心を許した銀月牛は、彼女を秘密の場所へ連れていく。そこに生える木には、宝石のように輝く実が生《な》っていた。それこそが、乙女の実とも呼ばれる乙女柿《シアル》の実』

「フルームというところへ行けば乙女柿《シアル》があるのね」

そこまでは分かったけれど、シンシアにはフルームまでどうやって行けばいいのか分からない。

もっと近くにも生えていないかと本を探してみるけれど、フルーム以外に乙女柿《シアル》が生えている場所は書かれていなかった。それどころか、本によっては、乙女の実を手に入れようとすると妖精の道に置き去りにされて帰って来られなくなるとか、銀月牛の怒りを買って気が狂ってしまうなど、恐ろしいことが書かれている。

「きっと妖精たちと銀月牛が大切にしている実なのだわ。手に入れる時は、ちゃんと銀月牛にお願いしないと」

シンシアはしっかりと心に刻みつけた。

窓から見える森の木々は、青々とした葉で覆われていた。小鳥たちがまだ小さな青い実を見つけては突いて、早く大きくなれよと急《せ》かす。そんな春が終わりを迎え夏が近付いてきたある日のこと。シンシアはチェスターから、休暇を取るようにと告げられた。

「あの、やはり私では、お役に立てなかったのでしょうか？」

自分が世間知らずなのだと、シンシアは毎日のように思い知らされている。だからいつ暇を出されても仕方ないと覚悟はしていた。それでも実際に告げられれば、目の前が真っ暗になってしまう。

目尻に滲む涙を呑み込もうとするけれど、零さないようにするだけで精一杯だ。

「そうではない。視察でしばらく留守にするから、その間は仕事を休めという意味だ。シンシアはよく働いてくれている。しばらく羽を伸ばしておけ。帰ってきたら、またよろしく頼む」

シンシアの早とちりに、チェスターは困った顔だ。

自分の思い込みに気付いたシンシアの顔が、首筋まで真っ赤に染まる。恥ずかしさと安堵で間抜け面《づら》になりかけた顔を隠すため、ぐっと口を引き結んだ。

そうして出来上がった表情が却って可笑《おか》しかったのか、顔を背けたチェスターが肩を震わせる。

頑張って表情を隠したのに台無しだ。シンシアは思わず、チェスターをじとりと睨んでしまう。

険のある視線を受けて、チェスターが謝りながら笑いを引っ込める。

「すまない。誤解させるような言い方をしたな。詫びに土産を買ってこよう。何がいい？　シンブリーの硝子細工《がらすざいく》か？　フルームの櫛《くし》か？　それとも――」

チェスターが告げた地名を聞いて、シンシアの恥ずかしさは吹き飛んだ。

「フルームに行かれるのですか？」

傷痕を治せるかもしれない薬の材料、乙女柿《シアル》。その木が生える場所を知る銀月牛が棲《す》むと伝わる地、フルーム。

シンシアは思わず前のめりになって問い質《ただ》す。

思わぬ反応に、チェスターがシンシアをじっと見つめた。

「シンシアは、フルームに興味があるのか？」

当然抱くであろう疑問。シンシアは目を泳がせる。

ワイトムーの森に行って、乙女柿《シアル》の木を探したいと思う。けれどその話をチェスターにするのはためらわれた。彼のために薬を作りたいのだということを、なぜだか知られたくないと思ったから。

その理由をシンシアは、自分の鱗を知られてしまう危険があるからだと解釈して納得する。胸を満たす感情は恐怖が呼び込む寒気ではなく、マグマのような熱い思慕で胸を叩いていたというのに。

口を閉ざしてしまった彼女を見つめていたチェスターは、一瞬だけ視線をトレヴァーと交わしてからシンシアへ戻す。

「長旅になるから、女性には辛いかもしれない。それに君は未婚の令嬢だ。私に同行すれば、変な噂が流れてしまうかもしれない。無論、そうならないように配慮はする。だが人の口というのは勝手なものだ。そのリスクがあってもよければ付いてきてくれるか？」

思わぬ申し出に、シンシアは目を丸くする。

「よろしいのですか？」

ためらいがちに問い返せば、チェスターはしっかりと頷いた。

「貴族の館にも寄ることになるが、この顔だからな。当主はまだしも婦人に怯えられかねん。シンシアのような令嬢が同伴してくれれば、相手も幾ばくかは気安く接してくれるだろう。正直に言えば、君が同行してくれるのは助かる」

澄んだ青の瞳には、シンシアを迷惑がる色も偽りの気配もない。

本当に誘ってくれているのだ。役に立てるのだ。そう理解したシンシアの胸が高鳴っていく。

どんな理由であろうとも、ほんのわずかでも、チェスターがシンシアを必要としてくれている。それがとてつもなく嬉しくて、心が浮足立つ。乙女柿《シアル》のことは頭から吹き飛んでいた。

「行きたいです」

シンシアは頬を紅潮させて答える。

「決まりだな」

目尻を優しく下げるチェスターに、シンシアは満面の笑みを返した。

三章
旅

チェスターの視察に同行することが決まった翌日。シンシアは困惑していた。

目の前に並ぶのは、色とりどりのドレス。にこやかに話しかけてくる夫人の後ろには、お針子たちが控えている。視線をずらせば煌めく宝石がはめられた装飾品が、柔らかな布を敷いた机の上で行儀よく並んでいた。

「あのう」

戸惑いを隠すことなどできようか。動揺するシンシアは、救いを求めてチェスターを見る。けれど唯一の味方と思っていた彼は、薄紅色の金剛石が付いた首飾りを手にし、シンシアを振り返った。

「これなど似合うのではないか？」

首元にあてがわれて、シンシアの体が強張る。

高価な装飾品を身に着けたことのないシンシアだとて、それがとてつもなく価値のある品物であることくらいは分かった。

もしも動いて傷を付けてしまったら。

想像するだけで、指先どころか目蓋を動かすことすら恐ろしい。

「それでしたら、こちらのドレスを合わせましょうか？」

間髪を容《い》れず、夫人が並ぶドレスの中から一着を選ぶ。体の前に添えられて、シンシアは息を詰めた。

高級な生地ほど繊細だ。些細なことで布が歪み、色が褪せてしまう。一滴の水が跳ねただけで、不良品の烙印を押されてしまう場合も珍しくない。それほどに気難しい品を管理できることもまた、権威や豊かさを所持している証明となるとは言うけれど。

緊張と浅い呼吸のせいで、シンシアは頭がくらくらとしてくる。

そもそも、なぜ彼女がこんな目に遭っているのか。原因は、シンシアがチェスターの視察に同行すると決まったからだった。

王族であるチェスターが視察に出向くのだ。王家が貴族や彼らの領地を気にかけていると示すためにも、道中の宿は領主やそれに準ずる者の館となる。民間の宿に泊まるなど、事情がなければ控えなければならなかった。

そうなれば、どうしたってチェスターは持て成しを受ける。さすがに舞踏会まで開く者はいないが、晩餐会《ばんさんかい》には呼ばれるだろう。

視察中であるから大目に見られるとはいえ、成人した男性が社交の場に一人で参加するのは好ましくない。本来ならば妻や婚約者が同伴するものだが、チェスターは婚約を解消してパートナーがいなかった。

そうなれば、侍女を務めるシンシアが同行することになるのは自然の流れで。

一応、同伴することに問題ないかと確認はされていたのだ。けれどシンシアは、深く考えずに引き受けてしまった。

そうして本日。シンシアはチェスターの隣に立つに相応しい装いをするため、急遽《きゅうきょ》ドレスを購入することになったわけである。

「既製品で悪いな。さすがに今から仕立てていては間に合わないから、目をつむってくれ」

チェスターが申し訳なさそうに眉を下げた。対してシンシアは、顔が引きつるのを止められない。

「もう充分すぎます」

まさかこんな大事になるなんて。

予想していなかった状況に、シンシアは心の中で涙を呑む。

そんな彼女の心情などどこ吹く風。チェスターと商家の者たちは、阿吽《あうん》の呼吸でドレスや装飾品を選んでいく。

本来ならば体の採寸を行うところだが、シンシアの事情を考慮したチェスターの計らいにより見送られた。お針子たちはシンシアの立ち姿から寸法を読み取り、ドレスを手直しする。

時間の経過と共に慣れたからか、それとも疲労からか。シンシアから緊張が抜けていく。そうすると視界が広がる。

自分とは縁がないと思っていた、綺麗なドレスや宝石の数々。生誕祭をはじめとした、貴族に連なる者たちが出席を義務付けられている夜会に赴けば、嫌でも目にしてきた。けれど貴婦人方が身に着けている品を、不躾《ぶしつけ》に見つめることは失礼だ。

せっかくの機会だと、シンシアは視線だけ動かして観賞させてもらうことにする。

きらきらと輝く装飾品は、どれも素晴らしいデザインをしていた。限られた大きさの小さな世界には、煌びやかな夢がぎゅっと閉じ込められている。

続いて彼女が目を向けたのは、トルソーに着つけられたドレスの数々。

少女の夢を詰め込んだ、花のように裾が広がるドレス。大人へと羽ばたくエレガントなデザインのドレス。一級品の生地は美しい色に染めあげられ、見事な刺繍が施されている。

シンシアは思わず吐息を零す。

耳に拾ったチェスターが、会話を止めて顔を向けた。

「欲しいものが見つかったなら、遠慮なく言うといい」

「そんな。畏れ多いです。ですが、どれも素敵です」

緩んでいた緊張がぶり返してくる。シンシアは慌てて首を左右に小さく振った。

彼女の様子を見て、ふっと口の端を上げたチェスターだったけれども、新たに運び込まれた装飾品に目を留めるなり、目元を鋭くした。何があるのかと、シンシアもそちらを見る。

敏《さと》い商人は、チェスターの異変を見てすぐにしまおうとした。だけど彼が隠す前に、シンシアが目に留めてしまう。夕日に照らされた雨上がりの紅葉を思わせる赤い宝石に、彼女の目は奪われる。

「なんだか、宝石自体が輝いているみたいですね」

シンシアの言葉を耳に留めたチェスターが驚いた顔をしたけれど、シンシアは気付かない。

商人はチェスターの表情を確認したあと、気まずそうながらも笑顔で説明を始めた。

「こちらはマルメール領で採取された紅妖精玉《フェアリールビー》を使用したものになります」

「まあ！　マルメール領で、こんなに美しい宝石が採れるの？」

「ええ」

マルメール領は、シンシアの父であるグレイソン・マーメイが治める領地だ。だというのに、シンシアは紅妖精玉《フェアリールビー》を見たことがなかった。

シンシアの素性を知らされていないのか、商人は話を続ける。

「微量ですが妖精の鱗粉が含まれているため、このように美しく輝いているのですよ」

「妖精の？　素敵ね」

夢見る少女のように、シンシアはうっとりとした表情を浮かべる。

「もう採り尽くしてしまったのか、ここしばらく採掘されていないみたいです。お求めになるならば今のうちですよ」

手に入れたくなった時には、流通していないかもしれない。そんなふうに言われては、もう一度紅妖精玉《フェアリールビー》を眺めてしまう。

きらきらと輝く赤い宝石。もしも領地に連れていってもらえていたのなら、自分でも探せただろうか。思いをはせたシンシアは、すぐに有り得ないと打ち消した。彼女を恥と考えるマーメイ家の者たちが、そんなことを許すはずがない。

紅妖精玉《フェアリールビー》を映す瞳の中で、悲しみと憧れが揺れ動く。

「シンシア、こちらはどうだ？」

チェスターが他の装飾品へ話題を振ってきて、シンシアの思考は途切れた。目を輝かせるよりも、頬が引きつってしまう。

「とても綺麗です。ですが、私には……」

彼が示したのは、光の加減で虹色に輝く虹妖精玉《フェアリーオパール》をふんだんに使った首飾り。視界の端に留めてはいたけれども、あまりに豪華すぎて見ないふりをしていた品だ。

「遠慮することはない。試着してみるか？」

「それだけはどうかお許しください」

ぶんぶんと首を振り、全力で遠慮する。

王族のチェスターにとっては見慣れたものかもしれない。だけどシンシアにとっては畏れ多い一品。身に着ければ動けないどころか、心臓が破裂してしまいそうだ。

涙目になったシンシアが必死に拒絶している間に、機転を利かせた商人によって紅妖精玉《フェアリールビー》は片付けられる。

チェスターと商人たちに薦められながら必要なものを選び終えた時には、シンシアは疲れ果てていた。あとは商人たちに任せ、チェスターと共に執務室へ戻る。

「今日はもう休むか？」

「いいえ。大丈夫です」

疲れているのはチェスターも同じだろう。そもそも、シンシアのために時間を作り、商人たちを呼んでくれたのだ。だというのに、自分だけ休むわけにはいかない。シンシアは背筋を伸ばして表情も引きしめる。

くすりと笑ったチェスターが、胸ポケットから銀色の鎖を取り出した。伸びていく鎖の先端には、一粒の蒼妖精玉《フェアリーサファイア》。

「よければ使ってくれ。妖精玉《フェアリージェム》はお守りになるし、今日、無理をさせてしまったお詫びだ」

「そんな！　いただけません」

「先ほどの品のせいで高価に感じるかもしれないが、残念ながらこれは大した品ではない。デザインは簡素だし、石の質も今一つ。庶民でも買える品だ」

チェスターはそう説明したけれど、裕福な者か、愛する者へ乞うための奮発でなければ、庶民は手を出さないだろう。無論、そんな現実をシンシアが知るはずもなく。

「あ、ありがとうございます」

それならばと、ためらいながらも受け取った。

掌の上できらきらと光る、蒼妖精玉《フェアリーサファイア》の首飾り。深く澄んだ蒼は、チェスターの瞳の色を思わせる。

偶然だろう。そう思うのに、嬉しくて口元が緩んだ。

とうとう出発の日が来た。数台の馬車が並び、護衛の騎士たちも控えている。

用意された馬車の一台に、シンシアはケイトと共に乗り込む。同行する女性がシンシア一人というのは誤解を招く恐れがある。また、男ばかりの同行者では居心地の悪い思いをするだろうと、チェスターが気を回してくれたのだ。

巻き込んでしまって申し訳ないと謝ったシンシアに、ケイトは滅多にできない旅行ができると笑って返した。

馬車ががたりと揺れて動き出す。旅の始まりだ。まるで冒険に出発するみたいな気分がして、シンシアの胸が高鳴った。

王都から離れた領地を巡る行程の途中では、乙女柿《シアル》の伝説が残るフルームの地にも寄る。侍女として行くのだから、自由な時間があるかは分からない。それでもこの機会を逃せば、もう手に入れるチャンスには恵まれないだろう。

必ず手に入れるのだと、シンシアは心の中で意気込んだ。

からからと音を立てて町の中を進んでいると、窓の外から人々の声が聞こえてくる。外を見れば、王家の馬車を見た子供たちが手を振り、大人たちも足を止めて見物していた。

きょとんと目を瞠ったシンシアは、慌てて窓の陰に隠れる。その慌てふためく様子を見て、ケイトがくすくすと笑った。

「これから先、町に入るたびにこうなるでしょうから、気にしては駄目よ？　なにせチェスター殿下は、先の戦の英雄だもの」

王城では腫れ物扱いされているチェスターだけれども、彼は王子であり、先の戦で功労を立てた英雄だ。国民たちからの人気は厚い。

ためらいながら、シンシアは窓から外を覗く。

チェスターが乗る馬車に向けられた、きらきらと輝く敬意と憧れの眼差し。自分はそんな素晴らしい人物に仕えているのだと、誇らしい気持ちになってくる。そして同時に、自分の未熟さが歯がゆく思えた。

「もっとチェスター殿下に相応しい侍女になりたいわ」

シンシアの呟きを拾ったケイトが目尻を下げる。まるで我が子の成長を見守るように、優しげな顔をして。

「王城に上がったばかりの頃に比べれば、ずいぶんと成長しているわ。これからも変わらず努力していれば、その日は近いわね」

「ありがとうございます。ケイト様のお蔭です」

顔を見合わせて微笑むシンシアとケイト。けれど和やかな空気に包まれていたのは、半刻にも満たない時間だった。馬車に乗り慣れていないシンシアは、顔を青ざめさせて口元を手で押さえる。

「まだ耐えられる？」

「だい、じょ……うっ」

「無理に喋らなくていいわ。大人しくしていなさい。もう少しで休憩のはずだから」

ケイトがシンシアの背中を擦《さす》りながら励まし続けた。

自分から行きたいと言い出しておいて迷惑をかけている。そのことが、気分の悪さよりも辛くて、涙が溢れそうになった。

太陽が南中を越えた頃。ようやく最初の休憩地点に辿り着く。王家の所有する別荘の一つに馬車は入っていった。

シンシアはすでに顔から血の気が引き、馬車から降りる体力すら残っていない。

「ここで休んでいなさい」

言い残してケイトが馬車から降りていく。風が通るように、扉は軽く開けたままだ。

遊びの旅行ではない。チェスターに帯同している以上、彼女たちには仕事があった。ケイト一人に任せてしまうことに申し訳なく思いつつも、動けない以上、シンシアには手伝いもできない。

自分が情けなくて涙が滲む。だけどここで泣けば余計に迷惑をかけてしまうと、シンシアはぐっと涙を呑み込んだ。

しばらくして足音が近付いてきた。馬車の扉が開き、ケイトが顔を覗かせる。

「チェスター殿下がお薬を用意してくださったわ。飲める？」

シンシアは差し出されたカップを受け取った。

温かな湯気には、癖のある薬湯《やくとう》の香りが混じる。口に含むと微かな青味を感じた。胸を内側から押してくる気持ち悪さのため、たった一口分でさえ咽が拒絶を示す。それでも少しずつ、シンシアは腹へと落とした。

馬車に乗り込みシンシアの隣に座ったケイトが、背を撫でながら寄り添う。

「あの、私なら大丈夫ですから」

ケイトにまで仕事を放棄させてはならないと、シンシアはか細い声を絞り出した。

「気にしないの。ここには常駐の使用人たちもいるわ。それにこれはチェスター殿下のご命令なのだから。心配しないで」

役立つどころか、旅の序盤での失態。叱責されても当然だと考えていたのに、チェスターはシンシアを気遣ってくれている。

どこまでも優しい人。そう思った途端、シンシアの胸が締め付けられた。

「動けるようになったら、チェスター殿下の馬車に移動するわよ」

「え？」

何を言われたのかすぐには理解できなくて、シンシアはケイトを見つめてしまう。

「王族用の馬車は揺れが少ないから、そちらに移るようにとご配慮くださったの。もちろんシンシア様の体調が心配だから、私も移るわ」

王族が乗る馬車と使用人たちが乗る馬車では、乗り心地に差がある。しかし体調を崩したからと言って、使用人が王族の馬車に乗るなんて許されるのか。

目を白黒させるシンシアに、ケイトは苦笑を零す。

「長旅だから。馬車の中でも殿下のお世話をする者が必要なのよ」

それが詭弁《きべん》であることは、シンシアにだって分かる。だけど断る理由は見つけられなくて。

幾ばくか体調を取り戻したところで、ケイトの肩を借りてチェスターが乗る馬車に向かった。

白い車体に金の蔓草模様《つるくさもよう》。木の実を模して赤い宝石が埋め込まれている。

改めて目に映したシンシアは、こんな立派な馬車に自分が乗ってもいいのかと尻込みしてしまう。

「シンシアを連れてまいりました」

「入れ」

ケイトが申し出ると、すでに馬車で待っていたらしいチェスターが許可を出す。護衛の騎士が馬車の扉を開き、中の様子が顕わになった。

白を基調とした内装には、銀箔で水楓《アクアメプル》をモチーフにした幾何学模様が描かれている。金縁窓の上部には小振りの妖精灯。座席はクッション性があり、赤いビロード生地が覆う。

その豪華さ以上にシンシアたちを驚かせたのは、チェスターが座る位置だ。前後に向き合う座席のうち、チェスターは進行方向に背を向ける側に座っていた。

「殿下」

眉根を苦く寄せたケイトが、諌めるように呼びかける。

馬車に主人と使用人が同席する場合、進行方向を正面にした上座に主人が座り、背を向けた下座に使用人が座るものだ。

「私は馬車酔いしない。シンシアがそちらに座ったほうがいいだろう？」

チェスターがシンシアを自分の馬車に誘ったのは、彼女の体調を気遣ってのこと。後ろ向きに座れば、振動が少なくても酔いやすくなる。ケイトだってその程度のことは承知しているだろう。

だが王族に仕える者として、第一王子と一介の侍女、どちらを優先すべきかなど決まっていた。重ねて苦言を呈しようと口を開く。

「ですが」

「それとも、私とシンシアが隣り合って座ったほうがいいか？」

被せられた言葉はあまりにも突拍子がなくて、ケイトは口をつぐむ。

王家の馬車は広い。隣り合って座ったとしても、肩が触れ合うことはない。だからといって、使用人とはいえ婚約者でもない未婚の男女を、隣り合わせて座らせることなどできるはずがなかった。

「それはなりません」

きっぱりと否定するケイト。対してチェスターは、勝気に口角を上げる。話はついたとばかりに立ち上がると、シンシアに向けて手を差し出した。

馬車に乗るためだけとはいえ、王子からのエスコートだ。受けていいのか分からなくて、シンシアは不安げな表情で、ケイトとチェスターを交互に見る。

「差し出した手を取ってもらえないのは、中々辛いものだな」

「そのような意味では」

チェスターに悲しげな表情を浮かべられれば、シンシアが逆らえるはずがない。慌てて彼の手に自分の手を重ねた。

手袋越しに伝わってくる温もり。シンシアの掌と違って、ごつごつと硬い、剣を持つ鍛えられた男の手だ。

頬に熱が上がってくるのを感じながら、シンシアは馬車に乗り込む。続いて呆れながらケイトが乗り込み、シンシアの隣に腰を下ろした。

扉が閉まり、馬車が動き出す。

座面は柔らかく座り心地がいい。それでも揺れがなくなるわけではなかった。その上、目の前にはチェスターの姿がある。

せっかく王族の馬車に乗せてもらったというのに、シンシアは緊張も手伝って、すでに真っ青になっていた。

「辛いなら横になるといい。ケイトはこちらへ。足を伸ばすことは無理だが、上体を横たえることはできるだろう」

心配してくれたのだろう。チェスターが勧めてきたけれど、無作法な行いができるはずがない。それに窓のカーテンが開いている。窓より下で街道を歩いている人たちの視線は避けられるけれど、騎乗している騎士たちからは、中の様子が見えていた。

「大丈夫です」

シンシアは声を詰まらせながら遠慮の言葉を咽から押し出す。隣に座るケイトも渋い顔だ。

「そうか。ならば耐えられなくなる前に言え。休憩を取らせるから」

「滅相もございません。どうかこれ以上のお気遣いはご無用でお願いいたします」

自分のせいで旅の行程を遅らせるわけにはいかない。シンシアは必死の思いで声を絞り出す。

途端に眩暈がして、ケイトに支えられた。

「無理をするな。――薬は飲ませたのか？」

「はい。いただいてすぐに」

「ならば次第に落ち着くだろう」

二人のやり取りを聞きながら、シンシアは情けなさに手をぎゅっと握りしめる。白くなる指をチェスターがじっと見ていたけれど、うつむいている彼女は気付かない。

かたかたと揺れる車輪の音が、狭い空間に響く。

「先日貰ったハンカチーフだが」

無言を嫌ったのか。それともシンシアを気遣ってか。チェスターが話題を振る。

後者であろうと、シンシアはすぐに察した。彼の隣には資料が置かれていて、移動の最中も目を通すつもりだったことが分かるから。

「母の目に留まってな。迷惑でなければ、こちらが用意する生地に刺繍を入れてもらえないだろうか？　私に贈ったような、全面の刺繍でなくてよい。スカーフを巻いた時に襟元で見えるように入れてほしいそうだ。むろん、断ってくれても構わない」

「私の刺繍でよろしければ、ぜひ」

チェスターの母親ならば、王太子妃である。チェスターの傍に仕えているとはいえ、シンシアにとっては雲の上の人物だ。そんな方に自分の刺繍を使っていただけるなんてと、シンシアは気分の悪さを忘れて心を昂《たかぶ》らせる。

「王太子妃殿下は、どのようなお花がお好きでしょうか？　やはり華やかな、大輪の蜜薔薇《バラーラ》がよろしいでしょうか？」

高揚と歓喜で頰を紅潮させ、質問を始めた。

チェスターは優しく目を細めてから口元を緩めてから、真面目な表情に戻る。

「そうだな。母上は人前では赤い蜜薔薇《バラーラ》を重用しているが、実は純白の月百合《リリーュ》が好きらしい。とはいえ白い花を刺繍するのは難しいか」

「色の付いた生地に白糸で刺繍すれば大丈夫だと思います。糸を重ねるので、少し厚手になるかもしれませんけれども」

チェスターと話しながら、シンシアは頭の中で構図を練っていく。

月百合《リリーュ》は真っ直ぐ伸びた茎の上に、喇叭型《らっぱがた》の大きな花を咲かせる植物である。その凛とした立ち姿と輝く白い花から、清楚《せいそ》な女性の例えに用いることも多い。

刺繍の話題に夢中となったシンシアは、馬車の揺れからくる気持ち悪さなんて、すっかり忘れてしまった。

楽しげな顔で饒舌《じょうぜつ》に話す彼女を、チェスターとケイトは優しく見守る。

会話に花を咲かせているうちに、その日の逗留地《とうりゅうち》となるクワーズ領に辿り着いた。

町に入る少し前。チェスターとシンシアたちは席を交換した。

揺れる馬車の中でシンシアが転ばぬよう、立ち上がったチェスターがシンシアに手を差し伸べる。重ねた手を引かれて対面の座席に移ると、チェスターも空いた席に腰を下ろした。

「すまないな。気分が優れなくなったら、すぐに言ってくれ」

「大丈夫です」

そうして進行方向に顔を向けたチェスターは、人々の歓声に応えて手を振る。

ゆっくりと進む馬車が街を抜けるまでに、小半刻ほどかかっただろうか。その間ずっと、チェスターは穏やかな表情を浮かべていた。

領主の館の外門を潜り人目がなくなったところで、シンシアはチェスターに問いかける。

「腕は大丈夫ですか？」

ずっと振り続けていたのだ。疲れて痛みが出たのではないかと、彼女は心配していた。

チェスターは意外なことを聞かれたとばかりに目を瞠る。それからすぐに、春の日向を思わせる優しい笑顔を浮かべた。

「王族の仕事の一つだ。慣れている。朝から晩まで手を振り続けたのに比べれば大したことはない」

「そんなことはありません。チェスター殿下も王族の方々も、すごいと思います」

シンシアは眩しげにチェスターを見つめる。真摯《しんし》な眼差しを受けて目尻をほんのり朱に染めたチェスターが、誤魔化すように咳払《せきばら》いをした。

「シンシア、窓の外を見てみろ」

促されて、シンシアは視線を外へ移す。

「まあ！」

外門を抜けてしばらくは林が続いていたが、今は一面の冠百合《チューリップ》畑が広がる。

真っ直ぐに伸びる茎の上に、色鮮やかな花が咲く。赤、黄、白と、艶やかな花弁のドレスを広げ、来客を歓迎した。風に吹かれて揺れる姿は、朗らかに笑う小人姫たちがガーデンパーティーを開いているように映る。

シンシアは自然と頬が緩んだ。

「クワーズ領を統治するオーユビー侯爵の館は、隣国から取り寄せた冠百合《チューリップ》の庭園が有名だ。本来は春に咲く花だが、ここの庭だけは秋近くまで咲き続ける。散歩する時間は取れないだろうから、今のうちに楽しんでおくといい」

「ありがとうございます。素敵ですね」

冠百合《チューリップ》の花畑を、シンシアは目に焼き付ける。

馬車が進むにつれて、混じりあっていた賑《にぎ》やかな配色から、一色ずつまとめられた景色に変わっていく。整然とした花畑は、愛らしい令嬢たちが行儀作法を学び、成長した姿を見せるようだ。

賑やかな花たちも、淑女となった花たちも、どちらもそれぞれのよさがあり、目を楽しませてくれる。

花に囲まれた小道を抜けると、オーユビー侯爵自慢の庭園に出た。円形の噴水を囲み、区画ごとに異なる品種の冠百合《チューリップ》が咲いている。

玄関先に到着すると、シンシアは名残惜しみながら馬車を降りた。

「ようこそお出でくださいました殿下。歓迎いたします」

朗らかに笑うオーユビー侯爵と夫人の出迎えを受けて、一向は屋敷に入る。シンシアは使用人に案内されて、客室の一室をあてがわれた。控えの間まで付いた広い部屋を見て、シンシアは驚いてしまう。

「あの」

案内してくれたオーユビー家の使用人に、部屋を間違えているのではないかと確かめようと顔を向ける。けれども彼女が言葉を続ける前に、ケイトが口を挟んだ。

「あとは私がお世話いたしますので」

「分かりました。何かございましたら、ベルでお呼びください」

一礼したオーユビー家の使用人は、静かに去っていった。

「ケイト様？」

狐《きつね》につままれたような気持ちで、シンシアはケイトを見る。

くすりと笑った彼女は、先に運び込まれてきていた荷物を解《ほど》きながら説明した。

「この旅でのシンシア様の役目は、チェスター殿下の同伴者よ？　この程度は当然だわ」

王族の同伴者なのだ。領主たちが厚遇するのは当然であろう。指摘されて納得したシンシアだったけれども、同時にチェスターの同伴者となる重責を今さらながらに実感する。

尻込みしそうになるシンシアに、ケイトは遠慮しない。

「呼び方も変えましょうか？　私のことはケイトと呼び捨てにしてちょうだいな」

「そんな。……せめてケイトさんと呼ばせてください」

顔を青ざめさせたシンシアに、ケイトは仕方ないわねと笑う。

「さあ、チェスター殿下とオーユビー侯爵夫妻を待たせてしまうわ。手早く着替えてしまいましょう」

ケイトが衣装箱の中から、肌着やドレスを取り出していく。シンシアも手伝って一式並べると、次にシンシアが着ていたドレスを脱がしにかかる。

王城でも手伝ってもらったので大丈夫だと思っていても、シンシアは緊張してしまう。

「あとは一人で脱げますね？」

「はい。ありがとうございます」

シンシアは一人で着られる肌着からアンダーペチコートまでを持って、一度奥の部屋へ入った。

旅程で汚れた手袋や靴下も新しいものに替えていく。肩の鱗を見られないよう、首元まで絹のスカーフをきつく合わせる。夜の装いとしてはマナー違反だ。けれど肌を晒すよりはと、事前にチェスターの許可も取った。

寝室を出ると、待ち構えていたケイトによって着飾られ、化粧も施されていく。

「やっぱり素材がいいわ。きっとチェスター殿下もお喜びになります」

姿見に映る自分の姿を見て、シンシアは言葉も出ない。

今までだって、貴族令嬢として盛装をしたことはあった。チェスターと出会った夜会でも、マーメイ伯爵家の侍女によって着飾られていたのだ。だけどシンシアの目に映る令嬢は、彼女の知らない令嬢だった。

はっきりとした目元。艶やかな薄紅色の唇。透けるように透明な肌なのに、頬はほんのり蜜薔薇色《バラーラ》。結い上げられた髪は油を含んで輝き、宝石をちりばめた髪飾りはまるで少女と戯れる妖精のようだ。

自分であるはずなのに、綺麗な少女だと思ってしまう。

「もしかしてケイト様――いえ、ケイトさんは、魔法を使えるのですか？」

思わず質問すると、ケイトが口元を手で隠しくすくすと笑った。それから鏡越しに、片目をつむる。

「侍女たるもの、主人を美しくする魔法の一つや二つ、嗜んでいるものですから」

「まあ。でも私は、ケイトさんの主人ではないわ」

「この旅の間はあなたが私の主人よ？　シンシア様」

ケイトは優しくシンシアの肩を叩く。

支度を終えたので、シンシアは椅子に腰かけて迎えを待つ。時間の経過と共に緊張で顔が強張り、手が震えてきた。

王城に上がってからずっと、シンシアはケイトから淑女としての作法を学んでいた。視察への同行が決まってからは、晩餐や茶会を想定しての練習もしている。だけど幼い頃から日常の一部として身に付いている令嬢たちに比べれば、付け焼刃でしかない。

本当にきちんとできているのか。失敗を犯してしまわないか。何よりチェスターに迷惑をかけてしまうのではないかと、シンシアの胸は不安でいっぱいだ。

「大丈夫よ。自信を持ちなさい。作法はちゃんとできているわ」

シンシアの心情を見抜いたのだろう。ケイトがいつもの口調で励ました。

「ですけれど、緊張して巧《うま》くできるか自信がないのです」

いっそ体調不良を理由にして遠慮したほうがいいのではないかとさえ思えてくる。

「シンシア様。そんなに自分を信じられないのなら、私とチェスター殿下を信じなさい」

「ケイトさんとチェスター殿下を？」

シンシアが顔を上げると、ケイトが力強く頷く。

「そうよ。あなたに令嬢としての作法を教え、合格を出したのは私。そしてあなたに同伴者役を任せると決めたのは、チェスター殿下。今のあなたを見ていると、私の教えだけでなく、あなたに同伴を求めたチェスター殿下の評価が信用ならないと言われているみたいだわ」

「そんなことはありません！」

ケイトの思わぬ言い様に、シンシアは即座に反論した。

「ケイトさんはとても物知りで、所作も美しいです。私みたいな人間にまで親切にしてくださって、本当に素敵な人だと思います。ケイトさんと出会えたことは奇跡のよう。精霊様に感謝しています。信用していないなんて、ありえません！」

誤解されたくなくて、シンシアは必死になって思いの丈をぶつける。

丸くした目でシンシアを見つめていたケイトの頬が、徐々に赤く染まっていった。気まずげに視線を横にずらすと、こほりと咳をする。

「そこまで言われるとは思っていませんでしたが。それほどまで信頼してくれるのであれば、もっと自信を持ってほしいわ。あなたは私の自慢の教え子。胸を張りなさい」

「はい」

まだ自分には自信の持てないシンシアだったけれども、ケイトのことは心から信頼していた。そしてチェスターのことも。だから恐れを押し込めて、背筋を伸ばす。

「もしも失敗しても、チェスター殿下に責任を持ってカバーしてもらえばいいの。肩の力を抜きなさい」

ケイトが笑顔で励ました。だけど、それはさすがに図々しすぎはしないかと、シンシアの表情は却って引きつる。

そうしていると、扉を叩く音がした。

「さあ、お迎えが来たわ。今夜はお姫様になった気持ちで楽しんでいらっしゃい。あなたには魔法使いの魔法がかかっているのでしょう？」

茶目っ気たっぷりに片目をつむったケイトに背中を押されて、シンシアは扉の前に立つ。胸の高鳴りを押さえながら、扉が開くのを待った。

※

身支度を整えてシンシアを迎えに来たチェスターは、開いた扉の先に佇むシンシアを見て息を呑んだ。

初めて見た時も、儚げで可憐な少女だと思った。しかし着飾った彼女はさらに美しさを増している。そして王族である彼ですら怯《ひる》みそうになるほどの、清廉な雰囲気を纏う。

そんな彼女に、多くの兵士たちを死に追いやった自分が触れていいものか。チェスターはためらいを覚えてしまう。

「驚いたな。月百合《リリーユ》の精霊が現れたかと思った」

純白の月百合《リリーユ》は混じりけのない輝く白から、清楚な女性を例える言葉としてよく使われる。動揺を隠すためとっさに口に上らせたとはいえ、あまりにありきたりな口説き文句。チェスターは表面上は普段と変わらぬ穏やかな顔つきを保っていたが、内心ではしくじったと舌打ちした。

しかし甘い言葉に耐性のないシンシアは、耳まで真っ赤に染めて下を向く。

「あ、ありがとうございます」

初心な反応を返されて、チェスターまで面映《おもは》ゆくなってくる。それでも多くの社交場で鍛えられた彼は、一呼吸で冷静さを取り戻し左手を差し出した。

白い手袋に包まれた細い指先が、チェスターの掌に触れる。一陣の風にすらさらわれてしまう花弁を逃さぬように、チェスターは細心の注意を払ってシンシアの手を引き、指先に口付けた。

「今宵《こよい》、月百合《リリーユ》の精霊をエスコートする喜びをいただきたく」

「よろしくお願いいたします」

ますます赤く茹《ゆ》で上がったシンシアから紡がれたのは、絹糸のようにか細い声。

チェスターの胸をくすぐる思いが、ふっと息となって零れ出る。

使用人に案内されて、二人は廊下を進む。

「あ、あの」

「どうした?」

ためらいがちなシンシアに先を促すと、彼女の視線がチェスターの胸元に向けられた。そこには彼女から贈られたハンカチーフが入っている。

「使っていただき、ありがとうございます」

「礼を言うのはこちらのほうだ。気のせいかもしれないが、身に着けている日はなぜか仕事がうまくいく」

「まあ」

お愛想だと思ったのだろう。シンシアがくすくすと笑う。

けれどチェスターの言葉に偽りはない。どういうわけかシンシアから贈られたハンカチーフを身に着けている日は、探している資料が早く見つかったり、待っていた連絡が訪れたりした。

一つ一つは些細なこと。だけど軍を率いて戦線に立っていた彼は、兵士たちが験担ぎをするのを見ている。だからだろう。シンシアのハンカチーフに特別な思いを寄せてしまうのは——

彼はそんなふうに理由付けていた。

「そういえば、シンシアはスワロフ教会で開かれるバザーに、ハンカチーフを寄贈したことがあるか？」

話の流れで部下のスコットとの会話を思い出したチェスターは、何気なしに聞いてみる。

シンシアは小首を傾げて不思議そうに彼を見つめた。

「教会のバザーにですか？　いいえ」

「そうか。持っていると小さな幸福が訪れるらしい。妖精のハンカチーフと呼ばれて噂になっているそうだ」

「まあ。素敵ですね」

可愛らしく笑う彼女を見て、手に入れて贈るのも悪くないとチェスターは思う。辛い思いをしてきたであろう彼女にも、幸せが訪れるようにと願って。

※

妖精灯のシャンデリアが優しい光で照らす食堂に、シンシアはチェスターと共に入った。食卓には純白のテーブルクロスが敷かれ、中央に金の台座が据えられる。そこに飾られるのは赤を基調とした、たくさんの冠百合《チューリップ》の花。そして花の周りで踊るように、銀の食器が並べられていた。天井に吊るされた豪華な妖精灯に妖精たちが出入りするたびに、食卓の上は揺らめき煌めく。

シンシアはチェスターにエスコートされるまま、椅子に腰を下ろす。

「見かけぬご令嬢ですな。どのようなご関係かお伺いしても？」

オーユビー侯爵が、探る視線をシンシアに向けた。

「私の下で働いてくれている侍女ですよ。今回の視察に同行させることになったので、パートナー役も頼みました。女性から相手にされない甲斐性《かいしょう》なしと囁かれるのは、如何に無粋な私でも堪《こた》えるもので」

「そのようなことはありますまい」

チェスターとオーユビー侯爵が、砕けた雰囲気で会話を交わす。

侯爵夫人は微笑を浮かべていたが、その瞳はチェスターとシンシアを行き来する。二人の関係を突き止めたいのか。はたまたチェスターの傷に思うところがあるからか。

腹の探り合いに慣れないシンシアには見抜けない。

果実酒で乾杯し、前菜が運ばれてきた。

「マーメイ伯爵家に、このようなお美しいご令嬢がおられたとは。よほど大切に隠されてきたのでしょうな」

オーユビー侯爵がシンシアに話を振るが、慣れない場に緊張しているシンシアに余裕などあろうものか。作法を間違えないようにするだけで精一杯。会話を振られても微笑を浮かべるだけで言葉に詰まってしまう。

けれど、すぐにチェスターがフォローに回る。

「私も偶然、彼女と縁を持つことができたのだ。妖精の導きであろうか」

これが政敵であれば、ここぞとばかりに責められたかもしれない。だが幸いなことに、オーユビー侯爵夫妻にチェスターと敵対する意思はなかった。無理にシンシアを会話に誘うことなく、チェスターと盛り上がる。

そうしてつつがなく食事を終えて客間に戻ったシンシアは、扉が閉められるなり、両手で顔を覆ってしゃがみ込んでしまった。足から力が抜けて、全身が気怠《けだる》く感じる。

「せめて椅子に座りなさいな」

苦笑したケイトに促されて立ち上がり、腕を引かれるまま椅子に腰を下ろす。

「失敗でもしたの？」

問いかけながらもケイトはシンシアの化粧を落とし、髪も解いていく。

「食事は教わった通りにできたと思います。教えてくださり、ありがとうございました。だけど侯爵夫妻から話しかけていただいたのに、答えられなくて。それにとても素晴らしいご馳走《ちそう》だったのに、味が分かりませんでした」

情けなく思いつつも、正直に打ち明ける。

背後でくすくすと笑う声が聞こえた。ケイトに限って嘲笑しているわけではないと分かっているけれど、落ち込んだ心はマイナスに捉えてしまう。

「そんな顔をしないの。相手の機嫌を損ねたりはしなかったのでしょう？」

シンシアは力なく頷く。

「だったら初めてにしては上出来よ。ちゃんとチェスター殿下がフォローしてくれたでしょう？」

「はい。ですがご迷惑をかけてしまって、心苦しくて」

「そんなの織り込み済みよ。チェスター殿下も気にしていないわ」

「そうでしょうか？」

家族に疎まれて育ったシンシアは、無償の愛を知らない。

実の親ですら嫌った存在だ。まだ彼女のことをあまり知らないから、チェスターもケイトも、他の人と同様に扱ってくれる。長く傍にいれば自分の本質に気付き、嫌われてしまうのではないか。シンシアはそんなふうに警戒してしまう。

少しでも長く彼らの傍にいたくて。だから彼らから失望されたくなくて。些細なしくじりさえ大きな失態に感じてしまった。そして期待以上の成果を出さなければと、自分を追い込んでしまう。

潜在意識に深く刻み込まれた傷は、彼女の心を強く縛り付ける。

「さ、あとは一人でできるわね？　奥に行って着替えたら、もう寝なさい。明日も早いわよ」

「すみません。ありがとうございます」

ケイトにお礼を言って、シンシアは奥の部屋に入る。

身に纏う衣類を脱ぐごとに、肌を覆う鱗が顔を出す。

「これがなければ……」

もっと前向きになれただろうか。チェスターの傍にいる今に、引け目を感じずにいられただろうか。

次々と浮かんでくるもしもの話を振り払い、シンシアは夜着に着替えた。

寝台に横たわった彼女の耳に届いた、涼しげな鈴の音。一音ごとに苦しみが解《ほぐ》され、眠りの世界に落ちていく。

仄かな輝きを放つ妖精たちが、シンシアの寝室から窓をすり抜け外へ出た。

庭園を彩る冠百合《チューリップ》の花々に、淡い灯りがともる。蜜を探して飛び交う妖精たちを、冠百合《チューリップ》の花弁は優しく受けとめた。


クワーズの地を発《た》ったチェスター一行は、さらなる遠方を目指した。王都にほど近い彼の地は、通過点にすぎない。幾つかの領地を経由して、北へと進んでいく。

あまり重要ではない小領地や、領主が留守にしている地はそのまま通過することもあったが、ほとんどの領地で領主と顔繋ぎをした。高位貴族や重要な人物、あるいは今後国の発展に役立つであろう技術や特産品を持つ地では、領主の館に赴き一泊以上の日を費やす。そのため道程はひどくゆっくりだった。

シンシアは旅の初日に体調を崩してから、チェスターの馬車に同乗したままだ。シンシアは恐縮して本来乗るはずだった馬車に移ろうとしたけれど、チェスターに止められてしまった。

「遠慮せず自分の体を第一に考えろ。旅はまだ続くのだから」

チェスターはシンシアを思って配慮してくれているのだろう。けれど体は楽でも、常にチェスターの姿が視界に入る状況だ。髪型は崩れていないだろうか、貴族の令嬢らしからぬ言動を取ってはいないだろうかと、シンシアは気が休まらない。

堪らずケイトにも同伴を頼んだのだけれども、彼女は畏れ多いと辞退してしまった。だから馬車の中には、シンシアとチェスターの二人きりである。

からからと、車輪の音を残して馬車は走る。

そしてようやく、フルームの地が近付いてきた。山道を走る馬車の車窓から外を見れば、遠くに広がる深い森が見える。この広い森こそが、銀月牛が棲むというワイトムーの森。乙女柿《シアル》の油を手に入れるための目的地だ。

緊張するシンシアの向かいでは、チェスターが書類と睨みあっていた。彼の眉間にはしわが寄り、難しい顔をしている。

何か問題があるのだろうかとシンシアが微かに不安を覚えたその時、馬車がかたりと揺れた。チェスターの手から書類が床に落ちていく。右手が不自由な彼は、書類やペンといった細々としたものを落としやすい。

「私が拾います」

腰を屈めて手を伸ばそうとするチェスターを止めて、シンシアは書類を拾う。ちらりと目に入った書類には、フルームの情報が書かれていた。

「ありがとう」

「大したことではありません」

再び書類に目を落としたチェスターから、シンシアは目が離せない。いけないと思いながら、彼の手元を覗き見てしまう。

「気になるか?」

書類に視線を落としたまま、チェスターが問うた。

「いえ、その……」

侍女ごときが見てよい書類ではないと、彼女だってわきまえている。だけどちょっとだけ、フルームの情報が欲しいと思ってしまったのだ。それに、チェスターが何に悩んでいるのかも知りたかった。

罪悪感を覚えるシンシアの心を知らぬチェスターは、隠すことなく軽い口調で喋り出す。

「フルームの情報だ。一通り頭に入れてはいるが、人の営みは日々変化している。それに私の記憶力は優れているとは言えない。知らなかったと白《しら》を切っても私の身分ではとやかく言われることはないが、信頼は損なってしまうからな」

シンシアは晩餐会の様子を思い出す。

時折り真剣な表情を見せてはいたけれど、まるで日常の些細な出来事を語り合うように行われていた会話。

初めこそ緊張で聞き取れないのだと思っていた。しかし他の視察先で回数をこなして余裕が出てきても、シンシアは会話の内容を半分も理解できずにいる。

自分の無知を恥ずかしく思っていたシンシアだったけれども、今はそれ以上に、自分の浅慮が恥ずかしいと感じた。

話に加われなかったのは、自分が教育を受けられなかったからだと考えていたのだ。けれどそれだけではないと、目の前で書類と睨めっこするチェスターを見て悟る。

会話が流れるように続いていたのは、彼の努力の賜物だった。

行き先は分かっていたのだから、シンシアだって誰かに聞いたり、図書館で調べたりすることはできたのだ。でもしなかった。

自分が無知であることを育った境遇のせいにして、甘えていただけ。気付いたシンシアは、後悔する以上に変わりたいと思う。

「あの、私も何か……」

何か学べないだろうか。そう続けそうになった言葉を、シンシアは呑み込んだ。

すでにチェスターの時間を奪っている。これ以上、負担をかけるわけにはいかない。

押し黙ってしまったシンシアを、チェスターはじっと見ていた。しばらくして、表情を緩める。

「次に立ち寄るのは、フルームのラプセル伯爵家だ。春に雨が多く降ったせいで、金麦《ムルギ》の収穫量が例年になく減少している。おそらく税の優遇措置が話題に上るだろう」

シンシアの心意気を汲んでくれたのだろう。書類の内容を説明してくれた。

だけどシンシアには難しくて、目をぱちぱちと瞬いてしまう。

「パンが金麦《ムルギ》から作られるのは知っているな？　農民たちの多くは金麦《ムルギ》を税として領主に納める。金麦《ムルギ》の収穫量が少なければ、次の収穫期まで農民たちは少ない食料で凌《しの》がなければならない。酷《ひど》ければ領主が税を調整したり、領民たちに食料を支援する必要が出てくる」

噛み砕いて説明されて、シンシアはようやく理解した。

「だからフルームが国へ納める税を軽くするのですね。その分を領民たちに回してもらい、次の収穫期まで食い繋げるように」

シンシアは空腹に耐える苦しみを知っている。民たちがそんな辛い思いをしないために、領主やチェスターたち王族は心を配るのだ。そしてチェスターは、その橋渡しをしようとしている。

なんと素晴らしいのだろうと、シンシアの中でチェスターに向ける尊敬の念が膨らんでいった。

目を輝かせる彼女とは裏腹に、チェスターの表情は自嘲気味に歪んでいく。

「君が考えているほど、素晴らしい行いではないさ」

苦く吐き捨てるチェスター。

シンシアは不思議な思いで小首を傾げる。

「なぜでしょうか？　たくさん勉強をして、国の役に立とうとしておられるのでしょう？　民たちの生活にまで心を砕いて。チェスター殿下は、とても素晴らしいと思います」

だってシンシアは、チェスターほど立派な人物を知らないのだ。胸を張って言い切った。

チェスターはくつりと皮肉気に笑う。

「私は次代の王となるために育てられた。だがその未来は絶たれた。ならば次代の王となる弟を支えるべきだが、剣もまともに振れぬ体では、軍を率いて戦うことはできない。政で支えようと思っても、すでに信頼を失っている」

「きっと、皆様が知らないだけです。チェスター殿下はとても素晴らしい御方です」

シンシアは言い切るけれど、チェスターは軽く首を振って否定する。

「君が来てからは落ち着いているが、以前は怪我の後遺症か、酷い耳鳴りもあった。部下や文官たちの話が頭に入ってこず、何度も聞き返したり、見当違いな回答をしたりしたこともある」

だから文官たちの信頼が離れてしまったのは仕方ないと、チェスターは納得していた。

「今の私がしていることは、決して褒められたことではない。本来ならば文官や領主たちに任せるべきことに首を突っ込み、掻き回しているだけだ。居場所を失った男の、ただの悪足掻《わるあが》きであり自己満足だ」

チェスターは口角を引き上げ、薄らとした笑みを浮かべる。いつも自信に満ちていた瞳からは、輝きが消えていた。

そんな弱々しい彼を見て、シンシアの胸がきゅっと締め付けられる。抱きしめてあげたいという衝動に駆られて。だけど、そんなことは許されないと理解していて。

手を握りしめて、激情を抑え込む。

ふと、チェスターを取り巻く空気が動く。

「すまない。つまらない話をした。忘れてくれ」

一つの瞬きと深い呼吸。彼の顔には、いつもの柔らかな雰囲気が戻っていた。

全て呑み込んだのだ。苦しみも、悲しみも。チェスターは抱えるもの全てを自分の内側に呑み込んで、自分にできることを探し続けている。

シンシアは震える胸を押さえて首を横に振った。

「いいえ。……いいえ。お話しくださり嬉しかったです。ありがとうございます。ですが」

どうか、チェスター殿下の心が癒えますように。どうか、彼の努力が報われますように。どうか——

花弁を広げた花にも負けぬ笑顔を浮かべ、彼女ははっきりと言葉にする。

「それでもやっぱり、私はチェスター殿下はすごいと思います」

——どうか、あの薬の材料が見つかりますように。

ほんのわずかな瞬間。チェスターが、ぽかんと目を見開いてシンシアを見つめた。それから細めた目の端を下げる。

「そうか。……ありがとう」

いつもと違う、親近感を覚える屈託のない笑顔。

シンシアの胸に、温もりが広がっていく。

「せっかくだから、もう少し教えておこう」

「はい！　お願いします」

シンシアは真剣な表情でチェスターの話に耳を傾ける。そんなシンシアに向けられたチェスターの眼差しは、眩しいものを見るように細められていた。

そうして辿り着いたフルーム領は、何やら騒がしい。窓から外を覗いたチェスターが、悪戯気に笑む。

「収穫祭と重なったみたいだな。参加してみるか？」

「お祭りですか？」

問われてシンシアは考える。

彼女が知る祭りは、王の誕生日を祝う生誕祭など貴族たちが集う夜会のみ。王族であるチェスターと参加するのであれば、当然ダンスを披露し、貴族たちとの会話も熟す必要がある。

初日よりは会話に混じることができてきたとはいえ、晩餐会ですらまともにこなせているとは言い難いシンシアだ。祭りの場で巧くチェスターのパートナーを務められるだろうか。

そんな自信のなさが顔に出ていたのだろう。チェスターが苦笑を漏らす。

「祭りといっても、堅苦しいものではない。庶民が豊穣《ほうじょう》を精霊と妖精たちに感謝し、賑やかに過ごすものだ。礼儀作法などにこだわる必要もない」

どうやら思っていたものと異なるらしいと気付いたシンシアは、きょとんと瞬いた。

困惑するシンシアのために、チェスターが追加で説明してくれる。だけど彼女には全く想像も付かない。首を傾げて考え込んでしまう。

「庶民に混ざって楽しむのも面白いぞ？　嫌でなければどうだ？」

楽しげに語るチェスターに勧められていると、シンシアも楽しいものに思えてきた。

「ご迷惑でないのであれば、参加してみたいです」

ためらいながらも、思い切ってお願いする。

「よし。決まったな」

満足気に頷いたチェスターが馬車の天井を杖の柄で突き、御者と護衛たちに指示を出した。

一行は二手に分かれ、シンシアはチェスターと共に宿へ入る。ケイトと護衛もシンシアたちと行動を共にするけれど、残りの者たちはゆっくりと領主の館を目指して先へ進む。

用意された宿の部屋には、祭り用の衣装が整えられていた。白と赤を基調とした、可愛らしいドレス。だけど襟元が広くとられていて、肩の鱗を隠し切れない。

どうしたものかと、シンシアは顔を青ざめさせる。チェスターも今頃、祭りの衣装に着替えているはずだ。今さら参加しないとは言い出せなかった。

困り果てたシンシアに、ケイトが助け舟を出す。

「スカーフを巻けば、肩は隠せるわ」

何度もシンシアの着替えを手伝っている彼女だ。すぐにシンシアの悩みに気が付いたらしい。

「手伝いましょうか？　それとも一人で着替えられる？」

祭り用の衣装は庶民が着るもの。貴族のドレスと違って編み紐が前に付いており、一人で着ることができる。

もっとも、生粋の貴族の令嬢であれば、着方が分からずに侍女の手を煩《わずら》わせざるを得なかっただろう。だけどマーメイ伯爵家で自分のことは自分でしなければならなかったシンシアだ。

「一人で着替えます。……ごめんなさい」

親身になってくれるケイトに対しても、未だに肌を晒すのは怖い。信頼しきれない罪悪感が胸を締め付ける。

「謝る必要はないわ。では廊下にいるから、着替えたら教えてちょうだい。髪と化粧は整えさせてもらうから」

「ありがとうございます」

深入りすることなく、ケイトは部屋から出ていった。

彼女を待たせないよう、シンシアは急いで祭りの衣装へ着替える。ケイトが置いていってくれたスカーフを巻き、肩を隠すのも忘れない。

「お待たせしました」

「では仕上げてしまいましょうね」

ケイトはシンシアを椅子に座らせると、手早く髪をまとめ化粧を施す。いつもより素朴で、領主の館で持て成される晩餐会の時とはまったくの別人に仕上げられた。

「ケイトさんは、本当にすごいです」

「あら、ありがとう」

手鏡で確認したシンシアは、感嘆の声を上げる。ケイトが鏡越しに、茶目っ気たっぷりに片目をつむった。最後に金麦《ムルギ》の藁《わら》で編んだ帽子を被って完成だ。

「楽しんでおいでなさい」

「はい」

ケイトに見送られてシンシアは部屋を出る。すでに支度を終えたチェスターが、廊下で待っていた。

彼もまた、華やかな色糸で刺繍が施された、祭りの衣装に身を包む。頭上にはシンシアと揃いにも見える、金麦《ムルギ》の藁帽子。女性用の丸いクラウンに広いつばのものと違い、チェスターが身に着けるのは丸太型のクラウンに狭いつばの帽子。明るい色彩を纏う彼は、いつもと雰囲気が違って見えた。

決して手が届くことのない王子様ではなく、もっと近い存在に思えて。

シンシアの胸が、とくりと脈打つ。

「行くか？」

「はい」

朱に染まる頬を誤魔化したくて、シンシアは歩き出したチェスターを慌てた様子で追いかける。

宿を出てしばらく進むと、賑やかな声と共に人の波が見えてきた。

「手を。はぐれると見つけるのに一苦労だからな」

「は、はい」

差し出された右手に、シンシアはためらいながら手を重ねる。その手を、チェスターがいつもより強めに握った。

手袋越しに伝わる彼の温もりや肌の質感が、はっきりと伝わってくる。シンシアの手よりも大きくて、逞《たくま》しくて。頼りがいのある手に触れているだけで、護られている気がした。

深い安心感。それと同時に、体が火照《ほて》っていく。包まれている左手から、彼の熱がシンシアの全身へと駆け巡る。

胸がどきどきと煩《うるさ》く早鐘を打ち続けていた。気を引きしめていないとどうにかなってしまいそうで、シンシアは唇をきつく結ぶ。

だけど、ふと気付いてしまう。

チェスターもまた、シンシアの手の質感を感じ取っているのではと。

途端に熱くなっていた頭が冷めていく。鱗に気付かれないかと、シンシアは恐る恐る彼の表情を窺った。

「どうした？」

振り返ったチェスターの眼差しは、いつもと変わらぬ優しい光。

手袋を着けているのはシンシアだけではない。チェスターもまた、傷痕を隠すために常用している。二枚の衣《ころも》が、彼女の秘密を隠してくれているのだ。

シンシアから安堵の息が漏れる。

「いえ。なんでもありません」

軽くなった心のままに微笑めば、チェスターが目を瞠った。心なしか頬が赤いのは、人々の熱気に当てられているからだろうか。

「そうか」

シンシアの顔から前方へと顔を戻したチェスターの手が、シンシアの手を優しく包み直す。温かくて。心地よくて。安心できて。シンシアの胸の内に春の陽だまりが現れて、小さな花が気持ちよさそうに揺れる。シンシアは頬が緩むのを抑えきれなかった。

シンシアはチェスターが引いてくれる手を頼りに歩く。人混みどころか街を歩くことすら不慣れな彼女に、周囲を見る余裕はなかった。ただひたすらに、遅れないよう付いていく。

「大丈夫か？」

「はい」

反射的に返した直後には、すれ違う人の肩が視界の半分を覆っていた。シンシアはぶつかると思い目を閉じる。けれど衝撃が彼女を襲うことはなかった。チェスターがさり気なく彼女の手を引き、自分の体を盾にして庇《かば》ってくれたから。

「無理をするな。人の少ないところを探そう」

「申し訳ありません」

「誘ったのは私だ。気にするな」

眩しい笑顔を見せるチェスターに、シンシアだけでなく、周囲にいた女性たちも頬を朱に染める。

チェスターは顔の半分を仮面で隠しているとはいえ、さらけ出しているもう半分は、かつてと変わらぬ端正な顔立ち。仮面の下にある傷を知らなければ、好感を抱くのも不思議ではない。

それはチェスターの気持ちを考えれば喜ばしいことのはずで。だけど黄色い声を耳にしたシンシアの胸は、ずくりと疼《うず》いた。

なんだろう？　とシンシアが疑問を抱く間もなく、チェスターが歩き始める。止まっていれば通行の妨げとなり、余計に危ないから。

「シンシア。これはどうだ？」

唐突に差し出されたのは、藁で編まれた輪飾り。赤い紐が編み込まれ、リボンが付いていた。

意図が分からず困惑するシンシアに、チェスターは笑って露店へと視線を誘う。この祭りのために誂《あつら》えられたであろう木台には、藁で編んだ装飾品が並ぶ。

「そのスカーフ。先ほどから抑えているだろう？　留めておけば片手が空く」

「あ、いえ。そういうわけでは……」

シンシアが胸元を押さえていたのは、高鳴る鼓動に手が引き寄せられてのこと。だけどそれを口にすることはできなかった。理由を聞かれても答えられないから。

「こちらのほうが好きか？」

シンシアの好みではないと判断したのか。チェスターは別の藁細工を取る。先が五つに分かれた水楓《アクアメプル》の葉が模《かたど》られており、その裏にはピンが付いていて、ブローチになっていた。

「揃いだな」

そう言って、彼は自分の胸元を軽く叩く。

すぐにはなんのことか分からなかったシンシアだけれども、意味を察した途端、顔が熱を持つ。

今は庶民の格好をしているからそこにはない。けれど彼の胸ポケットには、シンシアが贈った騎士と水楓《アクアメプル》の精霊を刺繍したハンカチーフがあったと思い出したから。

「あ、その……」

口ごもるシンシアに嫌悪感はないと見て取ったのだろう。チェスターは支払いを済ませてしまった。

「さ、付けてやろう」

「滅相もありません。自分でできます」

慌てふためきながらブローチを受け取り、スカーフを留める。そしてようやく、はっと気付いた。チェスターにブローチを贈られてしまったことに。しかも、彼と揃いの意匠で。

相手は王子。畏れ多く、そしてそれ以上に、心臓が激しく脈動して苦しい。だからといって、今さら返すわけにもいかない。

真っ赤な顔をして、涙目でにらむシンシアに、チェスターは眉を八の字に下げて苦く笑む。

「すまない。少々羽目を外しすぎたか。いつも頑張ってくれる礼だと思って、受け取ってくれ」

「はい。ありがとうございます。……嬉しいです」

消え入るような微かな声。だけどチェスターはきちんと拾い、そうかと目元を和らげた。

「あちらの店も覗かないか？　フルームの収穫祭は、花冠と藁細工。それにピムパンという郷土料理が有名だ」

チェスターに手を引かれて、シンシアは藁細工が並ぶ露店を覗く。花や星を模った飾りは幅広い世代に売れていき、妖精や動物の人形は子供たちが親に強請《ねだ》っていた。金麦《ムルギ》の藁で編まれた帽子やベストもあり、中には花が咲いたような凝った意匠のものもある。

貴族の館では見ることはないであろう素朴な品々。けれどどれも見事な細工で、シンシアは飽きることなく露店を眺めた。

そんな中、彼女の耳が若い娘の声を拾う。

「乙女柿《シアル》の油はいかが？」

祭りの衣装に身を包んだ娘が売り子をする簡素な台の上には、木の実が並ぶ。

「まあ、これが乙女柿《シアル》の油なのね？　手に入れるのは大変だと書いてあったのに、こんなにたくさん」

シンシアが目を輝かせて覗き込むと、チェスターと売り子の娘が揃って虚を突かれた顔をして噴き出した。

「残念だが、これは乙女柿《シアル》の油ではないだろう」

「ええ、ごめんなさい。さすがに本物は私も見たことがないわ。乙女柿《シアル》を見つけるには、妖精に連れて行ってもらわなければいけないと聞くもの。妖精はきっと、甘いものをたくさん用意できる貴族様しか選んでくれないわ」

そう言って肩を竦めた娘は、並ぶ木の実の一つを手に取る。中には薄黄色のクリームが詰まっていた。

「中身は果実油で作ったクリームよ。肌にいいの。お土産にいかがかしら？」

「では一ついただこう」

チェスターが対価を支払い、受け取った木の実をシンシアの掌に載せた。

何か言おうとしたシンシアに、人差し指を一つ立てて黙らせる。

「これも祭りの楽しみだ」

歩き出したチェスターに連れられて、シンシアも歩き出す。

しばらく歩いたところで、今度は子供が声を掛けてきた。

「お兄ちゃん、お姉ちゃん。花冠はいかがですか？」

高く澄んだ声に顔を向けると、十歳前後の少女が二人。花冠が入った藁籠《わらかご》の中をシンシアとチェスターに見せる。

「まあ。綺麗ね」

「貰おう。君たちが作ったのか？」

「はい！　妹と二人で」

姉妹は嬉しそうにはにかみあうと、シンシアとチェスターに背を低くするように言う。

シンシアは膝を折り、腰を落とす。チェスターもまた、少女たちの前に片膝を突いた。

姉妹は楽しそうにくすくす笑いながら、花冠を選ぶ。そしてよく似た花冠をそれぞれが手に持つと、シンシアとチェスターが被る金麦《ムルギ》の藁帽子の上に載せた。そして姉妹は揃って声を張り上げる。

「金麦《ムルギ》の妖精が、恋人たちに祝福を！」

祭りの定型文句なのだろう。だけどこれには、シンシアだけでなく、チェスターまで目を丸くした。

さらに姉妹の声を聞いた周囲の人たちから、拍手と口笛が沸き起こる。

シンシアは顔を首筋まで真っ赤に染めて下を向く。

「参ったな」

苦笑するチェスターから小銭を貰った姉妹は、次の客を探しに笑顔で離れていった。

「お兄さん、これも買っていかないか？　そっちのお嬢さんが水楓《アクアメプル》を着けているんだ。お兄さんもベルトに着けないと」

声を掛けてきた露店の店主が示すのは、台の上に並ぶ金麦《ムルギ》で編まれた小さな剣。騎士と水楓《アクアメプル》の精霊に因んでのことだろう。

恥ずかしすぎてどう反応をすればいいのか。シンシアにはさっぱり分からない。

「そんな……。あの、私とチェスター」

殿下は、と口にしそうになった彼女の言葉を覆い消すように、チェスターが店主に応じる。

「そうだな。せっかくだ。貰おうか」

「チェス――」

「シンシア？　私が相手では嫌か？」

彼の名を口にしようとするシンシアの言葉を遮るためか。それとも他に意味があっての言動か。

悲しげに眉を寄せて顔を覗き込まれたシンシアは、頭の中が真っ白になって答えを見つけ出せない。口はぱくぱくと動くだけで、声は出なかった。

「なんだい？　恋人ではないのか？」

「中々難しくてな」

チェスターが杖を持ち上げると、店主が察したように頷く。

肉体労働が基本の平民たちにとって、体は資本だ。怪我や病気によって就ける仕事が限られ、日常生活に不便が生じることも少なくはない。中にはそれを理由に付き合いを反対する心配性な親もいた。

「先の戦かい？　大変だろうが、無事に帰ってこられただけでも精霊様に感謝することだ。ましてや待っていてくれた女性がいたなんて、幸せじゃないか」

シンシアに向けられた店主の目が、優しく細まった。彼とは対照的に、チェスターの表情は翳っていく。

先の戦でどれほど多くの人々が命を落とし、傷を負ったか。そのことをチェスターは誰よりも知っている。

「そうだな」

先ほどまでの明るい声は鳴りを潜め、重く静かに応じた。

チェスターの声を聞き、シンシアの浮かれていた気持ちも萎《しぼ》んでいく。

彼女は戦場の悲惨さを知らない。だから彼が何に心を痛めたのかを正確に察することはできなかった。

それでもチェスターを待っていたはずの女性が、彼の傷を厭うて婚約を解消した話は聞いている。

彼の心の傷に触れるような話題を振られてしまって、チェスターはいったいどんな気持ちだろう。辛くはないだろうかと、シンシアの胸がぎゅっと摘まれるように痛む。

どこか遠くを見つめるチェスターの姿に、彼がいなくなってしまうのではないかと不安になって。指先がチェスターの袖に触れた。

振り返った彼が優しく微笑む。大丈夫だと伝えるように。

「金麦《ムルギ》の妖精が、恋人たちに祝福を。頭の固い親たちが許してくれるといいな」

すっかり勘違いした店主が、藁の剣を差し出した。それからふと思い出したように、言葉を足す。

「あと、王子様にも感謝するんだぞ？　あの御方がいなければ、もっと酷いことになっていたかもしれないからな」

代金を渡そうとしていたチェスターの手が止まる。

たとえ英雄扱いされようと、彼の指揮によって多くの部下や国民が死に追いやられたのだという事実を、チェスターは理解している。犠牲となった者たちが護りたかった故国や家族を護れたのだとしても、戦場で彼が非情な命令を幾度となく繰り出したのは消えない現実。

表情が強張り、息を呑む。チェスターの瞳に宿るのは、罪悪感と微かな怯え。けれどそんな感情を抱くなど、彼には許されない。すっと目から光を消して呑み込んだ。

だけど続く店主の言葉を聞いた途端、チェスターの口元が嬉しげに緩み、目尻が幸せそうに垂れる。

「俺の甥《おい》も戦に出ていたんだが、王子様のお蔭で死なずに済んだと言っていた」

それはきっと、彼にとっては破格の喜びで。

ほんのわずかにのぞかせた嬉しげな表情を、シンシアはしっかりと目に焼き付けていた。

※

祭りの見物を切り上げたチェスターとシンシアは、宿へ戻っていく。

「チェスター殿下は、多くの人を救ったのですね」

シンシアの言葉に、チェスターはすぐに返すことができない。細めた彼の眼が映すのは、かつていた戦場の景色。多くの部下を死に追いやり、そしてそれ以上に多くの敵兵に死を与えた。

答えられないまま数歩進む。思考する時間を稼いでも、答えは出なかった。

「そうなのだろうか?」

口をついて出たのは、硬く強張った音。

もっと他に選ぶべき言葉はあっただろうに。愛想よく軽い笑みを浮かべて肯定すれば、彼女の不安は取り除かれ、自分に向けられる尊敬の念は増したはず。

けれど、チェスターにその選択はできなかった。

他の者が相手なら、迷う素振りも見せずに適切な返しができただろうに。彼女の前で偽ることはためらわれる。

そんな感情を抱いている自分に、彼自身が驚いた。

「チェスター殿下？」

シンシアが戸惑いに瞳を揺らして彼を見上げる。

彼女にいらぬ心配はかけたくない。だけど、作ろうとした笑みは途中で消えた。

「護れた命よりも、救えなかった命のほうが多い。たとえ命があったとしても、怪我の具合によっては元の生活は難しいだろう」

王侯貴族ならば、多少不自由しようとも使用人が支えてくれる。衣食住にも困ることはないだろう。

ふっと、視線を表通りとは反対側に向けた。

祭りに浮かれる人々がいる一方で、暗い場所に身を潜めている者たちがいる。そこに暮らす者の中に、かつての戦に参じた者がいないなどとは言えない。きっと堕《お》ちた者がいるはずだと、チェスターは理解している。たとえ兵役についた者がいなかったとしても、昏《くら》い生活を送らなければならない者たちが存在するのは、王家の咎だ。

自分が背負う罪の重さに、吐き気がする。

それでも、王家に生まれた以上は背負わなければならない。たとえ全ての民をすくい上げられなくても、今よりもましな国にするために。王となる道が閉ざされた以上、使える力も削られた。それでも――

「それでも、私は護りたいと思ってしまうのだ。どれほどの罪を背負うことになろうとも。どれほど憎まれ怨《うら》まれようとも。私は愚かで傲慢な生き方を変えることはできないだろう」

なぜ。こんな懺悔《ざんげ》にも似た話を彼女にしているのだろうか。

我に返り自嘲するも、口から出た言葉は戻らない。

シンシアは呆れてしまったのか。無言で隣を歩く。

チェスターの視線の隅で、影が動いた。彼の我《わ》が儘《まま》に従い、彼を護ろうと身を挺《てい》する護衛騎士たちの影。

ままならない体。見捨てられた存在。それでも王族の血だ。以前に比べれば遥かに減ってしまったけれど、まだ慕ってくれる者たちは存在する。

だからこそ、チェスターは足掻き続けるのだ。彼らの働きを無にしないために。

「私は」

温もりを捨て研ぎ澄まされていく心に、清浄なる鈴の音が響く。

「私は、チェスター殿下に救っていただきました。殿下にはそのつもりはなかったかもしれませんけれど、私は救われたのです」

足を止めたシンシアが、真っ直ぐにチェスターを見つめた。穢れを知らぬ、清廉な瞳で。

胸の空洞を満たしていた闇を、深緑の風が吹き払う。

――嗚呼《ああ》。

きっと、水楓《アクアメプル》の精霊に出会った騎士も、こんな気持ちだったのではないか。

そんなふうに彼は思った。

※

宿に戻り元のドレス姿となったシンシアは、チェスターと共に馬車に乗り込んだ。祭りに寄った遅れを取り戻すためだろう。すぐに動き出した馬車は、いつもより速く進んでいく。

祭りに参加したのは、わずかな時間。だけどとても楽しくて、ドレスの下に隠れたポケットバッグには、チェスターから貰ったクリームが入った木の実と、水楓《アクアメプル》のブローチがあった。

本当はブローチを今も身に着けていたい。けれど貴族の装いに藁細工のブローチは合わないと、ケイトに眉をひそめられてしまったのだ。

今夜もまた、貴族の館に宿泊する。チェスターの品位を損なう行いは控えなければならない。

なんだか心にぽっかりと穴が開いてしまった気がして、シンシアの表情は愁いを帯びる。

「小腹が空かないか？　冷めてしまったが、却って食べやすいだろう」

対面に座っていたチェスターが、何やら差し出してきた。彼の掌に収まる大きさをした、パンらしき食べ物だ。両面が平べったくて半円形の形をしている。

「これは？」

「ピムパンだ。平たく伸ばした丸い生地に、薄く切った赤玉茄《トムト》の実と蛇王草《バジュル》の葉、チーズをのせて焼いたあと、二つに折る。祭りを見ながら食べられたらよかったのだが、私の身分では難しいからな」

王族が口にするものは、全て毒見が行われた。領主の館で行われる晩餐会などでは、専属の者が毒見をすることはないけれど、領主自身がまず食事に手を付けることで、安全だと保障する。王族もまた、彼らを疑っていないという意思を示すために、毒見役を連れ込むことはない。

馬車に持ち込まれたピムパンは、すでに毒見を済ませているのだろう。

籠から取り出した一つをシンシアに渡したチェスターは、自らも一つ手に取って頬張る。王族らしからぬ豪快な食べ方に目を瞠るシンシアに対して、チェスターは悪戯っぽく片方の口角を上げげた。

「食べてみろ。マナー違反だと目くじらを立てる者は、ここにはいない」

促されて、シンシアは両手で持ったピムパンに、思い切って齧《かじ》りつく。はしたない食べ方をチェスターに見られていることが気になって、そっと視線だけを上げた。

目が合ったチェスターが満足気に笑みを浮かべる。

彼と秘密の共有者になれた気がして、シンシアの胸に喜びが滲み出てきた。

甘酸っぱい赤玉茄《トムト》の果肉と独特の風味を持つ蛇王草《バジュル》の葉が、チーズの癖を抑えながら互いを活かし合う。

「美味しいです」

「出来立てはチーズが蕩《とろ》けていて、金麦《ムルギ》や蛇王草《バジュル》の香りが強くもっと美味い。いつか食べてみるといい」

「殿下は食べたことがおありなのですか？」

問うてみたけれど、チェスターは答えない。だけどにやりと悪い笑みを見せたので、それが答えだろう。

王子としては好ましくない行動。でもシンシアには、チェスターらしいと思えた。身分にこだわることのない彼は、広い世界を知っている。

「今日は楽しかったか？」

ピムパンを食べ終えたのを見計らい、チェスターが問いかけた。

「はい。たくさんの人が幸せそうで、楽しそうに笑っていて。見ているだけで私の胸もぽかぽかと暖かくなりました。あんなにたくさんの人がひしめき合っていて、ちょっとだけ怖い気もしましたけれど、チェスター殿下がお傍にいてくださったから、安心していられました」

目が回るほどの人の波。気を抜けば流されそうで。シンシアは繋いだチェスターの手を離すまいと、ぎゅっと握っていた。そのことを思い出してしまって、顔から火を吹きそうな思いだ。

「あ、あとは、その……。ブローチもいただけて、嬉しかったです。宝物にいたします。は、花冠も……」

嬉しかった。そう伝えたかったけれど、同時に少女たちから貰った言祝《ことほ》ぎを思い出し、言葉が詰まる。羞恥の炎で頭の中が今にも焼き切れそうだ。視界がぐるぐると回って、シンシアは意識を手放しそうになった。

だというのに、チェスターが追い打ちをかける。

「嬉しかった、か?」

顔を覗き込んできた彼に甘く囁く声で聞かれて、シンシアは首を上下に揺らす。王族の前で不敬だと分かっていても、シンシアは両手で顔を覆うのを我慢できなかった。


フルームの地を治める領主の館を訪れた一行を出迎えてくれたのは、長い銀髪を後ろで一つの三つ編みにした、温和な雰囲気の男だった。この地を治めるジーン・ラプセル伯爵だ。

先代ラプセル伯爵には夫人であるメリッサしか子供がいなかったため、ジーンは婿入りして伯爵位を継いでいる。切れ者というほどの成果は上げていないが、先代の頃に比べて領地を豊かにした功労者だと、馬車の中でチェスターがシンシアに語った人物だ。

「お疲れでございましょう? まずはごゆるりとおくつろぎください」

朗らかな笑みを浮かべて、チェスターとシンシアを客間に案内させる。

休む暇なく身支度を整えたシンシアは、チェスターに教わったことを頭の中で復習しながら晩餐の時を待つ。

そしてチェスターにエスコートされて参加した晩餐会は、収穫祭の話題を中心に朗らかな雰囲気で進んでいった。

「では、フルームに税の優遇措置は不要ということでいいのだな？」

メインディッシュを終えた頃合いで、政の話に移る。確認するチェスターに、ラプセル伯爵は人好きのする笑顔を崩すことなく頷く。

「ええ。当地には充分な蓄えがありますから、例年通りの税を納められると思います」

「それではラプセル家の負担が大きくならないか？」

「いやいや。むしろ、これまでが異常だったのですよ」

金麦酒《ムルギ》を傾けるジーンは、大袈裟に目を見開いて語り出した。

貴族は果実酒を好む者が多いが、彼は苦味と酸味が強い金麦酒《ムルギ》を好んだ。最初の一杯は紫酒果《ブドル》の果実酒を嗜んだが、二杯目からはチェスターに断りを入れて金麦酒《ムルギ》を用意させた。

チェスターもまた、兵役についていた頃が懐《なつ》かしいと、杯に金麦酒《ムルギ》を注がせている。

「私が婿入りしてからというもの、フルームは豊作続きです。もしかして私は妖精の愛《いと》し子なのでは？　と期待したのですが、残念ながら豊作が始まったのは私が婿入りする前からでした」

下げた眉をぎゅっと寄せて大きく肩を竦める仕草は、悲しげな表情とは裏腹にひょうきんに映った。

「妖精の愛し子、ですか？」

気になった単語をシンシアが口にすると、メリッサがくすくすと可笑しげに笑う。

「この人、そういった話が好きなのです。子供みたいでしょう？」

「何を言う。我が国の貴族に精霊様の血を引く者がいるというのは、他国にも知られた有名な話。尊き先祖を否定し、お伽噺だと宣《のたま》う者が増えているのは嘆かわしいことだ」

メリッサに言い返したラプセル伯爵は、今度は眉を怒らせ悲しみと憤《いきどお》りを現す。子供みたいにころころと変わる表情に、場の空気は緩みっぱなしだ。

「かつては妖精たちと意思を繋げ、我々の先祖は彼らの恩恵に預かっていたと言います。今では血が薄くなりすぎて、普通の人間と違いはありませんけれども。きっと私にも、精霊様の血が流れているはずです」

水楓《アクアメプル》の精霊に救われた騎士は、精霊との間に子を生《な》したと伝わる。彼が森から連れ帰った赤子だ。その赤子の血を引く子供たちは、この国の貴族として家を継ぎ、嫁ぎ、あるいは養子となって血を交えていく。

貴族の数は限られる。辿ればどこかで縁を見つけても不思議ではない。だから多くの貴族に精霊の血が流れているという主張は、一部の学者たちの間でも交わされていた。そしてそれ故に、この国には妖精が多く棲みつき、豊かな生活を送れているのだと言われる。

「けれど時折り、先祖の血が濃く出る者が現れるようです。かつてのように、妖精たちの寵愛《ちょうあい》を受ける妖精の愛し子が。古い文献には、実際に妖精の愛し子が現れたと思われる記述が存在します。残念ながら、もう百年は現れていないみたいですが。今代はおそらくマルメール領辺りにお生まれになったのでしょう。フルームはそのおこぼれをいただいていたのです」

ラプセル伯爵は鼻息荒く持論を展開する。

自分と深く関係する土地の名前が出てきて、シンシアは驚く。彼女の隣では、チェスターが微かに苦く眉をひそめ、シンシアを気遣うように見ていた。マルメールの話題が出たことで、シンシアが実家のことを思い出して傷付かないかと心配したのだろう。

さて、王都から遠く離れたフルームの地は、マーメイ家が治めるマルメールと隣接している。シンシアはマルメールを訪れたことも、地理を学んだこともなかったので、そのことに気付かなかった。

知っているはずのチェスターがシンシアに教えなかったのは、彼女とマーメイ家の関係を慮ってのこと。家から離れて彼の下で働くようになってから、彼女は日に日に輝いている。嫌な記憶を掘り起こして、翳らせる必要はないと思ったから。

不安げに見つめるチェスターの瞳の先で、けれどシンシアは、彼の予想とは異なる反応を示す。

「マルメール領に、妖精の愛し子がいるのですか？」

実家で受けた辛い体験よりも、妖精に愛される子が、自分と関わりのある地にいるという話のほうに興味を引かれたらしい。

シンシアが関心を寄せたことがよほど嬉しかったのか、ラプセル伯爵が満面の笑みとなる。

「ええ、ええ。きっとそうですよ。マルメールは十五年以上、豊作続きだけでなく災害まで避けて通っています。三年前の流行《はや》り病も、マルメールでの被害は近隣に比べて少なかったのです。愛し子のために、妖精たちが力を貸してくれたのでしょう」

妖精たちは気紛《きまぐ》れだ。時に実りを豊かにし、気候を操ることさえある。だけどそれは、ごく限られた範囲かつ一時的なもの。一本の木だけ果実がたわわに実る。一所だけに雨が降るといった具合だ。領地をまるっと豊かにするほど、人間に力を貸すことはない。

しかし、妖精は愛し子を護るため、あるいは気を引きたいがために、愛し子の周囲に集まりそれ以上の恩恵を与えるのだと、ラプセル伯爵は力説した。

「では、今年の気候はどう見る？」

シンシアに釣られてチェスターも興味をそそられたのか。軽い調子で会話に混ざる。

ううむと唸《うな》ったラプセル伯爵の眉間にしわが刻まれていく。残念そうに目尻をこれでもかと下げて天井を見上げた。

「おそらくですが、愛し子に何かあったのでしょう。もしかすると」

そこでラプセル伯爵は意味深な表情を浮かべ、言葉を切り口ごもる。

もしかすると、愛し子が失われてしまったのではないか。

彼が喋ろうとした先を察したシンシアは、悲しげな表情を浮かべた。だけどふと、ある考えが思い浮かび表情を晴れさせる。

「妖精たちの恵みを受け始めたのは、十五年ほど前なのですよね？　もしも愛し子様が女性なら、そろそろお年頃なのではないでしょうか？　きっと、どこか別の地に嫁いでいって、幸せになさっていると思います」

部屋に立ち込めていた重い空気が、シンシアの言葉をきっかけに軽くなる。

「そうですな！　きっと別の地で妖精の恩恵を振る舞っていることでしょう！」

ラプセル伯爵がにこにこと嬉しそうに笑う。彼の隣に座るメリッサも、ほっとしたように頬を緩めた。シンシアもチェスターと顔を見合わせて微笑する。

和やかな席を取り戻したのも束の間。突然、真顔に戻ったラプセル伯爵が、シンシアをじっと見つめた。視線を感じてシンシアが顔を向けた時には、朗らかな笑顔に戻っていたけれど。

「もしかすると、マーメイ様が愛し子かもしれませんな」

「まさか！」

思いもよらぬラプセル伯爵の発言に、シンシアは驚きながらも否定する。

妖精の愛し子であるならば、人々から愛される姿をしているのではなかろうか。少なくとも、家族ですら忌《い》み嫌うような存在ではないだろうと、シンシアは想像した。

無意識に自分の腕を擦る。美しい裂《きれ》の下に隠れているのは、魚に似た鱗。込み上げてくる忌まわしい記憶。胸がきつく締め付けられて、眩暈を覚えた。肚《はら》の奥に抑え込むために、シンシアは目蓋を落とし全てを遮断する。

閉じられた世界の蓋を開けたのは、春風みたいに暖かな声。

「そうかもしれないな」

すぐ隣から吹き込んできた安心できる温もりに、シンシアは顔を上げた。チェスターの青い瞳が、彼女を優しく包む。

「シンシアが仕え始めてから、王城が明るくなった気がする。体の調子も以前よりよい」

それは偶然だろう。もしくは、シンシアを慮っての言葉。そう頭では思うのに、シンシアの胸は高鳴っていく。

実際はどうであれ、チェスターがそんなふうに感じてくれているのなら、とても嬉しいと思った。迷惑をかけることのほうが多くても、彼の役に立てているのならば、これほど喜ばしいことはないから。

「チェスター殿下、ありがとうございます。これからも精一杯、お仕えさせていただきます」

「頼む」

チェスターがシンシアに向けて、にこやかに目を細める。

それはまるで春の日差し。胸を幸福感が満たしていき、シンシアの冷たくなっていた心は溶かされていく。

「そうだわ。ラプセル伯爵様、この地の森には乙女柿《シアル》があると聞いたのですが、どうすれば手に入るでしょうか？」

場を包む穏やかな空気も手伝ってか、知識が豊富なラプセル伯爵なら知っているかもしれないと、シンシアは自ら話題を切り出した。

祭りで偽の乙女柿《シアル》の実にシンシアが目を輝かせたことを思い出したのだろうか。チェスターがくすりと笑う。

「乙女柿《シアル》の実から絞った油を肌に塗れば、永遠の若さを手に入れられると言いますからね。他家のご婦人方やご令嬢方からも欲しいと頼まれることがあるのですけれど、残念ながら私も目にしたことすらないのです」

質問に答えたのは、メリッサのほうだった。

シンシアは乙女柿《シアル》の油が若さの秘薬だなどと知らなかったため、きょとんとする。

「館に残る資料によると、乙女柿《シアル》を見たという者は、いずれも若い娘ばかりだそうです。突然姿を消し、やはり突然姿を現したとありましたので、きっと妖精の道に迷い込んだのでしょう」

メリッサの言葉を補足するように、ラプセル伯爵が説明をした。

「妖精の道ですか？」

祭りでもそんな話を聞いた気がすると思いながら、シンシアはさらに詳しく聞こうと問いかける。

「然様《さよう》。妖精たちが作る道です。妖精と精霊の世界を結ぶ道で、迷い込むと姿を消し、人の目では見えなくなるそうです。いつ、どこに現れるか分からず、どこに繋がっているかも分からない。一説によれば妖精に選ばれた清廉な乙女のみが誘われると言いますが、迷い込めば二度と戻ってこられなかったり、何十年も先の時代に辿り着いたりするそうです」

そんな危険な道を通らなければ乙女柿《シアル》の実は手に入らないのかと、シンシアはぞっとする。それでもチェスターの役に立てるのならば、妖精の道に挑みたいとも思ってしまうのだった。

四章
乙女柿《シアル》

晩餐会を終えたあと。寝室に入ったシンシアはケイトが部屋から出ていくのを確認すると、夜着から動きやすい服に着替えた。音を立てないように注意しながら部屋を抜け出す。

静まり返った人気のない廊下を進み、開け放たれた扉から外へ出る。その不自然さに、人に見つからぬようにと緊張しているシンシアは気付かない。

貴族の館であれば多くの使用人が暮らし、寝ずの番をする警護の者がいる。特に今夜は王族であるチェスターが泊まっているのだ。昼夜を問わず、不備のないよう随所に配置されていたはずなのに。

ふわふわと飛ぶ妖精たちに先導されて、シンシアは白く延びる道を辿る。柔らかな灯りに囲まれて歩いていけば、目的のワイトムーの森までわずかな時間で辿り着いた。本来ならば領主館から森まで、半刻以上はかかるというのに。

そう、彼女は妖精の道に誘われたのだ。なぜシンシアが選ばれたのか、彼女自身も分からない。どうやって乙女柿《シアル》を手に入れようかと頭を悩ませていた時、急き立てるように妖精たちが周囲に集まり、シンシアを外に連れていこうとしたのだ。

枝葉が月明かりを遮り、なお一層暗くなる森の中。だけど妖精たちのお蔭で、シンシアは草や木の根に足を取られることなく進んでいく。――いいや。草や木の根がシンシアの歩みを妨げぬよう、道を広げていた。

「ありがとう。あなたたちが照らしてくれるから助かるわ」

シンシアが声を掛けると、妖精たちが上下に揺れる。肯定と共に喜びの意思を感じて、シンシアは目尻を下げた。

さわさわと草が揺れては、彼女が通れるだけの細い道が延びていく。彼女が通り抜けると、妖精たちは傾けた茎を真っ直ぐ伸ばして道を消す。

妖精たちと共に森を進んだシンシアは、開けた場所に出た。ぽっかりと木々が途絶え泉が湧いている。そこでは白い獣が水を飲んでいた。

牡牛《おうし》に似た姿。けれど線が細く華奢《きゃしゃ》な印象を与える。額《ひたい》に伸びる一本の角は、鹿《しか》のように枝分かれしていた。月光を反射して輝く毛並みと白い角。気高き姿は、まるで月から訪れた使者。伝説の聖獣、銀月牛である。

思わず見惚れたシンシアから、ほうっと吐息が漏れた。

妖精の一匹が銀月牛のほうへ飛んでいく。気付いた銀月牛が泉から顔を上げて、シンシアを見た。大きな黒い瞳に見つめられていると、なんだか懐かしい気持ちになってくる。

「こんばんは。お邪魔をしてしまったかしら？」

シンシアが問うと、銀月牛はゆるく首を横に振った。

「よかった。近付いてもいいかしら？」

問えば、しばしの間じっと見つめていた銀月牛のほうから、ゆっくりと近付いてくる。そしてシンシアの顔の前に頭を下げた。

シンシアはおっかなびっくりしながらも、手を伸ばして銀月牛の額を撫でる。柔らかな毛の下に、厚い皮膚を感じた。

嬉しそうに目を細める銀月牛に釣られて、シンシアも笑みを浮かべる。

「素敵な角ね。まるで三日月みたいに輝いているわ。それに美しい毛皮。もしかして、お月様から来たのかしら？」

言葉は通じなくても、誉められていることは分かったのだろう。銀月牛がシンシアの胸に頬を擂《す》り寄せた。

「人懐っこいのね」

警戒心が薄れたシンシアは、頬や首筋も撫でてやった。気持ちいいのか、垂れた大きな耳がぴるぴると揺れる。

銀月牛の望むままに毛皮を撫で続けてしばらく。ようやく満足したのか、銀月牛が顔を上げた。愛らしいつぶらな瞳が、甘えるように彼女を見上げる。

どうやら心を許してくれたみたいだと感じたシンシアは、思い切って聞いてみることにした。

「私、乙女柿《シアル》の実を探しているの。もしもご存知だったら、生えているところへ案内してくれないかしら？」

途端に、あどけなく見えた大きな瞳から、感情がすっと抜け落ちる。

黒い眼はシンシアを捉えて離さない。光のない、暗く深い黒。夜の闇に引きずり込まれるのではと、恐怖が迫《せ》り上がってくる。シンシアは知らぬ間に息を詰めていた。

銀月牛が瞬き、シンシアは漆黒の闇から解放される。肺が空気を欲し、口が大きく息を吸う。

脈打つ鼓動。荒い呼吸。

聞いてはならない問いかけをしてしまったのかと、シンシアは軽率な行動を反省した。

「ごめんなさい。あなたにとって大切なものだったのかしら？　もしも手に入れられれば、大切な御方のお役に立てるかもと思ったの。だけど、あなたの宝物を奪うつもりはないわ。許してくれないかしら？」

心から謝罪の言葉を述べると、銀月牛が背を向ける。だけど立ち去る気配はない。首だけ振り向いて、シンシアをじっと見つめた。

「もしかして、案内してくれるの？」

銀月牛は頷く代わりに、尾を緩く振る。

「ありがとう」

お礼を言って一歩近付くけれど、銀月牛は動かない。

シンシアは不思議そうに、銀月牛は困ったように、互いの目を見つめ合う。

どうしたものかと小首を傾げると、銀月牛がついっと視線を外して、自分の背中を見た。

「背中に乗るようにと言ってくれているのかしら？」

銀月牛の尾がゆるりと揺れる。

「私、馬にも乗ったことがないのだけれども、大丈夫かしら？」

不安を覚えるシンシア。けれども銀月牛の指示だ。乙女柿《シアル》の実を手に入れるためには乗るしかないだろう。覚悟を決めて、銀月牛の背に手をかけた。そして体を背に乗せようとしてみたけれど、か弱い彼女の腕力では、足先が浮くことすらない。飛び跳ねてみても、すぐに足は地面に引き戻されてしまう。

「困ったわ」

眉尻の下がった情けない顔を、銀月牛は呆れた目で見ていた。

焦《じ》れたのか、銀月牛が動き出す。

「あ。待って！」

鈍い自分に愛想を尽かして去ってしまうと思ったシンシアは、慌てて追い縋る。けれど銀月牛はすぐに足を止め膝を折った。

伏せの体勢になった銀月牛ならば、子供だって乗れる高さだ。

「まあ、ありがとう。親切なのね」

シンシアはお礼を言ってから、銀月牛の背中に乗せてもらう。

彼女が背に座ったのを確認すると、銀月牛が地面を蹴る。二歩目は空中を蹴り、木の高さを超え空へと昇っていく。

「すごいわ。あなたは空を飛べるのね」

感嘆の声を上げれば、銀月牛が自慢げに鼻を鳴らした。

見上げれば視界一面に、星々で飾り付けられた藍色《あいいろ》が映る。どこまでも広がる世界の中。エメラルドに輝く河がゆったりと蛇行しながら流れていく。

夜空を映すシンシアの瞳も、星を宿して輝いていた。

涼やかな夜風が彼女の頬を撫で、髪を揺らす。空を駆ける銀月牛はほとんど揺れることなく、滑るように夜空を進んでいく。

シンシアが後ろを振り返ると、領主の館が見えた。幾つかの窓には、まだ明かりが灯っている。勤勉なチェスターのことだ。もしかするとまだ起きているのかもしれない。彼の部屋はどこだろうかと無意識に考えたシンシアは、自分の思考に気付いて顔を赤く染める。

「私ったら、なんてはしたないことを」

慌てて顔を前へ戻した。

木々の上を駆けゆく銀月牛の行く手には、高くそびえるワイトムー山。雪が積もっているかのように真っ白な山肌が、一駆けごとに近付いてくる。視界を埋めるほどに迫る山を見上げれば、そそり立つ白い岩壁が覆い被さってくるみたいだ。

銀月牛はワイトムー山を回り込む。

「あっ」

天まで届きそうなほど高い山に圧倒されていたシンシアは、視界の先に木の姿を見つけて声を上げた。

霜に覆われたように白く輝く幹。幾つにも分かれた枝が縦横に広がる。舟形の葉はまるで凍っているみたいに煌めいて。風に揺れるたび葉が打ち合って、澄んだ音を響かせた。乙女柿《シアル》の木だ。

銀月牛は乙女柿《シアル》が生えている岩棚に、静かに着地する。

「連れて来てくれてありがとう。この木が乙女柿《シアル》なのね？　実を貰ってもいいかしら？」

問えば銀月牛が頷く。

「ありがとう。いただくわね」

シンシアは透明な輝く実に手を伸ばす。人差し指と親指で輪を作ったほどの大きさをした、小さな実。両手でそっと枝から摘み取った瞬間、キーンと高く澄み渡った音が響いた。

「何？」

音の発生源を突き止めるより先に、突風が襲う。無数の氷の欠片が、シンシアに向かって飛んでくる。

「きゃあっ！」

とっさに腕で顔を庇うけれど、痛みは襲ってこない。そろりと目を開けて周りを見ると、氷で覆われた世界にいた。そこには幾つもの乙女柿《シアル》が生え、実を結んでいる。幹も枝も葉も全てが氷に代わり、透き通っていたけれど。

シンシアが実の一つに手を伸ばすと、指先が触れた直後にそれは砕け散り、氷雨《ひさめ》となって降り注いだ。

体に当たる氷雨の気配が消えて、シンシアはつむっていた目を開ける。眼前に映る光景に、彼女は息を呑む。そこは白い岩壁がそびえるワイトムーの山でも、先ほど見た氷でできた世界でもない。

見慣れた殺風景な部屋は、彼女が長年暮らしたマーメイ家の一室。最低限とも呼べぬわずかな家具。分厚いカーテンが引かれ日も差さない薄暗い空間の中、古びた椅子には少女が座る。

「——精霊の御子《みこ》は、御母《みはは》の祝福を受け健やかに」

耳を寄せなければ聞き取れないほどに小さな歌声。痩せ細った少女は、黙々と色糸を布に刺す。一針ごとに布を彩る景色が増え、少女の口元が綻んでいく。その拍子に、下ろしたままの髪が一筋、肩から流れ落ちた。特徴的な髪の色は、淡い薄紅色。

「どうして？」

シンシアは驚愕《きょうがく》に目を瞠る。

彼女の瞳に映る少女は、紛れもなくシンシアの姿だった。

愕然とするシンシアに構わず、もう一人のシンシアは布に糸を刺し続ける。

「できたわ」

枠から外されたハンカチーフには、春告花《チェラル》の刺繍が施されていた。シンシアは嬉しげに微笑むと、傍《かたわ》らの箱にしまう。そこにはすでに刺繍を刺し終えたハンカチーフが重なっていた。

間もなくして、部屋の扉が叩かれる。

「どうぞ」

「失礼いたします」

許可を得て入室した下女は怯えた様子でシンシアを窺う。微かに哀しげな表情を覗かせたシンシアだったけれども、すぐに表情を取り繕った。

「これよ。持っていってちょうだい」

刺繍を刺したハンカチーフを入れた箱を、下女に指し示す。

手渡しはしない。椅子から立ち上がることすらしない。

シンシアが動けば、使用人たちが怯えることを知っているから。だから彼女は、視線さえ合わせぬようにうつむいて、下女がハンカチーフを持ち去るのを待つ。

獰猛《どうもう》な肉食獣の檻《おり》に入ったかのように、下女は音を消して慎重に部屋に入る。そして新しいハンカチーフが入った箱を置き、代わりに刺繍を終えた箱を持って出口へ向かう。戸口に辿り着くと、ほっと安堵の息を吐き出した。

シンシアはそのまま、扉が閉まるのを待つのが常だ。けれどその日は違った。

「ねえ。お母様は喜んでくださっているのかしら？」

びくりと下女の肩が跳ねる。

可哀そうなことをしてしまったと心が痛んだけれど、どうしても確かめたかったのだ。

シンシアと家族との接点は、ほとんどない。刺繍はその数少ない接点の一つ。なぜなら彼女に刺繍を刺すよう指示を出しているのは、母親であるエレンだから。

母に見てほしくて。愛してほしくて――

母が手に取るであろう刺繍に、シンシアはいつも願いを込めながら、一針一針丁寧に刺していた。

「は、はい。お喜びです」

下女は震える声で答える。彼女の身分では、伯爵家の女主人であるエレンと言葉を交わすことなどできぬであろうに。

だけどそんなことさえ知らないシンシアは、嬉しそうに満面の笑みを浮かべた。

「そう。ありがとう」

扉が閉まり、下女が足早に去っていく。

一人になった薄暗い部屋で、シンシアは色糸を手に取った。

シンシアに色糸を買う自由などない。それなのに手元にあるのは、ハンカチーフに刺繍を入れるために用意されるから。

刺繍を求めているのはエレンだ。つまり――

シンシアは両手で宝物のように色糸を包み込む。そっと頬に当てた彼女の表情は、甘える幼子を彷彿《ほうふつ》とさせる。

「お母様――」

母に甘えた記憶など、彼女にはない。人形や装飾品といった贈り物を貰ったことも、優しい言葉を貰ったこともなかった。

つまり、彼女にとって刺繍用の色糸は、母からの唯一の贈り物。

一連の記憶を眺めていたシンシアの瞳から、涙が零れ落ちる。

なんと寂しい娘だろうか。なんと、哀れなのだろうか――

傍観者となったからこそ、分かった。自分がどれほど愛に飢えていたのか。

嗚咽《おえつ》が零れ出てくる口元を手で覆う。頬を伝う雫《しずく》を堰《せ》き止めるため、目蓋を強く閉じた。

氷が割れる澄んだ音が響き、シンシアは目を開ける。マーメイ家の部屋は消えており、過去のシンシアもいない。
・・・・
いつの間にか氷の世界に戻ってきていたのだ。周囲には実を結んだ乙女柿《シアル》が生える。

「――乙女柿《シアル》の実が欲しいのだろう？　さあ、摘み取るといい。割らずに手にすることができたなら、君に与えよう」

周囲を見回しても、声の主は見当たらない。

「銀月牛？　それとも妖精さん？　――まさか、精霊様？」

応えは返ってこなかった。

シンシアはためらいながらも乙女柿《シアル》の実に手を伸ばす。チェスターの傷痕を癒やす薬を作るために――

気付けばシンシアの前には、十歳前後のシンシアがいた。カーテンの隙間から庭を覗いている。

「まだカーテンが固定されていなかった頃なのね」

カーテンを開けることは許されていなかった。だけど壁に固定はされていなくて、隙間から外を覗くことはできたのだ。その後、ある出来事が原因で、開かないように釘付けされてしまったが。

窓の外から、子供の泣き声が聞こえてきた。シンシアがきょろきょろと首を動かして、声の主を探す。そして見つけたのだろう。弾かれたように窓から離れて扉に向かった。

「行っては駄目！」

シンシアは止めようと手を伸ばす。しかしその手はシンシアの体をすり抜けた。

ノブを握ったシンシアが、がちゃがちゃと回す。鍵がかけられているはずの扉は、その日に限って開くのだ。驚いた顔をして動きを止めたシンシアだったけれど、すぐに顔を上げて走り出す。

「駄目よ、シンシア！　駄目なの……」

シンシアの制止の声など聞こえぬシンシアは、廊下を駆け庭へ出てしまった。

子供の泣き声が大きくなってくる。庭に植えられた春告花《チェラル》の木の下で、男の子が泣いていた。

シンシアの弟クライブだ。木登りでもしていたのだろうか。膝や手、額に血が滲んでいた。

「大丈夫?」

迷わず駆け寄ったシンシアが、クライブの前に膝を突く。手を伸ばして触れようとしたところで、絹を裂くような悲鳴が響いた。

「私の子供に触らないで!」

シンシアの体がびくりと震える。軋《きし》む音が聞こえそうなほどゆっくりと、声のほうへと首を回す。

複数の使用人を連れたエレンが、悲壮な顔をしてシンシアを見ていた。

「早く! 早くあの化け物から私の子を取り返して!」

エレンが喚《わめ》き、男性の使用人が駆け出す。クライブをさらうように抱き上げる瞬間、使用人はシンシアを睨み付け顔をしかめた。

「お坊ちゃま、もう大丈夫ですよ?」

抱き上げられて連れられていくクライブが、使用人の肩越しに驚いた顔でシンシアを見ている。

「大丈夫? クライブ? アレに触られたりしなかった?」

「う、うん……」

手元に来たクライブに、エレンが焦燥を湛《たた》えて問う。クライブは困惑した様子ながら頷いた。

母と息子の会話の間に、侍女がクライブの怪我を確認する。

「奥様、中へ。お坊ちゃまのお手当てをいたしましょう」

「そうね」

呆然と立ち尽くすシンシアを残し、エレンたちは去っていく。

動けぬシンシアのもとへ、血の気の引いた顔の下女が駆けてくる。彼女に促されて、シンシアは部屋へ戻っていった。

そして、彼女の部屋のカーテンは厚みを増し、窓枠に固定される。壊れかけていた鍵は取り替えられ、シンシアが勝手に部屋から出られないよう施錠の確認が徹底されることとなった。

それらの作業を、シンシアは古びた椅子に座り、ぼんやりと眺める。

「私は、お母様の子供ではないの？」

エレンはクライブを指して『私の子』と言った。クライブに触れようとしたのは、彼女の娘であるはずのシンシアだったのに。その言い様ではまるで、シンシアは彼女の子供ではないみたいだ。

「私は、人に触れてはいけないの？」

シンシアの五感が枯れていく。涙は零れない。あまりに深く負った傷の渓《たに》に、悲しみの涙は流れ落ちてしまったから。

乙女柿《シアル》の実が浮かぶ氷の空間に戻ったシンシアは、胸を押さえて蹲《うずくま》る。雪に埋もれてしまったみたいに寒くて、体が震えた。自身を抱きしめるように腕を交差させて体をさする。だけど歯が立てる、かちかちという不快な音は消えることがなかった。

何度も何度も、浅い呼吸を繰り返す。

歪んだ顔。強張る体。

「――諦めるかい？」

姿なき声の囁きに、それでもシンシアは首を横に振る。離れまいと硬く強張った腕を、歯を食いしばって伸ばし、一番近くにあった乙女柿《シアル》の実に触れた。

乙女柿《シアル》の実が弾け、シンシアを記憶の世界に引きずり込んでいく。今度は先ほどよりも、もっと幼いシンシアがいた。

六歳くらいだろうか。装いは、常には着ることのない薄紅色のドレス。そして彼女がいるのはマーメイ家の執務室だ。

伯爵家の令嬢らしい姿。だからこそ、シンシアは違和感を覚えた。そしてこれから何が起きるのか思い起こさせる。

「あの日、なのね？」

シンシアは父母から冷遇されていた。けれど彼女の存在は秘匿されていたわけではない。どうしても、人前に出なければならない場面もあったのだ。

これはそんな特別な日の出来事だ。

「いいか？　余計なことは喋るな。お前は決して口を開かず、じっと椅子に座っているんだ」

執務机から、グレイソンが苦々しくシンシアを見下ろす。

ソファに座ることも許されず扉の近くに立っていた幼いシンシアが、首を傾げる。

「どうして？」

「口答えをするな！」

怒声が響き、シンシアの肩がびくりと揺れた。

「お前の存在が他家に知られてみろ！　化け物が生まれた家と懇意にしたいと考える貴族などいるものか。当家が鼻つまみ者にされ、没落したらどうする？」

幼いシンシアは、愛らしい眉を不満そうにぎゅっと寄せる。その態度が気に入らなかったのだろう。グレイソンの目尻が吊り上がる。

「お前が生まれたせいで、私がどれだけ苦労したと思っている？　エレンはお前の不気味な鱗を見て発狂して泣き喚く。産婆や医者の口止めに余計な金を使わされた。挙句、お前が泣くたびに物が壊れる。いっそ処分をと考えれば落雷の嵐だ。家に化け物を置き続けなければならない私の気持ちが、お前に分かるか？」

グレイソンは顔を朱に染めて、執務机を叩いた。激しい音が鳴り、シンシアの小さな体がびくりと跳ねる。

父親から本気の怒りを向けられたシンシアは怯えていた。それでも縋るように涙を溜《た》めた目でグレイソンを見上げる。

「お父様は……」

幼いシンシアの唇から、震える声が顔を出す。

「駄目よ、シンシア。聞いては駄目！」

シンシアは悲痛な表情で止めようとするけれど、彼女の声も姿も、記憶の世界で動くシンシアたちには認識できない。

無情にも幼いシンシアは言葉を織り続ける。

「お父様は、私がいないほうがいいのですか？」

不安に揺れる瞳が、少女の父親を映す。

「――嗚呼……」

その先を知るシンシアは、グレイソンの答えを聞きたくなくて耳をふさぐ。だけど、その世界はあまりに無情で――

「……お前が生きていて喜ぶ者など存在するのか？」

心の底から不思議そうに、彼は言い放った。

シンシアの心が絶望に染まっていく。窓の外から明かりが消えて、偽りの夜が来る。幾筋もの光の帯が暗闇を裂き、轟音《ごうおん》と共に屋敷を揺らした。

「やめろ！　呪われた化け物が！　育ててやっているというのに、恩知らずが！」

怒りで彩られていたグレイソンの表情が、恐怖へと塗り替えられていく。

それは、幼いシンシアにも自分が異常だと理解させる出来事で――

「……ごめんなさい、お父様。ごめんなさい……。生まれてきて、ごめんなさい……」

二人のシンシアの、消え入るようなか細い声が重なった。


嗚咽するシンシアは、氷の世界に戻っていた。

ふらりと立ち上がった彼女の瞳からは光が消えている。力なく伸ばされた手が、乙女柿《シアル》の実に触れた。

「――嗚呼っ！」

悲痛な声が氷の世界に木霊《こだま》する。

彼女が見たのは、記憶など成長と共に消えているはずの、まだ稚《いとけな》いシンシアだった。体を大人たちに抑えつけられ、左足にナイフが添えられる。

幼女の泣き叫ぶ声が、シンシアの心を裂いていく。両手で耳をふさいでも、泣き声は頭の中に直接聞こえてきた。

稚いシンシアから、一際《ひときわ》大きな泣き声が上がる。すると稲光と轟音が屋敷を揺らした。ナイフを手にしていた男が思わず手を止める。他の大人たちも、肩を竦めたり眉をひそめたりと、動揺を見せた。そのうちの一人が窓の外に視線を向けると、目と口を大きく開ける。

「あ……、ああ……」

他の男たちも、苦々しい顔で指示を出していたグレイソンも、その男の様子を訝しみ窓を見た。そこにいたのは無数の妖精たち。けれどいつもの淡く輝く姿ではない。禍々《まがまが》しく黒く光り、稲妻のように尖った閃光《せんこう》を身に纏っている。

「あ、ああ……」

恐怖に駆られた男たちが腰を抜かして座り込む。

息を呑むことしかできない静寂。響くは落雷と幼子の泣き声。

「化け物が！」

稚いシンシアに向かって叫んだグレイソンが、男たちに指示を出す。

「屋敷中に星桂草《シモン》の香を焚け！　それから妖精除《ようせいよ》けのオーナメントを各部屋に！　急げ！」

妖精たちは時折り悪戯をする。だから大切なものをしまっている部屋や、赤子が生まれる時などには立ち入られないよう、妖精の嫌う星桂草《シモン》の香や妖精除けのオーナメントを使って彼らの侵入を防ぐ。

黒く染まった妖精たちを恐れた男たちは、転がるようにして部屋から駆け出ていった。

いったい幾つの実が割れただろうか。乙女柿《シアル》の実に触れるたび、彼女の心は古傷を抉《えぐ》られ血を流した。立ち上がる気力さえ失って。それでも彼女は手を伸ばす。

最早《もはや》、本来の目的など忘れているのではなかろうかと思えるほどに、虚《うつ》ろな表情で。

高く澄み渡った音が響く。飛び散る氷雨を、シンシアは腕で庇うこともなく身に浴びる。冷たく鋭い欠片が彼女の頬を傷付けても、表情が変わることはない。

すでに彼女の感情は絶たれていた。痛いと思うことすら認識できない。

記憶の中で傷付き苦しむシンシアを、ただ眺める。共感することも、寄り添うこともなく、淡々と。そしてまた、氷の世界に戻り、乙女柿《シアル》の実に手を伸ばす。

「――っ！」

実に触れる直前。彼女の顔が歪んだ。

苦痛。苦悶《くもん》。苦辛。苦悩。

「――嗚呼っ！」

全身が拒絶し、血を吐くように悲鳴を上げて地面に手を突いた。

「嗚呼、嗚呼――っ！」

きつく閉じた目蓋の隙間から透明な雫が零れ落ちる。右手の爪が地面を削り、左の手が胸を握りしめる。

「どうして？　どうして、私は――」

その先を口にしてはならないと、本能が警鐘を鳴らす。

「どうして、私は――」

生まれてきたのか。

声にならない声。シンシアの咽が言葉を紡がせまいと、自らを焼く。けれど、氷でできた世界は端から崩壊を始めた。

「私は――」

絞り出される悲痛な声。

氷でできた世界は、もう彼女のすぐ手前までしか残っていない。

「私は……」

ふっと、シンシアの顔から苦悶の表情が抜け落ちる。そこに残るのは苦しみとも悲しみとも結び付かない、いたく穏やかな顔つきで。

「私は、生きていてはいけないの？」

氷の世界が砕け、氷の粒に変わっていく。体を支えるべき床を失ったシンシアの体が、傾いた。氷雪と共に漆黒の闇へ落ちていく。

シンシアは抗《あらが》わない。もはやその気力さえ失われていたから。

けれど。

「シンシア！」

彼女を強く呼ぶ声が耳朶を打ち、彼女の手を掴む者がいた。

虚ろな瞳が声の主を捉え揺れる。朧《おぼろ》げになっていた意識が、徐々に目を覚ます。なぜ、彼女はここにいたのか。辛い思いをしてまで、なぜ乙女柿《シアル》の実を求めたのか。

思い出した彼女の目が細まり潤む。

「チェスター殿下」

青い瞳のその人は、常に隠していた顔の右半分も晒していた。赤黒く爛《ただ》れた肌。浮き出た幾線もの蚯蚓《みみず》腫《ば》れ。その傷痕さえも、シンシアには愛しく見える。

彼女が乙女柿《シアル》の実を求めた理由など、ただ一つ。彼《か》の人に、幸せになってほしいから――

暗く昏い底なしの穴に、氷鏡《ひょうきょう》から零れた雫が煌めきながら落ちていった。

「シンシア、すぐに引き上げる」

力強い彼の手が、シンシアの体を引き上げる。崩壊したはずの氷の世界は、修復を始めていた。徐々に氷雪が集い、床や壁が作られていく。

「怪我はないか？　シンシア」

彼らしくない焦った声。彼女の両頬を手で包み込み、確かめるため顔を上げさせる。包む手のうち片方は、元の色が分からぬほどに赤黒い線が群を成していた。

彼の素肌に初めて触れられて、シンシアは愛しさと幸せで満たされる。

「大丈夫です。チェスター殿下」

「そうか」

頷いた彼は焦燥に駆られていた表情を一瞬だけ安堵に緩めた。でも、すぐに厳しい顔つきになってしまう。顔つきだけではない。シンシアの頬に触れられていた手も離れていく。

「すまない。不快な思いをさせたか？」

手の傷痕について聞かれているのだと察したシンシアは、ためらいなく首を横に振る。

「いいえ。私は、チェスター殿下の傷痕を尊いと感じます。チェスター殿下が、国を、民を、お護りくださった証《あかし》。だけど――」

シンシアはチェスターの瞳を真っ直ぐに見上げた。青い瞳が応えるように彼女を見つめ返し、その姿を映す。

「私は、チェスター殿下が傷痕に覆われていても、美しい姿でも、どちらでも構いません。ただ、あなた様が幸せであってくださることが、私の願いなのです」

愛しくて。尊くて。眩《まばゆ》くて――

彼の役に立てるのであれば、シンシアはその身を引き裂かれたって構わない。彼に出会えたことを至上の幸福だと思う。彼に仕える今に辿り着けた奇跡に、感謝を述べる。

きらりと、乙女柿《シアル》の実が一つ輝いた。呼ばれるように立ち上がったシンシアは、その実に手を伸ばす。

高く澄んだ音が響き、蹲って泣く幼いシンシアが現れる。

傷付き、悲しんだ日々。苦しみに嗚咽を漏らし胸を掻き毟《むし》った過去。

二度と思い出したくなどなかった。心の奥深くに閉じ込めて封じ、忘れていたかった。

「でも――」

それらの日々があったから、今に辿り着けたのだ。もしも過去に戻れるとしても、もしも別の人生を選べるとしても、彼女はきっと、この道を選んでしまうだろう。

「ありがとう。あなたが耐えてくれたから。頑張って生き延びてくれたから。私はチェスター殿下にお会いできたの。あなたが苦しんでいることは知っているわ。私も苦しかったから。だけど、今の私はとても幸せ。あなたの未来には、幸福が待っているの。今は暗闇しか見えないかもしれないけれど、信じてちょうだい」

シンシアは、幼いシンシアを抱きしめる。

傷付いて、苦しんで。家族に愛してほしくて、喜んでほしくて、命を断つべきか悩んだ日々。

歯車が一つ狂っていれば、彼女はここに辿り着けなかっただろう。心が挫けていれば、精霊の元へ向かっていたかもしれない。

頬を涙が濡らす。

愛しさが胸を温める。

「生まれてきてくれてありがとう。生きていてくれてありがとう。愛しているわ。他の誰も愛してくれなくても、私があなたを愛するから。だから、生きてちょうだい」

強く、強く、シンシアはシンシアを抱きしめた。

泣き続けていたシンシアが顔を上げる。ぼんやりとした顔で目を丸くして、シンシアを見つめた。

シンシアは彼女の頭を撫でて微笑む。

釣られたのか、シンシアもまた微笑んだ。途端に彼女を光が覆う。

「シンシア？」

驚愕するシンシアの腕の中で、シンシアが光となって収縮する。残されたのは、煌めく乙女柿《シアル》の実。

「――約束通り、その実を与えよう。持ち帰るがいい」

声が聞こえて顔を上げると、すぐ傍に銀月牛がいた。

シンシアは掌中に収まる乙女柿《シアル》の実へ視線を戻す。自然と頬が緩み、目尻にしわが寄る。

乙女柿《シアル》の実を手に入れたのだ。これで、チェスターの傷痕を癒やす薬を作れるかもしれない。

嬉しくて、乙女柿《シアル》の実を抱きしめる。それから振り返った。

「チェスター殿下？」

先ほどまでいたはずの彼の姿はどこにもない。

「チェスター殿下も、乙女柿《シアル》の実が見せた幻だったのかしら？」

小首を傾げて考えてみたけれど、答えは分からないまま。

シンシアは銀月牛の背に乗せられて山を下りた。それから妖精たちに先導されて、森の中を進む。いつの間にか木々が霞み、白い道に変わる。

柔らかな灯りをともす妖精たちが去ると、そこは蜜薔薇《バラーラ》が咲く庭園だった。懐かしくなったシンシアは、蜜薔薇《バラーラ》の小道を歩く。

「チェスター殿下と出会ったのも、こんな夜だったわ」

月明かりに照らされて、淡く浮き上がる蜜薔薇《バラーラ》たち。あの夜と違い、彼女たちは花弁のドレスを惜しげもなく披露しているけれど。

甘い香りを吸い込みながら美しい花々を観賞するシンシアは、視線を感じて顔を上げた。

「チェスター殿下」

薔薇《ばら》の生け垣の向こうには、今、心に思い浮かべていた人がいて。

「寝付けないのか？」

ゆっくりと彼が近付いてくる。それはまるで、甘い香りが見せる幻みたい。

「いえ、そういうわけではないのですけれど……」

乙女柿《シアル》の実が欲しくて抜け出したなどと言い出せないシンシアは、視線を彷徨わせた。

「チェスター殿下は、こんな時間まで起きていらしたのですか？」

答えられないことを誤魔化すために、質問で返す。

チェスターは、じっとシンシアを見つめて答えない。まるで探るような視線に、彼に隠し事をしてしまった罪悪感が疼く。

「奇妙な夢を見て、目が覚めたのだ」

「奇妙な夢、ですか？」

シンシアが小首を傾げると、自嘲気味に苦笑したチェスターが夢の内容を話し出す。

晩餐会の後、用意された客間に戻るなり眠気に襲われた彼は、いつもより早い時間に寝台に横たわった。

夢の中で彼は、妖精たちに囲まれる。妖精たちは、彼をどこかへ連れていきたい様子だ。

妖精たちの機嫌を損ねれば、国益に関わるかもしれない。だからチェスターは彼らに逆らうことなく、導かれるまま進む。

急かされながら歩き、見えてきたのは、崩壊していく氷の世界。怪訝な思いで目を眇《すが》めよく見れば、そこには人がいるではないか。崩れる世界と共に、その人は落ちていく。

チェスターは慌てて駆けつけ、その人を引き上げた。

「夢の話だが、妙に現実味があってな。少し気になっただけだ」

そこまで話すと、チェスターは苦笑を零して周囲に目を向ける。蜜薔薇《バラーラ》の甘い蜜を求めて、妖精たちが庭園を飛び交っていた。

話を聞いていたシンシアの頬が熱を帯びていく。チェスターに見られないよう、慌てて下を向いた。

——幻ではなかった？

あの氷の世界に、チェスターはシンシアを助けるため駆けつけてくれたのだ。

嬉しくて、シンシアの目元が緩む。胸の辺りがぽかぽかと、温かな気持ちに包まれた。

五章
逢瀬

シンブリーは硝子細工で有名な町だ。王都からほど近いこともあり、観光に訪れる貴族や裕福な平民たちも多い。彼らの懐《ふところ》を狙ったものか。煌びやかな硝子の食器や置物を売る店が表通りに列なる。

残りの旅程はあとわずか。王都に戻ってしまえば、王族であるチェスターの動きは制限されてしまう。最後の羽伸ばしだと、町へ繰り出すことにした。

色硝子に金を縁取った高級感漂うグラス。鳥や馬、妖精などを模った美しい置物。表面に透明度の低い硝子で意匠を凝らした香水瓶。

店を覗きながら、チェスターはシンシアと共に歩く。

「まるで夢の国に来たみたいです」

シンシアの目は一カ所に留まることなく硝子細工を見回している。きらきらと輝く瞳は、店に並ぶ硝子にも劣らない。

「様々な色がありますけれど、全部硝子なのですよね？　様々な色の硝子が採れるのですか？」

宝石と同じように土から硝子の鉱石が発掘されると思ったのか、シンシアが店員にそんなことを訪ねた。

店員は慣れているのか、にこやかに答える。

「いいえ。これは硝子の元となる石に、様々なものを混ぜて着色しているのですよ」

「まあ！　では自由に色を付けられるのですか？」

て見守る。

「ある程度は。まだ作れない色もありますけれど」

シンシアは好奇心のままに、店員に質問を重ねていく。その様子を、チェスターは目を細め

王都を出たばかりの頃は、シンシアはチェスターの傍に控えているだけだった。領主夫妻か

ら話を振られても、微笑を浮かべて誤魔化すのが精一杯。

もちろん、そうなることは予測済みだ。チェスターはすかさずフォローに回り、彼女の負担

にならないように立ち回った。だけど彼女は旅の途中からは自らも学ぶ姿勢を示し、領主夫妻

や領民たちとの対話にも積極的な姿を見せている。

思えば王城でも、彼女は率先してチェスターたちの手助けをしてくれていた。

きちんとした境遇で育てられていれば、もっと幅広い道が広がっていただろう。そう考える

と気の毒に思う。同時に、そうであれば自分と出会うことなく、早々に婚約者を得てすでに結

婚していたかもしれないと思えた。

彼女は心だけでなく、容姿も美しい。きっと引く手数多だっただろう。

胸にどろりと昏いものが込み上げてきて、チェスターは思考を切る。

「気に入ったものはあったか？」

気分を変えるため、熱心に硝子細工を見物しているシンシアに声を掛けた。

「どれも綺麗です」

少し興奮しているのか。頬が仄かに紅潮している。

そんな彼女の目が、一点で止まった。

「あの。こちらをいただけますか？」

店員に声を掛け、小振りの小瓶を指す。ジャムや軟膏を入れるのにちょうどよさそうな広口の小瓶を見て、チェスターは微かに眉をひそめる。

青い小瓶の肩には、緑色の硝子で陽桂樹《ロレル》の葉冠が施されていた。陽桂樹《ロレル》は妖精が好む木と伝わっており、葉の付いた若い枝で編んだ葉冠は、勝利と栄光のシンボルとされる。縁起のいい柄ではあるけれど、若い女性が好むデザインからは外れたものだ。

シンシアであれば、蜜薔薇《バラーラ》や春告花《チェラル》を描いた小瓶を選びそうなのに。怪訝な思いを抱きながら、チェスターは店内を見回す。

「こちらのほうがいいのではないか？」

シンシアが好みそうなものを手に取って問うと、彼女は頬を染めて恥じらう。

「その、贈り物なので」

秘めるように告げられた彼女の細やかな声が、チェスターの心臓をぎゅっと握った。

陽桂樹《ロレル》の意匠は、従軍する兵士や仕官試験に挑む恋人に、女性たちが贈ることがある。つまりシンシアにも、思いを寄せる男がいるということだろう。

「そうか」

　チェスターの口から出た声はいつもより数段低くて、彼自身が驚きを覚えた。

　シンシアも彼の口調に不機嫌さを感じ取ったのだろう。驚いた顔をして、それから申し訳なさそうに肩を竦める。

「申し訳ありません。せっかく薦めてくださったのに。ですが、その……」

　言いよどんだシンシアが、店員をちらりと見てからチェスターに寄ってきた。何やら言いたげな様子ではあるけれど、店員には聞かれたくないらしい。

　チェスターが腰をかがめて耳を寄せると、シンシアが口元に手をあてがい囁く。

「そちらは私のお給金ではとても……」

　言ってから、シンシアは恥ずかしそうに胸元で手を組み視線を彷徨わせる。

　チェスターは自分が選んだ小瓶を見た。丸みを帯びた薄紅色の香水瓶には、金で美しい緑が描かれている。その中では緑の枝葉が伸び、赤い蜜薔薇《バラーラ》が咲き誇っていた。

　最高品質の品々に囲まれて育ったチェスターが美しいと思ったほどなのだから、品質のよさと値段は一級であろう。

　ふむと唸ったチェスターは、その小瓶を手に取る。

「これを貰おう」

　店員に渡しながらちらりとシンシアの様子を窺うと、彼女も別の店員に小瓶を渡し包んでもらっているところだった。

恥ずかしそうであり嬉しそうな表情の彼女を見て、心が冷めていくと同時に闘志が燃え上がる。

「シンシア、これをやろう。付き合ってくれた礼と、記念だ」

それはきっと、対抗心からだったのだろう。

包みとチェスターの顔を何度も見比べていたシンシアの顔が赤くなっていくのを見て、チェスターは微かな優越感を覚えた。

※

一行は、とうとう王都に戻った。

シンシアがチェスターと二人きりの時間を過ごすことは、もうないだろう。シンシアの胸に寂しさが押し寄せる。だけど切なさに浸る間などなかった。

自分の部屋に戻ったシンシアは、届いていた手紙を見て首を傾げる。彼女に手紙を送ってくる相手など思い浮かばない。訝しく思いながら封筒を手に取り、差出人の名前を確かめた。

ひゅっと、シンシアの咽が鳴り、息が詰まる。

差出人の名は、グレイソン・マーメイ。シンシアの父であった。

「どう、して?」

心臓が、ばくばくと激しく脈打つ。目の前から色が消え、手紙以外のものが認識できない。息は浅く、ふるえる指先から封筒が落ちた。

シンシアの手が胸元を探る。指先に硬く小さな感触を覚え、縋るように握りしめた。チェスターから贈られた、彼の瞳を思わせる蒼妖精玉《フェアリーサファイア》の首飾りだ。

徐々に指先から血が巡りはじめ、感覚が戻ってくる。シンシアはようやく、息を吐き出した。恐怖が消えたわけではない。むしろ恐れは増している。

今までシンシアに興味など持っていなかった男が、いったいなんの用だろうか？　碌《ろく》な内容でないことは容易く想像できる。いっそこのまま見なかったことにしてしまおうと、無邪気なシンシアが唆《そそのか》す。

だけど、それは悪手だと、冷静なシンシアが告げる。

目を閉じてもう一度深く深呼吸して、心を凪《な》ぐ。痛みも苦しみも感じないように、感情を削ぎ落とす。

シンシアは床に落ちた手紙を拾うと、文机《ふづくえ》の椅子に腰かけた。凍《い》てついた表情で封を切り、グレイソンからの手紙に目を通す。

内容は、チェスターに融資をお願いするようにという、非常識なものだった。王族に対して一介の侍女がそんな頼み事などできるわけがないのに。

唇の隙間から、安堵の息が零れる。強張っていた肩から力が抜けていく。

「よかった……」

マーメイ家に戻ってこいという内容ではなかった。嫁ぎ先が決まったという縁談の話でもなかった。そんなこと、望まれていないと分かっていたけれど、もしもと脳裏で想像してしまったのだ。

まだ、チェスターの元にいられる。

安堵の息と共に嗚咽が漏れた。万が一にも人に聞かれたくなくて、シンシアは手で口を覆う。その指を、涙が濡らす。

シンシアは知ってしまった。

外の明るさと美しさを。人々と共にいる温かさと楽しさを。人を愛しく思う幸せを——もう、あの暗く寂しい部屋には戻れない。何も知らない過去のシンシアは耐えられたけれど、知ってしまった今のシンシアには、耐えられなかった。

噴き出していた感情のマグマが落ち着くと、涙を拭って手紙をもう一度読み返す。

詳細は書かれていない。けれど、チェスターの元にいて耳にした話を繋ぎ合わせれば、事情は推測できる。

王城へ装飾品を持ってきた商人は、マルメールで採取されている紅妖精玉《フェアリールビー》が取れなくなったと言っていた。だからマーメイ家の収入が減ったのだ。

マルメールに隣接しているフルームは、金麦《ムルギ》が不作だったという。マルメールもまた、例年に比べて金麦《ムルギ》の収穫量も落ちたのだろう。

「確か……」

シンシアは、馬車の中でチェスターから教わった税の優遇措置について思い出す。そして、その内容を便箋に綴《つづ》った。

封筒に入れ宛名を綴ったシンシアは、満足気に微笑む。これできっと、マーメイ家は大丈夫だ。

「お父様は、褒めてくださるかしら？」

自分の唇が紡ぎ出した言葉に、シンシアははっとした。

「私はまだ、期待していたのね」

一度だって、褒められたことはないのに。

封筒に蝋《ろう》を落としながら、シンシアは黙殺した気持ちに目を向ける。

手紙の差出人を見た時に、ほんの少しだけ期待したのだ。

もしかすると、父がシンシアのことを心配して手紙をくれたのではないかと。そんなこと、有り得ないと分かっていたはずなのに。

心にぽっかりと空いた穴にも、封蝋印を押し付け封をする。

シンシアが、シンシアでいるために――

日が変わり、シンシアは昨夜認《したた》めた手紙を王城の伝書係に託してから、図書館へ向かった。

今日は旅の疲れもあるだろうからと、シンシアは休みを貰っている。薬の作り方を改めて確かめてから、部屋へ戻った。

彼女の机の上には、旅に出る前にはなかったものが幾つか並ぶ。

シンブリーで贈られた薄紅色の香水瓶。それにフルームでチェスターから贈られた、クリームが入った木の実と水楓《アクアメープル》の麦藁細工。花冠は残念ながら枯れてしまったけれど、ケイトが押し花の作り方を教えてくれたので、数本は栞《しおり》にして持ち帰った。

いずれもシンシアにとって、かけがえのない宝物である。

他にフルームで手に入れた乙女柿《シアル》の実と、シンブリーで彼女が買った硝子の小瓶も机の上に並ばせた。

小瓶の肩に施された陽桂樹《ロレル》の葉冠を見た瞬間、戦を勝利に導いてくれたチェスターに相応しいと手を伸ばしていた。そして陽桂樹《ロレル》は妖精が好む木でもある。きっと妖精たちが薬作りに力を貸してくれるはず。そんな期待もあった。

シンシアは小瓶の蓋を開けると、乙女柿《シアル》の実に針を刺す。黄金色の髪のように滴《したた》り落ちる乙女柿《シアル》の油。零さぬよう、小瓶の中へ溜めていく。

本には詩とは別に詳細な作り方も掲載されていた。油の搾《しぼ》り方については、『針で突いた穴から、乙女の髪を垂らし続けよ。焦ってはならない。乙女柿《シアル》の油は持ち主の心を映す。苛立ちは油を濁らせ毒とする』と、恐ろしい文句が綴られていたのだ。

だからシンシアは、滴り落ちる金糸を眺めながら感謝を捧げる。

チェスターと出会えた喜び。薬の作り方を知れた嬉しさ。乙女柿《シアル》の実を得た奇跡に、ただただ感謝した。

半刻ほどかけて油を流し尽くし薄皮一枚となった乙女柿《シアル》は、役目を終えたとばかりに砕け散る。きらきらと輝きながら消えていく、最後まで美しい実。

「ありがとう」

シンシアの口からは、自然とその言葉が零れた。

小瓶に溜まった黄金色の油を確かめたシンシアは、椅子から立ち上がる。ぱさりと布が床に落ちる音がして、彼女の肌が顕わになった。

息を吐いて緊張を緩めると、左腕の鱗に指先をかける。

「――っ！」

たった一枚剝ぐだけで、全身がしびれるほどの痛みが奔《はし》った。立っていることができず、膝を突いてしまう。

だけど、必要な鱗は一枚だけではない。

痛みへの恐怖を押さえつけ、シンシアは二枚目の鱗を剝いだ。

「――っく、ぅ……」

堪え切れない呻《うめ》き声が、唇の隙間から零れ出た。

肩で息をしながら、剝いだ鱗を小瓶へ落とす。それからまた、下唇を嚙んで悲鳴を殺し鱗を剝いだ。

一枚剝ぐごとに、シンシアの顔は青ざめ、額にはうっすらと脂汗が滲んでいく。

「あと、一枚……」

最後の鱗を剝ぎ小瓶へ落としたシンシアは、床に座り込み机の脚にもたれて体を支えた。荒い息が、春告花《チェラル》色の唇から熱を持って吐き出される。目を開けていることすら億劫で、目蓋を落とす。

「次は、水穂草《ガルマ》の花粉ね」

水穂草《ガルマ》は水辺に生えるありきたりな植物だ。乙女柿《シアル》の実や人魚の鱗に比べれば、手に入れる難易度は格段に下がる。

薬が完成したら、チェスターに喜んでもらえるだろうか。

想像したシンシアの口元が、嬉しそうに弧を描いた。

※

王城の広間では、夜会が開かれていた。わざわざ遠回りするのも面倒だと、チェスターは広間にほど近い庭園を突っ切る。

シンシアと出会った夜も、遠目に会場を視界の端に入れて庭園を歩いていた。広間に煌々《こうこう》と明かりが灯るほどに、外は闇を深めチェスターの姿を隠す。

だから誰かに声を掛けられることはないと踏んでいたのだ。人影が見えたとしても、それが招待客か警護の騎士か、よほど近付かなければ区別はつかない。相手の身分が分からぬまま話しかけるほど、貴族は浅慮ではないから。

そんな甘い予測のお蔭と言うべきか。チェスターはシンシアと出会えた。

妖精灯に置かれた極上の蜜に惹《ひ》かれた妖精たちが、続々と会場に飛んでいく。小さく淡い光も、群となれば眩く輝く。

「そういえば、あの夜――」

眼前を横切った妖精を目で追ったチェスターは、あの日のことを思い出す。

妖精が、チェスターの仮面を奪ったのだ。

その時は、偶然ぶつかっただけだと深くは考えなかった。けれど改めて思い返してみれば、違和感が残る。

妖精の動きは、騎士たちが振るう剣に比べれば児戯に等しい。たとえ体が思うままに動かなくても、顔辺りに飛んできた妖精くらいは造作もなく躱《かわ》せた。

けれど、妖精はチェスターにぶつかったのだ。

彼が別のものに気を取られていたとして、仮面が視野を狭めていたとして、光る妖精に気付かないはずがないのに。

そしてもう一つ、疑問が残る。

妖精は軽い。一匹がぶつかったところで仮面が落ちることはないだろう。

考えれば考えるほど、それは異常な出来事に思えた。

「妖精の愛し子――」

ラプセル伯爵の言葉が脳裏に蘇《よみがえ》る。

彼はまるで真実のように話していたが、専門家の間でも真偽に対して意見が分かれる類の話。仮に妖精の愛し子が実在するとしても、チェスターはシンシアであるとは思っていなかった。本当に彼女が妖精に愛された娘であるのなら、マーメイ伯爵家で行われていた彼女に対する扱いが説明できないから。

貴族家での出来事。王族といえども深入りはできず、詳細までは探り切れていない。けれど、シンシアが伯爵夫妻から蔑ろにされ、使用人たちからさえ蔑まれていたという情報は得ている。暴力を振るわれていたという報告は上がっていない。けれど肌を頑なに隠している姿を見れば想像は付く。

真実、彼女が妖精の庇護を受けているのであれば、そんな無体は働けないはずだ。妖精たちは人の営みに興味を持たないが、怒らせれば何をしでかすか分からない。

歴史を紐解けば、妖精たちによって引き起こされたと思われる災害は幾つも見つかる。中には国が沈んだ例もあった。

ならば愛し子が虐《しいた》げられればどうなるか。マーメイ伯爵家はもちろん、彼らが治めるマルメールにも災禍が降り注ぐはずだ。しかし現実はそうなっていない。

だからチェスターは、ラプセル伯爵がシンシアを妖精の愛し子ではないかと言い出した時、話半分で聞いていた。

とはいえシンシアが現れてから、チェスターの周りに良好な空気が流れているのは事実。だから彼女が少しでも自信を取り戻してくれればと、あの場では賛同する意見を述べたのだ。

「妖精のハンカチーフ」

噂好きの貴婦人たちが創り出した縁起物。しかしシンシアの境遇を調べている間に、それがマーメイ家が寄贈したものだと分かった。

淡い光がゆらゆらと、引き寄せられるように夜会の会場へ入っていく。

「あれは本当に、夢だったのだろうか?」

フルームで見た夢。

寝台で眠っていたチェスターは、目蓋の向こう側で揺れる灯りによって目が覚めた。

無数の妖精たちに囲まれて驚く彼を、妖精たちが急かすように誘導する。付いていってみれば、氷で創られた世界が崩壊していくところだった。そこには人影があり、その人は崩壊する地面に巻き込まれ落ちていく。

ぎょっとしたのはほんの一瞬。人影の顔が見えた瞬間に、チェスターから血の気が引いた。シンシアが落ちていくと理解した瞬間、考えるより先に体は動き出す。彼女の名を叫び駆け出していた。

細い手を掴んだものの、地面は崩れかけている。共に落ちるかと思ったけれど、そうはならなかった。落ちてゆくのは彼女だけ。チェスターの体はその場に留まる。

シンシアを引き上げて怪我がないことを確かめ、安心したのも束の間。自分が素手を晒していることに気付く。

無数の傷痕が歪《いびつ》な形を作り上げた、醜い手。美しいものを好み醜いものを嫌う者たちからは、嫌悪される代物。特に若い娘たちからは、触れられるどころか目に映すことすら拒絶された。

そんな手の傷痕を、夢の彼女は尊いと述べる。そして、チェスターの幸せが彼女の願いだとまで告げたのだ。

そこで、チェスターは目を覚ます。

跳ね起きて周囲を確かめたが、彼がいたのはフルームを治めるラプセル家の館に用意された、彼の寝室。シンシアの姿も、妖精たちもいない。ずいぶんと都合のよい夢を見たものだと、苦笑した。

寝付けぬ彼は、用意されていた果実酒を嗜む。それからふと窓の外を見て目を瞠った。庭園の一角に妖精たちが集まり、何もない空間からふらりとシンシアが姿を現したのだ。

「妖精の道」

そうとしか思えない現象。

「もしもあれが夢ではなく、精霊界の出来事であったなら？」

人間が暮らす世界と精霊が暮らす世界は、別の次元にあると言われる。人間界では起こり得ない現象も、精霊界であれば起こり得る可能性はあるだろう。氷の世界も、あちら側には存在するかもしれない。

そこまで考えて、チェスターは深い息を吐き空を見上げた。

昼間は霞む月も、暗い夜空では輝いて見える。

もう彼は、精霊界を信じる子供ではない。そんな夢見がちな時期は、物心ついてすぐに捨ててしまった。王となるためには、現実を見なければならなかったから。

「ちょうど植木の陰になっていて、彼女のやって来た瞬間が見えなかっただけだろう」

だから、突然現れたように見えただけ。妖精の道などあるはずがない。

そう否定しながらチェスターが首を横に振っていると、ざわりと、会場でさざ波が立った。

今宵集った紳士淑女たちが一斉に上げた、感嘆の溜め息。開け放たれた扉から溢れ出た波は、チェスターの元まで届く。

反射的に動いたチェスターの瞳は、彼らの注目を浴びて踊る一組の男女を映した。微笑み合って華麗なステップを踏む弟チャーリーと、その婚約者ミランダ。

淡い紫の薄布を重ねた涼しげなドレスが、踊るミランダに合わせて揺れる。彼女を飾りたてる装飾品が、シャンデリアの光を映して煌めく。

煌びやかな世界で幸せそうに笑うミランダに、シンシアの笑顔が重なった。恥ずかしそうに頬を染めながらも嬉しげに微笑んで、シャンデリアの下で踊る彼女の姿が。

自然と口元を緩めたチェスターは、愕然とする。

「私は今、何を考えた？」

口元を、手で覆う。

彼女は侍女だ。庇護するべき相手であって、欲情を向けるなどあってはならない。それは懸命に仕えてくれるシンシアの信頼を裏切る行為である。

仮に彼女が王宮勤めを辞したとしても、チェスターが彼女を求めるなど有り得ない。王族であるチェスターに求められれば、伯爵家の娘では逆らえないだろう。しかもあの父親だ。家の利益のために、彼女の意思など無視して差し出すに決まっている。

辛い思いをして生きてきた彼女は、今までの分も幸せになるべきだ。日陰で暮らすチェスターが囚えていい相手ではない。

「彼女には、太陽の下を歩く幸せを――」

楽団の奏でる曲目が変わる。ミランダをエスコートしたチャーリーが王族席へと移動していき、代わりに貴族たちが踊り出す。

輝く世界から流れてくる、優雅な音楽と楽しげな笑い声。光に照らされて、庭園はより一層闇を深めゆく。

「それでも――」

明るい世界から視線を逸らしたチェスターは、月を見上げた。欠けた細い月は頼りなく。けれど闇を抱えてなお輝きを失うことはない。

「手元にいる間だけならば、彼女の笑顔を望んでも許されるだろうか？」

暗く昏い夜の庭園。辺りを飛び交っていた淡い灯火が、喜ばしげに揺らめいた。

※

『乙女柿《シアル》の油に人魚の鱗を漬けよう。虹色に変わったら、水穂草《ガルマ》の花粉を加えてようく練って。最後に人魚が零した真珠を一粒。祈りを捧げれば、どんな傷痕も元通り』

本にはそう書いてあったけれど、シンシアの肌から剝いだ鱗を入れても、乙女柿《シアル》の油は黄金色に輝いたままだ。本当に虹色になるのだろうかと疑問に思いながら、シンシアは毎日小瓶を覗く。

変化が訪れたのは、半月ほど経った日のこと。

目覚めたシンシアは、小瓶の中を確かめて大声を上げそうになった。昨日まではまったく変化を感じさせなかった乙女柿《シアル》の油が、虹色に変わっていたのだ。

「綺麗」

窓から差し込む光の下で角度を変えれば、虹も色を変える。

「私の鱗も、役に立つのね」

まだ出来上がったわけではないけれど、本に書いてあった通り虹色に変わったのだ。きっと薬は出来上がるだろう。

今まで醜くしか見えなかった鱗が、ちょっぴり輝いて見えた。

あと必要なのは、水穂草《ガルマ》の花粉だ。シンシアは図書館で書き写した地図を開く。歪ではあるものの、目印になりそうなものは書き込めていると自負していた。

王都には幾つかの川が流れている。次の休みには、水穂草《ガルマ》を探しにいってみようと張り切った。

だからその日。チェスターの執務室で仕事をしていた彼女は、チェスターの部下・トレヴァーから振られた質問に何も考えず答えたのだ。

「シンシア嬢、今度の休みは何をして過ごすんだい？」

「川に行こうと思っています」

「川？」

「はい」

全員が手を止めて、シンシアを見つめる。

何かおかしなことを言っただろうかと、シンシアは小首を傾げた。

「川って……ピクニックかな？　誰と行くんだい？」

「水穂草《ガルマ》を採りにいこうと思っています。一人ですよ？」

シンシアには恋人はおろか、友人と言える相手すらいない。王都を流れる川まで、一人で歩いていくつもりだった。

「……シンシア。王都に流れる川は整備されている。水穂草《ガルマ》は生えていないと思うぞ？」

「そうなのですか？」

困惑顔のチェスターの言葉に、シンシアも困ってしまう。川にさえ行けば、水穂草《ガルマ》は手に入ると思っていたのだ。予定が狂い、どうすればいいだろうかと悩み出す。

そんな彼女を見かねたのか、チェスターが助け舟を出してくれた。

「水穂草《ガルマ》なら、城の森にも生えていたはずだ。何に使うかは知らないが、明日にでも行ってみるか？」

「そんな。チェスター殿下の手を煩わせるなんて申し訳ないです」

拒んでみたものの、チェスターは笑い飛ばす。

「そう畏まるな。大した距離ではない。この体にも慣れてきたし、そろそろ馬に乗る練習も始めようと思っていたのだ。歩行訓練の延長だと思って付き合ってくれ。汚れてもいい、動きやすい服は持っているか？」

「えっと、はい」

マーメイ伯爵家から持ってきた服は、どれも貴族令嬢が着るには簡素なドレスだ。走ったり剣を振れと言われれば難しいけれど、令嬢が動く範囲であれば問題ないだろう。それに着古しているから、今さら少し汚れが増えたくらいで支障はない。

「では決まりだな」

戸惑うシンシアが拒否するより先に、決定が下された。


翌日の朝。いつも通り朝の紅茶を用意したあと、シンシアは控室でケイトの指導の下昼食を用意していた。

「ケイトさん、本当に私がお作りしていいのでしょうか？」

「この程度、作ったうちに入らないわよ」

ケイトはくすくすと笑いながら、慣れた様子でパンを薄く切っていく。

旅から戻り、シンシアは以前のように彼女をケイト様と呼ぼうとした。けれどもケイトからそのままでいいと言われ、従っている。

シンシアは指示された通り、パンの片面にバターを塗った。その上に、王城の料理人たちが作った卵のスプレッドをのせて広げ、サラダによく使われる球萵苣《レスタ》の葉をのせる。別のパンにもバターを塗って挟むと、ケイトが食べやすい大きさに切り分けた。

同じものを幾つか作ると、今度は球萵苣《レタス》の葉と薄く切った赤玉茄《トムト》、更にローストチキンを挟んだ。

そうしてできたサンドイッチを、バスケットに詰めていく。彩りよく並べ、果物も添えた。

「水筒には紅茶を入れておいたわ。こちらの袋には焼き菓子が入っているから」

もっと時間があればシンシアに焼いてもらうこともできたのにと、ケイトは残念そうに零しながら荷物をまとめる。

「さあ、準備はできたわ。チェスター殿下のところへ行ってらっしゃい」

「ありがとうございます」

ケイトに背中を押されて、シンシアはチェスターが待つ執務室に向かう。

抱きしめたバスケットからは、美味しそうな香りがする。シンシアが作ったというよりは、手伝ったというほうが正しいかもしれないけれど、それでも彼女は満足だった。

彼は喜んでくれるだろうかと、口元が緩むのを抑えきれない。

「チェスター殿下。準備が整いました」

軽いノックをして入室すると、チェスターが眩い笑顔で迎える。

「そうか。では行こう」

チェスターのあとに続いて王城の廊下を進む。外に出ると護衛が馬を連れて待っていた。

黒鹿毛《くろかげ》の馬を目にした途端、チェスターの表情が険しくなる。

「ムルトの子か？」

ムルトはかつてチェスターと共に戦場を駆けた彼の愛馬だ。チェスターが深手を負った時、ムルトもまた負傷した。

走ることができなくなった馬に手当てを施し生かすほど、戦場に余裕はない。ムルトはその場で処分されている。

愛馬によく似た若馬の姿を見て、苦い記憶が蘇ってきたのだろう。

「はっ。まだ若い個体ですが、調教は済んでおりますので」

「名は？」

「ご随意に」

騎士の言葉を受けて、チェスターがしばし考え込む。

「では、デルトの名をいただこう。父ムルトのように立派に育て」

デルトは水楓《アクアメプル》の精霊と恋に落ちた、不屈の騎士の愛馬の名とされる。

「今日は頼んだぞ、デルト」

チェスターは優しくデルトの首筋を叩くと、鞍《くら》に跨《また》がった。それからシンシアに手を差し出す。

荷物を騎士に預けたシンシアは、チェスターの手に引かれて馬の背に乗った。左半身をチェスターに向けた彼女を腕で包み込むようにして、チェスターが手綱《たづな》を握る。

「力を抜け。馬に緊張が伝わる」

「申し訳ございません」

謝るシンシアだけれども、緊張するなと言うほうが無理があった。

シンシアは馬に乗ったことなどない。視線が高くなっただけでも恐怖を感じ、緊張してしまう。それに加えて、吐く息の音さえチェスターに聞かれてしまいそうな距離なのだ。顔が火照り、息を吐くことすら気を使う。

デルトがゆっくり歩き出す。人が歩くのと変わらぬ速さなのに、跳ねるように揺れた。シンシアは鞍に縋り付く。

「こちらに身を預けろ。そのような体勢では疲れるし危険だ」

「だ、大丈夫です」

少しでもチェスターから身を離そうとするシンシアに、チェスターは眉を寄せた。

「許せ」

「え？　きゃあっ!?」

チェスターの右手がシンシアの腰に触れ引き寄せる。左半身がチェスターと密着して、シンシアは顔から火を噴きそうだ。

「椅子の背もたれとでも思っておけ」

「とんでもございません！」

どんな豪華な背もたれだと、シンシアは絶叫したくなる気持ちを必死に抑える。

シンシアとチェスターを乗せたデルトは、王城の裏手に広がる森へ入っていく。青々とした葉が枝を飾り、暑い日差しを遮る。森鼠《もりねずみ》が愛らしい声を残して、枝の上を駆けていった。

しばらく進むと、木々が途絶え草原が現れる。四阿《あずまや》が建ち、その先には大きな池が広がっていた。池の畔には、水楓《アクアメプル》の木が立つ。その幹は鱗のように樹皮が重なり合い、枝には青い葉を茂らせている。

「子供の頃は、夏になるとチャーリーと共によく遊びにきたものだ」

チェスターの手を借りて馬から下りたシンシアは、そのままエスコートされて水辺近くまで進む。

手袋越しに伝わる彼の温もり。

高鳴る鼓動と赤く染まった顔を見られるのが恥ずかしくて、シンシアは下を向いて付いていく。

「ちょうどよかったな」

チェスターの声に顔を上げると、池の畔に背の高い草が生えていた。真っ直ぐに伸びる長い茎の先には、肉の腸詰を思わせる形の穂が付いている。二色の穂は上下に並び、下の穂は橙色で上の穂は黄色い。花粉が採れるのは上の黄色い穂だ。

「これが水穂草《ガルマ》ですか？　大きいですね」

「見るのは初めてか？」

「はい。図書館の本で確認はしたのですけれども」

家から出してもらえなかったシンシアは、池にも川にも行ったことがない。当然ながら、水穂草《ガルマ》を実際に見るのは初めてだった。

「せっかく来たのだ。摘むのはあとにして、小舟に乗ってみるか？」

チェスターの視線の先を見れば、池の栈橋に小舟が繋いである。

「よろしいのでしょうか？」

「構わんさ」

シンシアはチェスターに手を引かれて、栈橋に向かう。水辺に近い手前の土は、水がしみて滑りやすくなっていた。

「足元に気を付けろ。ぬかるんでいるからな」

「はい」

湿った土に足を取られそうになるたび、チェスターの手が細やかにシンシアの手を引き、バランスを取ってくれる。

無事に栈橋まで辿り着くと、共に来ていた騎士が走り寄り、小舟を引き寄せた。

「揺れるから気を付けろ」

先に乗り込んだチェスターが、手を差し出す。

恐る恐る慎重に小舟へ片足を乗せたシンシアだったけれども、不安定な足元に驚きよろめいた。

「きゃっ!?」

「言ったそばから」

すぐにチェスターが支える。お蔭で池に落ちることは避けられたけれど、抱きしめられるように腕に囚われて、シンシアの顔は真っ赤だ。

「も、申し訳ありません。……きゃぁっ!?」

慌てて離れようと足を動かしたせいで、小舟が大きく揺れた。

「こら、動くな。すぐに収まるからじっとしていろ」

「申し訳ありません」

情けなさと恥ずかしさで、シンシアの頭の中は真っ白だ。目尻には涙が滲み、口をきゅっと引き結ぶ。

足元の揺れが止まると、チェスターに支えられてゆっくりと腰を下ろす。

「船を動かすぞ?」

「はい。……あ、私が」

「慣れぬ者が漕《こ》げば、進まないどころか事故のもとだ。おとなしく任せておけ」

櫓《ろ》を手にしたチェスターを見て慌てて代わろうとしたが、却って窘《たしな》められてしまった。

小舟が桟橋から離れ、池の中央に向かって進んでいく。櫓が水を掻くたびに波紋が広がり、光の輪を作る。きらきら、きらきらと輝く水面。覗き込むと、水草がゆらゆらと揺れていた。その隙間を、小さな影が泳いでいく。

池の上は遮るものがなく、太陽の光が燦々《さんさん》と降り注ぐ。舟を漕ぐチェスターの額には、うっすらと汗が滲んでいた。

シンシアはハンカチーフを取り出すと、そっと彼の額に添える。だけど仮面の下までは拭えない。思わずじっと見つめてしまった彼女の視線に気付いたのだろうか。チェスターが問いかける。

「仮面を外してもいいだろうか？」

「どうぞ。とても心地よい風ですので、きっと気持ちいいですよ」

「そうか」

チェスターの顔を隠す、白い仮面が外れた。

顕わになる、赤く引きつった火傷痕。無数に走る裂傷の痕跡。

明るい日差しの下で改めて見ると、あまりに痛々しい。戦場とはこれほど痛ましい傷を負う場所なのかと、シンシアの胸が痛くなる。

もう痛くはないのだろうか。傷を負った時は痛かっただろう。苦しかっただろう。

そんな思いが込み上げてきて思わず伸ばしそうになった手を、シンシアは寸でのところで止めた。身内でもない相手の顔に触れるなど、はしたない行為だ。まして相手は王族。許される行為ではない。

だから引き戻したはずなのに、何かに触れた感覚が指先から伝わってくる。

驚いて顔を上げると、止めたはずの彼女の手は、チェスターの頬を包んでいた。シンシアの手の甲を覆うのは、チェスターの掌の温もり。

「痛くはありませんか？」

手袋越しでも分かる凹凸《おうとつ》。触れられて大丈夫なのかと、シンシアは不安を覚える。

「いいや。むしろ癒やされる気がする」

シンシアの手はチェスターに導かれるまま、彼の頬を滑り、口元へと流れていく。

「――っ!?　チェスター殿下!?」

「チェスターと」

掌に感じるのは、火傷で引きつった頬とは違う、柔らかな感触。そして彼女を真っ直ぐに捉えた青い瞳には、射るような強さと蕩けるような熱があった。

「チェスターと呼んでほしい。王族ではなく、一人の人として」

「許されません」

「ここでの会話は誰の耳にも届かない」

シンシアの心が震える。

許されるのだろうか？　今の一時だけ。彼を近くに感じても、いいのだろうか。

欲望が顔を覗かせた。理性が制止をかける。けれどシンシアは、強く求める心に逆らえなかった。

「……チェスター様」

これ以上はチェスターが許そうとも、シンシアには許されない行為だ。ほんの一瞬。一言だけ。それだけで充分すぎるほど満足だった。

決して手の届かない相手。夢で想うことすら烏滸《おこ》がましい。

だから、彼から離れるため手を引き戻す。けれどもチェスターに押さえられていて、動かすことができない。

訴えるように彼の瞳を見つめた。青い瞳が揺らぎ、苦しげに目蓋が閉じられる。

「無体をした。許せ」

「畏れ多いことでございます」

解放された手。

自分が望んだことのはずなのに、シンシアは失われていく温もりに寂しさを感じた。

小舟から下りたシンシアは、チェスターと共に四阿で昼食を取ることにした。

騎士に預けていたバスケットを受け取り、テーブルに載せる。水筒の紅茶もカップに注いで差し出す。

「料理人のものではないな？　ケイト……でもないか？」

バスケットの中を見たチェスターが、訝しげに呟く。

「ケイトさんに教わって、私が」

シンシアはパンにバターを塗って具を挟んだだけだ。それなのに、料理人やケイトが作ったものではないと分かってしまうほど未熟だったのだろうかと、穴があったら入りたい気分になってしまう。

落ち込むシンシアとは対照的に、チェスターは嬉しそうに顔を綻ばせた。

「そうか。私のために用意してくれたのか？」

「はい。不恰好《ぶかっこう》かもしれませんけれど、元のお料理は料理人さんたちが用意してくださったので、味は美味しいと思います」

「ありがとう。いただくよ」

シンシアがしどろもどろに答えるやいなや、チェスターがサンドイッチに手を伸ばす。

「あ」

止める暇もなかった。ローストチキンを挟んだサンドイッチは、すでにチェスターの口の中だ。シンシアの顔色が悪くなる。

チェスターが口にする前に、毒見を兼ねて必ず一口は食べるよう、ケイトから言われていたのだ。

おろおろと狼狽《ろうばい》するシンシアに気付いていながら、チェスターは構わず咀嚼《そしゃく》して呑み込んでしまう。

「美味いな」

そう言って、目を細めた。

「あ、あの。毒見がまだ」

「必要ない。シンシアが作ってくれたのだろう？　それに、シンシアを毒見役にするつもりはない」

「ですが……」

彼は尊い王族なのだ。万が一があってはならない。

そう訴えるシンシアの言葉を無視して、チェスターはもう一つサンドイッチを取る。

「シンシアも食べなさい」

笑顔で勧めるチェスター。シンシアがじとりと睨むと、どうした？　とばかりに眉を上げ、バスケットを寄せてきた。

根負けしたシンシアは、卵を挟んだサンドイッチを選ぶ。

「美味しいです」

「そうだな」

濃厚な味の卵を茹でて潰し、わずかな酸味と辛味を含んだコクの深いソースで和《あ》えてある。味はもちろん舌触りもよく、不満気だったシンシアの顔は蕩けていく。

チェスターが一口で食べてしまうサンドイッチを、シンシアは小さな口で啄《ついば》むように食べた。サンドイッチを食べ終わると、焼き菓子でお茶にする。

「これもシンシアが作ってくれたのか?」

水楓《アクアメプル》の葉を模った焼き菓子を手に、チェスターが問うてきた。

「いえ、この焼き菓子はケイトさんが用意してくれました」

「そうか。いつかシンシアが焼いたものも食べてみたいものだな」

チェスターはシンシアを見つめながらそう言うと、焼き菓子を口に運ぶ。

軽口だと分かっているのに、シンシアの胸は鼓動を速めてしまう。

「い、いつか……その、ケイトさんに教えていただきます」

「楽しみにしている」

チェスターの笑顔が眩しくて、シンシアは彼を直視できない。下を向いてカップに口を付ける。琥珀色《こはくいろ》の水面には、情けない顔のシンシアが映っていた。

「さて、このままのんびりしていたいが、そろそろ戻るか」

「はい」

騎士たちが刈り取ってくれた水穂草《ガルマ》の穂を抱えたシンシアは、再びチェスターに抱えられるようにしてデルトの背に乗せられる。

夢の時間は終わりだ。王城へ戻れば王子と侍女の関係に戻る。

寂しい気持ちを覚えたシンシアは、ほんの少しだけ、チェスターの胸元へ体を寄せた。


水穂草《ガルマ》の穂を手に入れたシンシアは、部屋に戻るなり早速薬作りに取りかかった。

鱗を漬けて虹色になった乙女柿《シアル》の油に、水穂草《ガルマ》の花粉を少しずつ加えながら練っていく。次第にとろみが出てきて、傾けても垂れない状態になった。

「あとは人魚が零した真珠ね。……人魚の鱗が私の鱗なら、人魚の真珠も私が零すものだと思うのだけれども」

小瓶の肩を指先でそっと撫でながら、シンシアは記憶を手繰る。だけど思い当たる節はない。

真珠を手にしたことさえ、記憶になかった。

六章
対峙

最後の材料である真珠が手に入らないまま、日々は過ぎていった。夏の暑さは和らぎ、朝夕は秋虫が高らかな鈴の音を奏でる。

チェスターのお使いで資料を図書館へ返しにいった帰り道。シンシアの行く手を阻《はば》む者が現れた。

太陽を浴びて輝く金色の髪。どこかチェスターを思わせる面立ちの青年は、爽やかな緑の瞳を迷子のように彷徨わせる。

使用人でないことは一目瞭然。シンシアは端に寄り、軽く頭を下げて青年が通りすぎるのを待つ。

けれど青年は通りすぎることなく、声を掛けてきた。

「マーメイ伯爵の息女、シンシア嬢で合っているだろうか？」

「然様にございますが」

何か言いつけられるのだろうかと、聞き逃さないようシンシアは耳を傾ける。だけど次に発せられた言葉は予想外で。思わず顔を上げそうになってしまった。

「少し時間を貰えないか？　そこの四阿でいい。話が聞きたい」

いったいなんの用だろうかと警戒するシンシアの傍らに、青年の後ろに控えていた従者が音もなく近付いた。

「チャーリー殿下です。従うように」

耳元で囁かれ、シンシアはぎょっとする。

伯爵家の娘である彼女が、逆らえる相手ではなかった。仮にチェスターの名を出すにしても、次期王太子と言われる彼のほうが今は立場が上だ。従う以外の選択肢はない。

動揺を隠し、シンシアは静かな声で首肯し彼に付いていく。

四阿に行くと、木製のテーブルにはすでにお茶の用意がされていた。中央に置かれた銀盆の上に並ぶのは、果物をふんだんに用いた宝石のように美しいケーキ。

一口お茶を含んだチャーリーが、白磁のティーカップをソーサーへ戻す。緑の瞳がじっとシンシアを見つめてきて、シンシアは落ち着かない。

夏の終わりを告げる涼やかな風が、シンシアの頬を撫でた。通りすぎた風はまだ青い木の葉にダンスを申し込み、天高く舞い上げる。けれど気紛れな風は興味を失ったのか。木の葉はゆらゆらと地面に落ちていく。

せっかく美味しそうなケーキを用意してもらったのに、緊張するシンシアはフォークを取ることすらできなかった。

「兄上は」

ようやくチャーリーが唇を動かす。

シンシアは乾いた咽を潤そうとティーカップに手を伸ばし、慌てて引き戻した。耳を澄ませて、チャーリーの声に集中する。

「兄上は、私のことを何か言っていただろうか?」

質問の意図が分からなくて、シンシアはチャーリーを見た。彼は目を逸らし、居心地悪そうな顔をしている。

こんな時、チェスターならばシンシアの疑問を読み取って補足してくれるのだけれども、チャーリーにそんな余裕はないみたいだ。

高位の者に対して、質問に質問で返すことは失礼にあたる。どうしたものかと悩むシンシアは、助けを求めて彼の従者に目を向けた。だけど従者は表情を変えることもなく、主人の会話に割り込む様子はない。仕方なく、シンシアはチェスターとの会話を思い返す。やっとのことで見つけ出したのは、視察旅行の馬車で交わした言葉。だけどそのまま口にするのは憚《はばか》られて、シンシアは頭の中で言葉を探す。

「次代の王となられる殿下をお支えしたいけれども、お体が自由にならないのでご自分のできることをしているというお話は伺ったことがございます」

「私を支えたいと仰《おっしゃ》られたのか? 憎んでおられるのではないのか?」

返ってきた言葉に、シンシアはぎょっとした。

あの穏やかなチェスターが弟を憎む姿など、彼女には想像が付かない。いったい兄弟の間で何があったのかと、困惑が広がっていく。

目を白黒させるシンシアにようやく気付いたのか。チャーリーは状況を説明するべく、シンシアに向き直った。

「私は第二王子だ。いずれは長兄である兄上が玉座をいただき、私は臣下に下るはずだった。生まれた順序だけではない。能力だって私では兄上に及ばないと承知している。王となるべきは兄上なのだ。それなのに、私は兄上から玉座への道を奪ってしまった」

まだ確定はしていないが、現王が退き彼らの父が王となった暁《あかつき》には、チャーリーが王太子に選ばれるだろうと目されている。

「婚約者のミランダもそうだ。お似合いだったのに、私の婚約者に挿《す》げ替えられた」

シンシアの胸がずきりと軋む。

王族や高位貴族ならば、早い年齢で婚約することも多い。チェスターは第一王子。しかも適齢期を過ぎている。婚約どころか結婚していてもおかしくはなかった。

実際のところ、戦がなければ、チェスターとミランダの婚姻はすでに執り行われていただろう。だけどシンシアが知る限り、チェスターの周囲に女性の影は皆無。だから彼女は、そんな王侯貴族の常識を忘れていたのだ。チャーリーの口から婚約者の話を聞かされて、目が覚める思いだった。

「私は全てを奪ってしまったのだから。兄上が私を憎まないはずがない」

沈痛な面持ちで、チャーリーは唇を噛みしめる。

兄を想い心を痛める優しい弟。だけどシンシアは違和感を覚えてしまう。

「なぜ、憎まれていると決めつけておられるのでしょうか？　殿下はチェスター殿下に、何も悪いことはしておられないのでしょう？」

結果としては、チェスターが得るはずだったものがチャーリーの元へ渡った。しかしチャーリーが意図して奪ったわけではない。それなのに、チェスターがチャーリーへ怒りを向けるだろうか。

シンシアにはチャーリーが話している彼の兄王子が、彼女の知るチェスターと一致しなかった。

「君だって、君が持っていたはずのものを失って、それを他の者が持っていたら、その者に怒りを向けるだろう？」

苛立ちを含んだ目で睨まれて、シンシアは失言に気付く。王族に対して言い返すなど不敬であろう。身を竦めながら、それでも考える。

シンシアは暗い部屋に閉じ込められていた頃、弟妹たちは明るい庭で、母とお茶会を楽しんでいた。鱗さえなければ、シンシアもまた、庭でお茶会に参加していたかもしれない。

チャーリーが言うところのシンシアが持っていたはずのものを、弟妹たちは持っている。ならば、自分は弟妹たちを憎んでいたのか？　怒りを抱いていたのか？

目を閉じて、自分の心に問うてみる。

「そう、ですね。羨ましいと思います。怒りもあるかもしれません」

チャーリーの目から険が抜けていく。自分の考えを理解してもらえた。あるいは同胞を見つけたといった喜びだろうか。安堵から口元が綻んでいく。だけど――

「でも、チェスター殿下も私と同じなのかは分かりません」

チャーリーの顔から、表情が抜け落ちた。わずかな間を置いて、冷めた声を出す。

「君は、兄上のことを何も知らないのだな」

シンシアの心のどこかで、つきんっと硝子が割れる音が響く。

まだ仕え始めて数カ月。シンシアが知るチェスターは、彼の一部にしかすぎない。分かっている。理解していた。それでもチェスターのことを何も知らないと言われて、彼女の心は傷付き呻き声を上げる。

「兄上のお体は戦で負った傷のせいで、ご不自由になってしまった。君は今の姿しか知らないから、軽く考えられるんだ」

チャーリーの瞳にこそ、怒りと憎しみが宿っていた。

向けられた憎悪はシンシアにとって馴染《なじ》み深いもの。温かな場所に身を置いて緩んでいたシンシアを絡《から》め取り、彼女の心を昏い沼へと引きずり込んでいく。

「以前の兄上は、剣を取れば騎士たちにも引けを取らないほどにお強かった。武芸だけでなく、官僚たちに混じって議論を交わせるほど学にも明るかったのだ。それが今では老人のように杖を突き、言葉さえまともに話せない。あんな姿をさらして、平気でいられるものか！」

頬を上気させ、声を荒らげた。その激情に、シンシアの心が揺さぶられる。

そんなことはない。杖を突いていようとも、一人でどこへでも行こうとするチェスターの姿は、シンシアには輝いて見えた。歩くことも走ることもできるのに、閉じ込められた部屋から逃げ出すこともできなかったシンシアよりも、彼はずっと活動的だ。

チェスターの発音は、確かに聞き取りやすいとは言えないだろう。だけど彼は少しでも相手に伝わるように、丁寧に話してくれる。だからシンシアは彼の発言を聞き取れなかったことはない。

そう訴えたいのに、彼女の心の内で幼いシンシアが怯えて声が出なかった。目の前にいるのはシンシアの父ではないと分かっているはずなのに。胸が締め付けられ、息が浅くなる。

「兄上がどれほど苦しんでおられるか。悲しんでおられるか。お前には想像もできないのか？こんな人の心を持たない者が傍にいるだなんて。兄上のお心はますます傷付けられているのではないか？」

シンシアの頭の中に亀裂が走っていく。引き裂かれる激しい痛みと共に、憎悪に塗《まみ》れた声が頭の中に響いた。

彼女が存在するだけで、どれほど周囲を不幸にしているか。どれほど苦しめているのか。顔を合わせるたびに、父と母から投げつけられた言葉の数々。彼女の心に深く刻みつけられていた傷痕が、チャーリーの発言をきっかけに血を噴き出す。

やはり、父母が言っていた通りなのだ。チェスターは笑いかけてくれる。だけど優しい彼は言葉にしないだけで、たくさんの傷をシンシアに負わされていたのかもしれない。シンシアを太陽の下に連れ出し、人として生きる喜びを教えてくれたあの人に苦痛を与えていたなんて。それは、許されないことだ。

チェスターを傷付けるくらいなら、あの暗い部屋に閉じ込められているほうがいい。チャーリーの言葉が正しいのであれば、すぐにでも彼から離れなければ——

シンシアの心は昏い沼に沈んでいった。

※

庭園の四阿にシンシアが招かれた頃。使いに出したはいいがなかなか戻ってこない彼女を心配して、チェスターは席を立った。

「過保護ですね」

軽口を叩くトレヴァーを一瞥して黙らせると、執務室を出る。杖を突き、図書館へ通じる通路を進んだ。

ふとシンシアの声が聞こえた気がして顔を向けた。すると庭園の四阿に、なぜかシンシアとチャーリーが向き合って座る。

怪訝に思うと同時に、チェスターは微かな苛立ちを覚えた。体の内側から急かされて、苛立つ感情を消化せぬまま、通路を逸れて庭園へ出る。

四阿へ近付くにつれて、チャーリーの声が耳に届き始めた。

「――君は、兄上のことを何も知らないのだな」

いったいなんの話をシンシアにしているのか。チェスターは眉をひそめる。

「兄上のお体は戦で負った傷のせいで、ご不自由になってしまった。君は今の姿しか知らないから、軽く考えられるんだ」

続いた言葉を聞いて、チェスターの目が据わった。

チャーリーこそ、何も知らないのだ。重傷を負って戦から戻り、もう元通りの体には回復せぬと発表された途端に起きた周囲の変化。信じていた者たちが掌を返すように態度を変える様子は、彼の心を深く抉る。

皆が腫れ物に触れるように扱う中で、シンシアは同情でも憐憫《れんびん》でもなく、チェスターの傷をありのままの形で受け入れてくれた。それどころか以前のように動けないチェスターに、尊敬の眼差しを向けることさえある。

そんな彼女の心の在り方に、チェスターがどれほど救われているか。彼女の信頼を失いたくなくて。彼女に尊敬される主でありたくて。チェスターは周囲から向けられる憐憫の視線を、自然と撥《は》ね除《の》けられるようになっていた。

そのシンシアは、顔を青ざめさせてうつむいている。心なしか震えているようにも見えた。王族であるチャーリーに、チェスターの侍女であり伯爵家の娘であるシンシアが言い返せるはずなどない。

早くシンシアを迎えにいかなければと、チェスターの気が急く。

走ることのできない足がもたつきわずらわしい。それでも杖を突き、歩を速めた。

「以前の兄上は、剣を取れば騎士たちにも引けを取らないほどにお強かった。武芸だけでなく、官僚たちに混じって議論を交わせるほど学にも明るかったのだ。それが今では老人のように杖を突き、言葉さえまともに話せない。あんな姿をさらして、平気でいられるものか！」

チャーリーが怒鳴りつけるように言い放つ。

「兄上がどれほど苦しんでおられるか。悲しんでおられるか。お前には想像もできないのか？こんな人の心を持たない者が傍にいるだなんて。兄上のお心はますます傷付けられているのではないか？」

耳の奥へと届くなり、チェスターの頭の中で何かがぷつりと切れる音がした。足が止まり、瞳に怒りが滲む。

四阿までは距離があったが、我慢できずに声を張る。

「なんの話をしている？」

常より低い声が出たせいか、チャーリーが驚くような顔を向けた。

共に振り向いたシンシアは泣きそうな顔だ。チェスターの姿を映した瞳が揺らめき、苦痛に表情を歪める。

傷付いた彼女を目に映すなり、一瞬前に燃え上がった怒りは吹き飛んだ。代わりに無数の棘で刺されたかのような不快感を胸に覚え、チェスターの中には、先ほどとは異なる怒りが煮えたぎる。

「戻りが遅いから何かあったのかと来てみれば。チャーリー、私の侍女をこんなところへ誘ってどういうつもりだ？」

「そ、それは……」

睨み付けて問い質せば、チャーリーは体を小さくして首を引っ込めた。目だけを上に向けてチェスターを窺う姿は、幼い頃から変わっていない。

以前ならば仕方ないと笑って許すところだが、チェスターはチャーリーに厳しい目を向けたまま。

彼はもう、甘えていてよい立場ではないのだから。そして、チャーリーに対する強い憤りが胸を焼いていたから。

「あ、兄上のことを、聞きたくて」

「私のことを？　ならば私に直接聞けばいいだろう？」

「それは……」

はっきりとしないチャーリーに苛立つと共に呆れるが、たった一人の弟だ。言い分も聞かずに突き放すのは気が引けて、チェスターは四阿の中へ入った。侍女に自分の分もお茶を用意するよう指示すると、シンシアの隣に腰を下ろす。

近くで見れば、顔色だけでなく指先まで青くなっている。グレイソン・マーメイに連れられて王城へ訪れた日の彼女の姿を思い出し、チェスターの胸に痛みと怒りが走った。

やっと、自然に笑えるようになっていたのに。チェスターを信頼し、心を開いてくれていたのに。また心を閉じてしまうのか。

ずぐり、ずぐりと、彼の胸で憤怒のマグマが鼓動する。

「あの」

シンシアが席を外そうと動き出す素振りを見せた。

王子二人が揃う席に、侍女が同席するのは異例のこと。仮に使用人という立場を取り除いたとしても、伯爵家の娘では不釣り合いな場所だ。

それが分かっているからの行動であることは、チェスターにも理解できる。しかしチェスターは即座に同席の許可を出した。

「構わん。座っていろ。チャーリーが同席を許したのであれば、今のシンシアは侍女ではなくチャーリーの客だ」

シンシアの気は休まらないだろうが、下手に離れさせるより手の届く範囲に置いておくほうが安全だろうと判断してのこと。

居心地悪そうに座り直したシンシアの前には、茶器と茶菓子が並んだまま。彼女が好きそうな、甘くて柔らかなケーキだ。だけど一切手を付けていなかった。

「せっかく出されたのだ。食べたらどうだ？　甘いものは好きだろう？」

幾ばくかでも彼女の心を和ませられればと、無理強いに近いと分かっていながら勧める。

「はい。好きです。ですが……」

「遠慮するな」

「……はい」

チェスターが重ねて促すと、シンシアはぎこちない動きでフォークを手に取った。

真っ白い雪を思わせる上質なホイップ。わずかな酸味をアクセントに甘く香る草苺《ラズベリン》。彼女の小さな口でも食べられるであろう量を刻み取り、口へ運ぶ。

「んんっ！」

フォークの先がシンシアの愛らしい唇の間に収まるなり、嬉しげな声が上がる。目をきらきらと輝かせる彼女の姿を見て、チェスターの心に刺さっていた棘が幾ばくか抜けた。

「美味いか？」

「はい！」

先ほどまでの緊張はどこへ行ったのか。彼女はいつもと変わらぬ笑顔で頷く。あまりの豹変ぶりに、チェスターは堪らず噴き出し口を手で覆う。

シンシアがきょとんと目を瞬く。すぐに自分が置かれている状況を思い出したのか。羞恥に顔を染めてうつむいた。

「申し訳ありません」

「構わん。それだけ美味そうに食べてもらえれば、料理人たちも喜ぶだろう」

ころころ変わる彼女の表情がおかしくて。可愛くて。チェスターは笑いを抑えることができない。

そんな彼の姿を、チャーリーが目を白黒させて凝視していた。

視界の隅で弟の様子を捉えていたチェスターは、目をきつく眇める。

「私が笑うのがそれほどに不思議か？　特に珍しいものでもないだろう？」

公務の場では真面目な表情でいることが多いとはいえ、家族の前では口を開けて笑うことだってあるのだから。

「あ、いえ……」

気まずげに顔を背ける弟に、チェスターは太い溜め息が零れるのを止められなかった。

チャーリーがチェスターに気まずい思いを抱いているのは分かっていたのだ。けれどそれは、第一王子であるチェスターが得るはずだった立場を奪ってしまったという、罪悪感が理由だと思っていた。けれど実際は、それだけではなかったのだ。

「傷を負い無様な姿となった私は、苦しみや悲しみに囚われ、笑うことすら忘れたとでも思っていたか？」

「そういうわけでは！」

チャーリーは咄嗟《とっさ》に否定したけれど、言葉は続かない。

どうやら図星だったらしいと悟ったチェスターは、怒りを通り越し虚《むな》しさを覚えた。

寄り添われることで慰められる心もあるだろう。憐憫や同情からもたらされる支援の手が、救いとなる場合は確かにある。

だがチェスターはすでに立ち上がり、前に向かって進んでいるのだ。今の彼に必要なのは、いつまでも気の毒がり真綿で包んで閉じ込めることではない。それは歩み出した彼の足に鎖をかける行為に等しいから。

チェスターが望むのは、歩き出した彼を見守ってくれること。ただそれだけで充分だった。

けれどチャーリーは、すぐ近くにいながら、歩き出した兄の姿を見ていない。いいや。受け入れられなかったのだろう。

深い傷を負い、以前とはかけ離れた姿となった男が、平気でいられるはずがないと考えているから。もしくは、そうでなければならないと思い込んでいるから。

きっとチャーリーは無自覚であろう。それは彼のその思いが深く根付いている証。チャーリーにとって傷を負ったチェスターは、哀れんで護ってやるべき存在。立ち上がり一人で歩き出すなど、有り得ない出来事なのだ。

チェスターは頭が破裂しそうな苛立ちを覚える。

彼とて傷を負った当初から前向きだったわけではない。肉体の痛みはもちろん、未来を捻《ね》じ曲げられた心の痛みに何度呻いたことか。それでも自分にできることをしようと、必死に前を向いて足掻きここまで来たのだ。

けれどチェスターが今の自分を受け入れ一人で立ち上がることを、チャーリーは望んでいなかったと気付いてしまった。

明白に刻まれたハンディキャップ。ならば自分と対等の位置まで上がってくるなど認められない。動物が人間の上に立つことを認められないように。

その無自覚な傲慢で残酷な思考は、チャーリーだけが持っているのではないのだろう。波が引くように離れていった者たちも、程度の差はあれ似た考えを潜在的に宿しているのだとチェスターは思う。

体に不具合があるだけで、こんなにも偏見を持った目で見られてしまうのか。チェスターの心の内は、悔しさで荒れ狂う。

心のままに声を荒げぬよう、チェスターは目蓋を閉じて心を落ち着ける。それから今一度、チャーリーを見据えた。

「盗み聞きをしたわけではない。ここに来る途中で聞こえてきた」

そう前置いてから、チェスターはチャーリーの誤解を解くために口を開く。

「戦に出ると決めたのは私自身だ。戦場で怪我を負うのは必定。戦地に向かうと申し出た時点で覚悟はしていたこと。命を持ち帰っただけでも僥倖《ぎょうこう》であろう？　それはお前も理解していたのではないのか？」

二人の祖父に当たる国王も、父母である王太子夫妻も、チェスターを失う覚悟をした上で彼を戦場に送り出した。だから今の状況は、チェスターにとっても王家にとっても想定内。

しかしチャーリーは、そこまでの覚悟どころか想像もしていなかったらしい。

「兄上は王族です！　御身を護るために、騎士たちも同行したのでしょう？　それなのに、そのようなお体になるなんて。あまりにもお気の毒すぎます。そもそも、なぜ兄上が戦場に赴かなければならなかったので――っ!?」

ひゅっと、チャーリーの咽が風笛を鳴らす。怯えた瞳には、怒りをたぎらせ睨み付ける兄の姿が映る。

王城で大切に護られて育った第二王子では、戦場で地獄を見てきたチェスターの威圧に耐えられない。射竦められ、身を震わせた。

「戦を招いたのは王の――王族と諸侯の失態。回避する道を模索したが、力及ばず呼び込んだ災禍。戦況は逼迫《ひっぱく》していた。王族の誰かが赴き、士気を上げる必要があった。ならば行動に移すは至極当然のこと。だが陛下を出すわけにはいかぬ。父上は武芸に疎い。お前は戦場に出すには未熟。騎士たちに混じって剣を嗜んでいた私が最も適任」

国王に万が一があれば、戦場だけでなく国全体が戦意を失いかねない。そうなれば敗戦は免れなかっただろう。他の王族だとて、命を落とせば戦況を大きく変える要因となる。

生き残れる確率が高く、なおかつ替えが効く。チェスター以上に適した者はいなかった。

「私は国を護るために戦い、見事護り切った。なぜ誇ってくれぬ？　王となるに相応しい存在であらねば、チェスター・ドュワールに価値はないと言うか？　私に、我が身を嘆き悲しむだけの人生を送れと申すか!?」

心に蓄積されていた鬱憤《うっぷん》が噴出する。

なぜ、憐《あわ》れんだ目で見るのか。国を護った王子を、なぜ誇ってくれぬのか。

チェスターの心を荒ぶらせるのは、敵に負わされた傷ではない。彼の周囲を取り巻く者たちの、身勝手な解釈。

震えあがったチャーリーが、泣きそうな表情で顔を歪ませた。けれどチェスターは眼光を緩めない。

「チャーリー、心に留め置け。お前はいずれ王となる。平穏な治世であれと祈ろう。だが不測の事態が訪れぬとは限らぬ。その時お前は、国を護るために戦った兵たちを前にして、誇るではなく憐れみの言葉を掛けるつもりか？　それは彼らの忠誠と矜持《きょうじ》に泥を塗る行為だぞ？」

戦士たちは覚悟を持って、国を、家族を護るために戦ったのだ。欲しいのは同情でも憐れみでもない。少なくとも、戦を引き起こし彼らを戦場に送り出した王侯貴族が向けてよい感情ではないだろう。

嫌々と駄々をこねる子供のように、チャーリーが首を横に振る。

優しい弟だと、チェスターは思う。そして王族として生きるには甘すぎるとも。だからこそ、チェスターはチャーリーを厳しい表情で睨み続けた。兄としてではなく、国を預かる王族の顔で。

けれどチャーリーは応えてくれない。顔を背けて下唇を噛む。

チェスターはそっと息を吐く。

二人は王族だ。兄弟の仲が悪いと噂が広がれば、内側から国が揺らぎかねない。

戦は終わったとはいえ、両国の関係はまだ安寧とはほど遠い。国内が不安定であると知られれば、再び攻めてくるだろう。そろそろチャーリーに肚を据えてもらわなければ、取り返しのつかない事態を招きかねない。

もしもチャーリーの態度が変わらないならば、不仲と噂が広がる前に臣下に下り距離を置いたほうがいいだろうと、チェスターは思案に耽《ふけ》る。

チェスターは冷めた紅茶を口元に運んだ。シンシアが淹れる渋味の濃い茶と違い、まろやかな舌触りの優しい味。

物足りないという感想が眉間に出たのだろう。侍女が温かい紅茶を淹れ直そうとティーポットを持って近付いてきたが、必要ないと手で制する。どうせ新しく淹れられたお茶も、彼の口には合わないから。

隣に座るシンシアに視線を向けると、真剣な顔でチェスターを見つめていた。どうやら先ほどの話は、チャーリーよりもシンシアの心に響いたらしいと苦笑が零れる。

「食べてしまえ」

欠けたケーキを示すと、シンシアが困った顔をした。しかし残すことに良心が痛んだか。フォークに手を伸ばす。

厳しいしかめっ面《つら》をしているが、ケーキを食べた途端に口の端がわずかに緩む。真面目な顔を保とうと複雑になった表情も、二口、三口と進み食べ終える頃には、穏やかなものへ変わっていた。

シンシアが食べ終えたところで、チェスターは立ち上がる。

「行くぞ、シンシア」

チャーリーはまだ下を向いたままだ。

四阿から遠ざかり、庭園を進む。廊下に帰りついたところで、後ろを歩くシンシアが足を止めた。

「チェスター殿下」

彼の名を呼ぶ声がどこか思いつめているように感じて、チェスターも足を止め振り返る。

真っ直ぐに見つめてくる彼女の目は予想以上に真剣で、膝付近にある手はぎゅっと握りしめられていた。

「私は、チェスター殿下がお命を持ち帰ってくださったこと、精霊様と妖精たちに感謝いたします。この国に生きる者として、チェスター殿下を誇りに思います。国をお救いくださり、ありがとうございました。生きていてくださって、ありがとうございます」

シンシアが、深く、深く、頭《こうべ》を垂れた。

それはチェスターが欲しかった言葉で——

どうして、たった一度、ほんのわずかな時間を過ごしただけの彼女を求めてしまったのか。

彼はようやく気付く。

あの夜も、彼女は言ったのだ。

国を護ってくれて、ありがとうと。醜い傷痕を晒した誰とも分からぬ男に、心からの感謝を捧げてくれたのだ。

「シンシア……」

チェスターの胸が熱くなる。

「もしも、私が王族ですらなくなり、なんの力もない男になっても……いや、なんでもない」

言いかけた言葉を、チェスターは片手で口を覆い封じた。それは、彼から求めることは許されない願い。王子である彼が口にすれば、彼女は断れないのだから。

けれど、彼の下心を知らぬ無垢《むく》な彼女は告げるのだ。

「チェスター様をご尊敬申し上げています。チェスター様にお仕えできることを嬉しく思い、感謝申し上げます」

王子ではなくチェスターへの言葉を、微笑みに乗せて。

チェスターの全身を、激しい感情が駆け巡る。彼が知るどんな感情とも異なる、内側から破裂しそうなほどの激情。

まるで神と対峙したかのような感動に、どう対処すればいいのか。

分からぬチェスターは、全力で抑え込んだ。

※

グレイソン・マーメイがシンシアを訪ねてきたのは、彼女が生家に手紙を出してから一カ月が経とうかという日のことだった。

チェスターの執務室から控室に下がったシンシアを迎えたケイトが、いつもとは違う雰囲気でシンシアを見つめる。気遣う眼差しに、シンシアは首を傾げた。

「シンシア様、お父様がお出《い》でになっているそうよ」

「お父、様が？」

ためらいながらも告げられた伝言を聞いた途端、シンシアの足元が揺らいだ。目の前が真っ暗になり、息が詰まる。

「シンシア様？　大丈夫？」

慌てて支えてくれたケイトの腕に縋り付くシンシアの指先は、冷え切り震えていた。

「ゆっくり歩きなさい」

力の抜けた膝から崩れそうになるシンシアを、ケイトは椅子まで移動させる。

椅子に腰を下ろしても、シンシアの指はケイトの腕から離れない。指を離すという動作すら、思考が停止してしまった彼女には行うことができなかった。

ひゅう、ひゅうと、風鳴りの音が乾いた唇の隙間から漏れる。心に吹きすさぶ冬の嵐。シンシアは寒くて寒くて、凍えそうだ。

「大丈夫よ、シンシア様。さあ、ゆっくり呼吸をして？」

ケイトの温かな声が耳から流れてくるけれど、シンシアの冷え切った体は、その程度の温もりで解けることはない。かちかちと歯を鳴らし、強張った体を痙攣《けいれん》させる。

「大丈夫。大丈夫だから」

腕にしがみ付いたままのシンシアの指先を、ケイトはそっと離して握った。そして自由になったもう一方の腕で、シンシアを抱きしめる。

「ごめんなさいね。急に告げたりして。怖かったわね。大丈夫だから」

幼子にするように、ケイトは優しく背を撫でた。彼女もまた、シンシアと、彼女の家族との確執を察していたから。

ケイトの落ち着いた声と手の温もりを感じて、徐々にシンシアの体から力が抜けていく。上がっていた呼吸も緩やかになり、瞳に光が戻ってくる。

「すみませんでした」

自分が何をしているのか。状況を理解するなり掠れた声を絞り出した。

「いいのよ。ホットミルクを貰ってきましょうね。少しは落ち着くわ」

「ありがとうございます」

まだ震えは止まっていない。目もぼんやりとしている。それでも思考はわずかながら戻ってきた。

シンシアは自分の腕を抱きしめるように握りしめ、恐怖に負けそうになる心を叱咤する。ケイトから伝えられた言葉を脳内で反芻し、拒絶したがる頭に理解させていく。

グレイソンがシンシアを訪ねてきた。マーメイ家にいた時は無関心だった父親が。王城に上がってからも梨《なし》の礫《つぶて》だった父親が――

理由など、考えるまでもない。援助の申し込みを断ったからだろう。

間を置かずして、ケイトがホットミルクを差し出した。蜂蜜をたっぷり入れた、甘いミルク。少しずつ口に含んでは、肚へ落としていく。中からじわりと温まってきて、凍えていた体と心を解きほぐす。

「嫌なら会わなくてもいいのよ？　仕事があると伝えれば、伯爵であろうと押し通すことはできないわ」

親とはいえ一貴族にすぎない。王家の威光には逆らえないから。

甘い誘惑。けれどシンシアは首を横に振る。

ここで逃げても、グレイソンはまたやって来るだろう。そのうちに痺《しび》れを切らして、チェスターに抗議をするかもしれない。チェスターに迷惑を掛ける事態だけは避けたかった。

それに、過去に囚われた自分と、決別したいとも思う。

「会います」

青く染まった唇を震わせながら、シンシアは勇気を振り絞って宣言した。


シンシアは使用人用の面会室に向かった。

扉の前に立つと、木を小突く音が断続的に聞こえてくる。待たされて苛立っているグレイソンが、指でテーブルを叩いているのだろう。その音に引きずられて、シンシアの鼓動も速くなっていく。

「大丈夫。大丈夫よ、シンシア。ここはマーメイ家の屋敷ではないのだから。何かあっても、すぐに誰かが助けてくれるわ」

小声で繰り返し、自分を落ち着かせる。大きく深呼吸をすると、意を決して扉を開いた。

数カ月ぶりに目にした父親は、入ってきたのがシンシアだと気付くなり憤りを宿した仄暗い目で睨む。

「遅い」

たった一声。

それだけで、潜在意識から湧き出てきた恐怖が、鉄の鎖となってシンシアを縛り付けた。

体が竦み、膝は震え出す。呼吸が浅くなって眩暈を覚えた。

逃げ出したい気持ちがシンシアの内側で悲鳴を上げる。歯を食いしばっていなければ、口から飛び出してしまいそうだ。

だけど立ち向かって前に進みたくて――

シンシアは泣き叫びそうになる咽を抑え込み、逃げようとする足を叱咤して、ぎこちない動きで部屋の中に入った。

「あの手紙はなんだ？」

椅子に腰かける間もなく放たれた声に、シンシアの肩がびくりと跳ね上がる。恐怖が胸の内から彼女を凍えさせていく。

自分の意思に従わない体では、椅子に座ることすら難しい。倒れぬように、伸ばした手を椅子の背もたれに乗せるのが精一杯。その動きも、至極鈍かった。

面会の理由はシンシアの想像通り。だから頭の中で考えていた言葉を紡げばいいだけだ。そんなことはシンシアだって分かっている。けれどグレイソンと目が合った途端に、動きかけた口は閉じ、彼女は全ての言葉を失った。

「誰がお前に教えを乞うた？　お前はいつから私に意見できるほど偉くなった？　なぜ我が家を救ってくださるよう、チェスター殿下にお縋りしない？」

シンシアの頭の中は真っ白。グレイソンの詰める声が遠く聞こえる。

なぜこんなにも怖いのか。

現実を拒絶した彼女の思考は、そんなことを問い始めた。

彼女の全てを否定する父の声。存在さえも無視された孤独感。出られない暗い部屋。

グレイソンの声が、顔が。辛い過去を思い出す鍵となり、開いた昏い牢に彼女を引きずり込んでいく。

──駄目よ。そこには戻りたくない！

牢の奥から延びてくる昏い手の数々に、シンシアは抵抗を示す。

彼女は知ってしまったから。太陽の明るさを。自分の足で歩く自由を。誰かと話す楽しさを。

だから、それらを失うのが怖かった。

再びあの部屋に閉じ込められれば、シンシアは正常ではいられないだろう。何も知らなかった過去のシンシアは、あの苦しい日々をそうであるものとして受け入れられた。でも外の世界を知ってしまった今のシンシアには、耐えがたい牢獄。

けれど、何よりも恐ろしかったのは――

――チェスター様……。

彼と会えなくなること。それは身を切られる以上に辛く、彼女を根源から破壊していく。

なんとしても避けなければならない未来。だから。シンシアは椅子の背もたれに乗せた手にぎゅっと力を込め、グレイソンの言葉に無条件で頷きそうになる肉体を押さえつける。

でもそれが精一杯で。それ以上は指一本動かすことすらできなくて。かちかちと鳴る歯の音を聞きながら、床を見つめる。

シンシアの心も体も、それほどまでにマーメイ家に縛られていた。

「聞いているのか!?」

グレイソンが怒鳴る。

シンシアは答えられない。わずかでも体に自由を与えれば、心を襲い続ける恐怖で泣き叫んでしまいそうだったから。

彼女にできるのは、ただ心を閉ざし、耐えるのみ。

「貴様のような醜い化け物を育ててやったのだぞ？　恩を返したらどうだ！」

テーブルが激しい音を立て揺れた。

世界を拒絶したシンシアの体が、息まで拒む。

シンシアの心が壊れていく。

永遠に続くのではなかろうかと思えるほどに長い極寒の時間。凍える彼女を救ったのは、やはり彼だった。

「私の侍女に、ずいぶんな暴言だな？」

シンシアの目が、声の主を探して鈍く彷徨う。

太陽を思わせる眩い金の髪。温かな空の瞳。春の優しい日差しが、そこにあった。

シンシアの凍える心と体が、おもむろに解けていく。

「チェスター殿下」

シンシアとグレイソンの声が重なった。

一方は祈りと感謝をもって。もう一方は、驚きと狼狽をもって。

部屋に入ってきたチェスターは、シンシアに労る眼差しを向ける。それから彼女に椅子を勧めた。

まだ強張る体は思うようには動かない。チェスターが差し出した手に支えられて、なんとか椅子に腰かける。

シンシアが座ったのを確かめてから隣に腰を下ろしたチェスターは、グレイソンへと目を向けた。

もう大丈夫だと、シンシアはほっと息を吐く。そしてすぐに、結局チェスターの手を煩わせてしまったのだと、自分の弱さを悔やんだ。

「用件は、税の優遇についてか？」

「え、ええ。はい。その通りでございます」

切り出したチェスターに、グレイソンは視線を泳がせた。彼がシンシアに求めたのは、税の優遇だけでなく融資もだ。だがそれをチェスター本人に言い出せるほど、図太い神経は持っていなかった。

「ならばシンシアではなく、税務の者に申し出よ。正当な理由があると判断されれば、適切な処置が行われるだろう」

「それは、その……」

グレイソンは煮え切らない。彼の態度に、チェスターの目が鋭く細められていく。

「マルメールは不作だそうだな？　鉱山から採れる妖精玉《フェアリージェム》も枯渇《こかつ》したのだったか？」

チェスターのほうから話題に出すと、忖度《そんたく》してもらえると思ったのか、グレイソンが息を吹き返した。

「は、はい。その通りでございます。それだけならまだしも不運が続きまして、規定の制度では立ちゆかないのでございます」

グレイソンが期待を込めた眼差しでチェスターを見つめる。ぎらぎらと光る彼の眼は、まさしく獲物を見つけて喜ぶ飢えた獣。

逆らうことのできない絶対的な存在だと思っていた父。しかし実態はこんなにも醜い存在だったと知り、シンシアの心に重い鉛が沈んでいく。

「先日、視察で国内を回った際、マルメールの隣領フルームにも立ち寄った」

チェスターが続けた言葉を聞いて、グレイソンが眉を寄せて怪訝な顔をする。一方でシンシアは、フルームでの出来事を思い返す。

「ラプセル伯爵は豊作続きに違和感を覚え、いつ不作が来てもいいよう備えていたそうだ」

マルメールと似た条件でありながら、フルームの民は困窮することなく次の収穫まで暮らせることを約束されている。だからマーメイ家もきちんと対策を取っていれば、減税を求めることすら必要なかったかもしれないのだ。

シンシアはマルメールの領民たちを想い、胸を痛めた。

もっと早く自分が知識を得ていれば、領民たちを救えただろうか。

過《よぎ》ったもしもの話。けれど彼女に知識があったとしても、グレイソンが耳を傾けてくれなければ結果は同じであろう。ではどうすれば、シンシアの話をグレイソンに聞いてもらえたのか。

自問の答えはすぐに見つかり、そして行き当たりにぶつかる。

鱗を持つ化け物の話を父母が聞いてくれる姿など、どうしたって想像できなかった。

「そ、それは……」

雲行きが怪しくなったと察したのだろう。グレイソンの表情が曇っていく。

「マルメールは近年、妖精玉《フェアリージェム》での利益もあった。十五年前に比べて領地の収入は数倍に膨らんでいる。まさか蓄えがないということはあるまい？」

理詰めで問うチェスターに、グレイソンは何も言い返せない。悔しげに歯を食いしばり、シンシアを睨み付ける。目線でチェスターに訴えろと指示してくるが、シンシアはもう、グレイソンに従うつもりはなかった。グレイソンから視線を逸らし、沈黙を守る。

「今一つ」

チェスターの表情が険しくなっていく。

グレイソンが何を言われるのかと身構えた。

「シンシアを預かる際、お前はシンシアが私の不興を買ったとしても、責任は取らぬと言ったな？　それはシンシアとマーメイ家の繋がりを、私が考慮する必要はないということではなかったのか？」

シンシアの胸が張り裂けそうになるほど痛んだ。

ここまで来てもまだ、父から捨てられることを恐れているのか。

自分の心に気付いたシンシアの口元が、自嘲の笑みを浮かべた。

苦しくて。悲しくて。

外しきれない鎖の重さに、いっそ抗うことなどやめて沈んでしまおうかと諦めの思いが滲んでくる。

シンシアの瞳から光が消えかけた時、彼女の心を温めるように、チェスターの手がそっと彼女の手の甲を包んだ。

温もりに誘われて顔を上げると、チェスターが怒りを湛えた表情でグレイソンを睨んでいた。

「娘を使って私の力を利用しようなどと、目障《めざわ》りだ。今回だけは見逃してやる。だが次はないと思え」

「なっ!? 殿下を利用しようなどと、誤解です！」

然したる力もない一貴族が王族に盾突けば、どのような事態を引き起こすか。グレイソンとて分からぬはずはない。

完全なる想定外。これ以上は罪に問われかねないと判断し、慌てて態度を変え下手に出る。

しかしチェスターの表情が緩まることはなかった。眼差しに軽蔑を乗せてグレイソンを睨む。

グレイソンは額から冷や汗を流し、蒼白な顔を深く下げる。

「ご不快にさせたこと、お許しいただきたく。本日は御前、失礼させていただいてもよろしいでしょうか？」

しばしの無言の時。

グレイソンの咽が引きつった音を鳴らすのを、シンシアはぼんやりと聞いていた。ひどく疲れていて、父親の態度に反応を示すことすらできない。

「許す」

ただ一言。

どっと息を吐き出し肩の力を抜いたグレイソンが、逃げるように椅子から立ち上がる。礼を取るなり部屋から出ていこうとするその小物じみた背中に、チェスターが言い忘れていたとばかりに声を掛けた。

「ああ、そうだ」

扉の前まで辿り着いていたグレイソンが、びくりと震える。

「私の侍女は美しい娘だ。醜いなどと、貴殿は特殊な美的感覚を持っているようだな」

嘲《あざけ》りを隠さぬ不敵な笑み。

チェスターの言葉を聞いて、シンシアは唖然《あぜん》としながら彼を見つめた。

嬉しくて。けれど自分の秘密を、彼に隠していることが心苦しくて——

涙が滲みそうになる目を細め、眩しそうに彼を見る。

わずかに視線をずらせば、今にも立ち去ろうとするグレイソンの背中が映った。シンシアはぎゅっと手を握りしめ、目蓋をきつく閉じる。深い呼吸をして決意を固めると、立ち上がった。

「お父様」

彼女の声に、二人の男が反応を示す。チェスターは彼女に視線を向けるだけで、止める様子はない。グレイソンは動きを止めたが振り返りもしなかった。

シンシアの心臓が激しく脈打つ。口を開けば飛び出してきそうなほどだ。

それでも彼女は腹にぐっと力を込めてグレイソンを見る。

「私はずっと、お父様とお母様に許してほしかった。家族として、受け入れてほしかった。だけど――」

声が震えた。言葉が詰まる。

寒くて、寒くて、手がかじかんでいく。歯がかちかちと不協和音を鳴らし、紡ぎ出そうとしていた言葉を切り刻んだ。

喘ぐ口。点滅する視界。硬くなった空気が、シンシアに吸われることを拒む。

シンシアは、はくはくと魚のように口を動かし、何度も言葉を紡ごうとした。けれど伝えたい思いよりも恐怖が頭の中を占領して、言葉がまとまらない。

目尻に涙が滲み、頭が締め付けられる。油断すれば意識を失ってしまいそうだ。

早く言わなければ、グレイソンが行ってしまうのに。

そう焦るほどに、体は自由を失っていった。

父に意見することすらできない自分。なんと情けないのかと、シンシアの心は自責の念で溢れ、思考がより押し流されていく。

「わ、わた、私は……」

なんとか押し出した言の葉。だけどそんな拙い言葉で通じるはずがなく。興味を失くしたグレイソンが動き出す。

「待っ……！」

悲鳴にもなることができない壊れた音。その時、温かな手がシンシアの凍えた手を握った。

反射的に視線を椅子のほうに向ければ、チェスターの青い瞳と視線が合う。彼女を優しく見守る温かな瞳。

力強く頷いた彼に勇気を貰ったシンシアは、もう一度息を吸い、思いっきり吐き出した。

「私は、もうお父様とお母様の愛を求めたりはしません。私は、もうあの家には戻りません。今まで育てていただき、ありがとうございました」

ようやく絞り出せたのは、決別と感謝を伝える言葉。

シンシアは深く腰を折り、頭を垂れる。

辛かった記憶が頭の中を駆け巡っていく。心を護るために封じられていた感情を伴って、シンシアの胸で渦を巻いた。

悲しくて。寂しくて。辛くて。哀しくて。苦しくて――

胸を押さえて蹲り、泣き叫びたい。そんな衝動に突き動かされそうになるほどに、彼女の心が負った傷は深かった。

けれど、それでも愛していたのだ。父と母、それに弟妹たちを。

「どうか、これからもお幸せに――」

そこに、シンシアがいなくても。

透明な雫が睫毛を濡らす。ぽたり。ぽたり、ぽたりと落ちていき、床に染みを作る。

崩れ落ちそうになる彼女の体を、椅子から立ち上がったチェスターが支えた。シンシアは堪らず、彼の胸に顔を埋める。

大きく開いた口は、空気を取り込むので精一杯。声を出す余力さえ残っていなかった。自分がどれほど傷付いていたのか。知ってしまったシンシアは、ただ涙を流し続ける。

チェスターの腕が彼女を包み込む。大きな手が背中越しにシンシアの心を温めた。

「ずいぶんと、気に入っているのですね」

ひやり。シンシアの胸を氷の手が撫でる。潜在意識にまで染み付いた恐怖は、容易く消えはしない。

グレイソンの声が耳に届くなり、シンシアの体は強張り涙が引いた。けれど背に添えられていたチェスターの手が彼女を引き寄せ、鉛のように重かった恐怖を軽くしていく。

「ですが」

グレイソンから発せられる低い声。それは世界の崩壊を告げる鐘の音に聞こえて。シンシアの体は恐怖に震える。

グレイソンはチェスターに告げるつもりだ。そう思ったシンシアは、怯えながらも顔を上げた。恐ろしいからこそ、見ずにはいられなかったのだろう。

シンシアの目に飛び込んできたのは、彼女を憎らしげに睨む父の形相。怖くて、恐くてたまらなかった眼差し。

でも今は、以前とは違う恐怖を彼女に抱かせた。

手に入れた幸せを奪われる恐怖。たとえその幸せが、偽りのものだったとしても。

シンシアは無意識にチェスターの胸元を握りしめる。

「殿下はそれの本当の姿を知らないから、他の令嬢と同じように扱えるのです。真実を知れば殿下も、それを傍に置きたいとは思いますまい」

苦々しげに言い捨てると、グレイソンは部屋から出ていった。

グレイソンの姿が消え足音も遠ざかってから、チェスターが声を掛ける。

「気にするな。どのような事情だろうと、シンシアがシンシアであることに違いはあるまい」

シンシアが顔を上げれば、彼は心配そうに眉を下げて彼女を見つめていた。青い瞳はひたすらに優しくて。シンシアを嫌悪している色など微塵もない。

安堵した彼女の表情が綻んでいく。

「ありがとうございます」

グレイソンが残した置き土産は、シンシアの心に錘《おもり》となって残されてしまった。けれど彼女は、今の幸せに浸るほうを選んだ。

いつか、チェスターに知られてしまう日が来るかもしれない。その時は彼も、シンシアを化け物と罵るかもしれない。

それでもいいと、シンシアは思う。

チェスターから貰った幸せの灯火は、彼女の心に確かに存在した。たとえこの先に何があろうとも、その灯火を護り続ければ、彼女が闇に囚われることはないと思えたから。

※

チェスターはシンシアを連れて、執務室に戻るための廊下を歩く。通りがかった者たちが二人を見てぎょっとした顔をした。だがチェスターは何事もなかったように澄ました顔で通りすぎる。

シンシアの目は涙のせいで腫れていた。けれど表情は晴れやかに見える。溜め込んでいたものをようやく吐き出せたからだろう。

けれど執務室が近付くにつれて、顔色を曇らせていった。

「マーメイ伯爵家とマルメールの領民たちのことを心配しているのなら、気を落とすことはない。昨年までの豊かさまでは保障できないが、国も対策を取っている」

彼女の悩みに見当を付けて伝えれば、シンシアは蜜薔薇《バラーラ》が咲くように顔を綻ばせる。

マルメールの不運は妖精玉《フェアリージェム》が枯れたことよりも、不作に見舞われたことよりも、この心優しき娘の慈悲を受け損ねたことではないかとチェスターは思う。

彼女の憂いを取り除けたことに満足して歩を進めていたチェスターは、執務室の手前で足を止めた。扉の前に、チャーリーが立っていたから。

中に入るか逡巡しているのだろう。顔を上げては下を向くを繰り返している。

「何をしている？」

見かねたのもあるが、執務室に入るには通らなければならぬ場所。声を掛ければチャーリーが飛び跳ねるように振り向いた。

「あ、兄上」

「用があるのならば入れ。茶くらいは用意する」

背後に目を向けると、シンシアが心得たとばかりに一礼して使用人用の控室に下がる。

きっと彼女の顔を見たケイトが処置してくれるだろうと、扉の向こうに消える彼女の姿を目で追った。

案の定、ケイトの声が届く。壁で見えない姿に一つ頷いて任せ、自身はチャーリーへ向き直る。

「そこに突っ立っていては話もできまい。入れ」

チャーリーの側《そば》仕えに目で合図し、執務室の扉を開けさせた。

渋々といった様子で部屋に入るチャーリーに続いて、チェスターも執務室へ足を踏み入れた。

来客用のソファーにチャーリーを座らせ、彼も対面に腰を下ろす。

間を置かずにシンシアがお茶を運んできた。チェスターには濃い紅色の。チャーリーにはほどよい紅色を。後者はケイトが用意したものだろうと見当を付けたチェスターの口元が緩む。口に含んで渋みを確かめると、チェスターは改めてチャーリーを見た。

「それで？　なんの用だ？」

チャーリーが慌ててカップをソーサーに戻す。かちゃりと音がして、その失態に絶望したような顔をした。

「あ、兄上は……その……」

言いよどむ言葉。

これほど頼りない弟だったろうかと、チェスターは記憶を手繰る。

甘えていた部分はあった。それでも家庭教師たちの授業にはしっかり付いていっていたし、社交もそつなくこなしていたはずだ。王族として合格点。だからこそ、国王も王太子夫妻も、チェスターを戦場に送り出したのだから。

「兄上は、私のことを恨んではいないのですか？　怒ってはいないのですか？」

問われた内容があまりに予想外で、チェスターは目を瞠る。思考を一巡して、自分の怪我に関連してのことだろうと目星は付けた。しかしチャーリーを恨む理由など、彼には思い至らない。

「戦に出ると決めたのは私自身だ。どこにお前を責める理由がある？」

怪我を負ったのは、チェスターが選んだ道で起きた禍。不思議そうに問うチェスターに、チャーリーは首を横に振る。

「兄上が父上の跡を継ぐはずでした。ミランダだって、兄上の婚約者でした。……私は、兄上から全てを奪いました」

チェスターはチャーリーをまじまじと凝視した。

貴族たちからの信頼を失った自分の代わりに、国を背負ってくれるのだ。チャーリーに感謝こそすれ、恨む心などあろうはずがない。むしろ、重責を背負わせて申し訳ないと思っていた。

それが、なぜそんな思い込みをしているのか。

「私は先に生まれたというだけのこと。必ずしも私が父上の跡を継ぐとは決まっていない。人生など、何が起きるか分からぬからな。実際、この体だ。ワイトスノル公の令嬢に関しては政略で結ばれた婚約。私に価値がないと公が判断したのなら、当然の結果であろう？　令嬢も私の姿に怯えていたし、お前が嫌でないのなら問題はあるまい」

淡々と話すチェスターを、チャーリーは愕然とした表情で見つめる。

「兄上は、玉座に就きたいとは思っておられないのですか？」

「特には思わぬな。国がますます発展し民が幸せであれば、玉座に誰が就こうと構わぬ」

チャーリーがぽかんと口を開け放ち、間抜け顔を晒す。

どうやら誤解は解けたらしいと、チェスターはふっと口の端を緩めた。

※

その夜。自室に戻ったシンシアは、一日を振り返る。

グレイソンとの対面は彼女に大きな動揺をもたらした。心の疲労は体にまで現れ、重く疲れ切っている。けれど、グレイソンに自分の気持ちを伝えられたことで、心に巣食っていた重い何かが減った気がした。

長い時間をかけて溜め込まれたのだ。全てが一度に取り除かれたわけではない。それでも確かに減ったのだと実感できるほどに、心が軽く感じる。

そしてチェスターとチャーリーの仲も、幾ばくか解消したみたいに見えた。チャーリーは緊張しながらも、チェスターを茶会に誘っていたから。

「素敵な一日だったわ」

シンシアにとっても、チェスターにとっても。

窓の外は藍色に染まり、飛び交う妖精たちの淡い光が揺れる。

「チェスター殿下に出会えたことを、感謝申し上げます」

シンシアの心に残るしこりは、グレイソンが最後に残した言の葉。

チェスターは知らないのだ。シンシアの肌に生える鱗を。彼女が父母に厭われる理由を。もしも知られてしまったなら、彼もまたシンシアを蔑み、離れていくのだろうか。

「それでも、それでもいいの。チェスター殿下に出会えたのだから。この気持ちがあれば、私は生きていける。チェスター殿下が幸せなら、私も幸せでいられるわ」

口元が柔らかく弧を描く。閉じた目蓋の端から、月の光を宿した雫が現れた。

ことり。

響いた微かな音に、シンシアは目を落とす。すると真珠が一粒、床を転がっていた。

シンシアが持つドレスにも装飾品にも、真珠など使われていない。いったいどこから現れたのか。

不思議に思いながら、シンシアは真珠を拾い上げる。涙型の真珠は、窓から差し込む月明かりを受けて虹色に輝いた。

「真珠？　……まさか？」

シンシアは慌てて小瓶を見る。

作りかけの薬が入った小瓶には、いつの間にか妖精たちが止まっていた。

一匹の妖精がふわりと飛んできて、シンシアの掌にある真珠に触れる。それから小瓶へと戻っていく。

「この真珠で合っているのね？」

正解だと言わんばかりに、妖精たちが上下に揺れた。

シンシアは小瓶を手に取ると、蓋を外して涙型の真珠を落とす。途端に虹色の薬が淡い光を放ち始めた。

温かく。優しく。見ているだけで心が安らぐ、不思議な光。

シンシアは直感する。全ての材料が揃ったのだと。

あとは祈りを捧げるだけ。シンシアは組んだ両手の中に小瓶を握りしめ、目蓋を閉じて祈る。

「どうか、チェスター様の傷をお治しください。チェスター様が、どうかお幸せになられますように」

シンシアの願いを吸い込むように、光が小瓶に収束していく。薬が完成したのだ。

淡く輝く虹色の薬。

嬉しくて、シンシアは小さな瓶を胸に抱きしめる。

だけどふと、足りるだろうかと不安になった。チェスターは顔だけでなく、全身に傷を負っている。でも小瓶の中にある塗り薬の量は少ない。

「それに、――本当に効くのかしら？」

チェスターの体に残る傷痕は、王族お抱えの医師たちですら治せなかった傷。素人《しろうと》のシンシアでも作れる薬で治るのか。

材料を探している時は必死で意識していなかったけれど、出来上がった今になって自信がなくなっていく。

「そうだわ」

薬を眺めていたシンシアは、自分の体にも傷痕があることを思い出す。

スカートをめくり、左足を出した。幼い頃に皮ごと鱗を削ぎ落とされた膝下には、薄紅色の窪《くぼ》んだ傷痕が残る。

指先に少しだけ塗り薬を取り、傷痕に塗り込んだ。しばらく様子を窺っていたけれど、変化は訪れない。

「やっぱり私の鱗では駄目なのかしら？」

落ち込むシンシアは小瓶に蓋をすると、寝台に潜り込む。

妖精たちが集まってきたのは、彼女がすっかり眠りに落ちてからのことだった。


目蓋をくすぐる朝の日差しに起こされたシンシアは、寝台から降りて夜着を脱いだ。未練がましく左足を確かめた直後、驚きに目を瞠る。

痛々しい傷痕が癒え、代わりに鱗が生えていた。

「治っているわ！」

歓喜の声を上げたのも束の間。きゅっと眉を寄せる。

「これは治ったと言えるのかしら？」

シンシアの左足には、元々鱗が生えていた。だから傷痕が治ったことで、元の状態に戻ったとも考えられる。けれど――

「チェスター殿下のお顔に、鱗が生えたらどうしましょう？」

鱗に比べれば、傷痕が残っているほうが、まだましなのではないだろうか。

喜びが一転して悩みに変わった。

「どこかに傷を付けて、もう一度塗ってみれば確かめられるかしら？」

しかし、それで鱗が生えてきたとしても、やはりそれは彼女だからなのか、薬が原因なのか分からない。

考えている間に、時間が過ぎていく。慌てて御仕着せのドレスに着替え、部屋を出た。いつもより少し遅い朝食を終えたシンシアは、急ぎ足でチェスターの執務室に向かう。

答えが出ない彼女のエプロンのポケットには、人魚の塗り薬が入っている。

「どうした？　浮かない顔をして」

考えに没頭していたせいで、ぼんやりとしながら仕事をしていたシンシアの顔を、チェスターが心配そうに覗き込む。

「申し訳ありません」

慌てて頭を下げると、チェスターが首を軽く横に振る。

「咎めているわけではない。……昨日は大変だったからな。体調が悪いのなら、今日はもう休んでも構わんぞ？」

「滅相もございません」

「無理をするな」

「本当に、大丈夫ですから」

確かに昨日は色々なことがあったけれど、彼女はむしろすっきりしていた。けれど心配するチェスターの視線が、彼女から離れる気配はない。

自分のために彼が心を痛めていると思うと申し訳なくて、あっけなく口を割ってしまう。他の人には聞こえないように、小さな声で囁くように白状する。

「実は傷痕を癒やすお薬を作ってみたのですけれど、巧くできたのか分からなくて」

チェスター自身へ伝える恥ずかしさと、差し出がましいことをしたのではないかという後ろめたさが込み上げてきた。シンシアは体を小さくして、チェスターの顔色を窺う。

そのチェスターは、驚いた顔でシンシアを見つめる。

「――それは、私のために薬を調合してくれたと捉えていいのだろうか？　そして思ったような効果が出ず悩んでいたということか？」

「はい。チェスター殿下のお役に立てればと思ったのですけれど。あの時の水穂草《ガルマ》も、実はこの薬のためだったのです。せっかく採りに連れていってくださったのに、申し訳ありません」

しょんぼりと肩を竦めるシンシアの耳に、あの時からか、と呟くチェスターの声が届く。

材料探しはもっと前から始めていたのだけれども、そんなことを彼が知るはずもない。

「水穂草《ガルマ》のことは、シンシアが気にすることではない。私も楽しかったからな。薬の件は別として、また付き合ってくれると嬉しい」

「はい。……え？」

なぜかまた出かける約束を交わしてしまい、シンシアは目を白黒させた。

チェスターは困惑するシンシアの様子に小さく笑うと、彼女の目を見つめてねだる。

「よければ、その薬を貰ってもいいか？」

「ですが、悪化してしまうかもしれないのです」

鱗が生えるかもしれないと伝えなければと思うのに、咽でつかえて言葉にならなかった。

もう少しだけでいいからチェスターの傍にいたい。その気持ちが邪魔をして、真実を告げるのをためらってしまう。

「構わない。どうせ治らないと言われたのだ。まずは目立たないところで試してみるさ」

温かな青い瞳は、シンシアには優しすぎて。見つめられてしまえば彼女は逆らえない。理性では駄目だと思っても、手がポケットに向かう。塗り薬が入った小瓶を取り出して、チェスターに差し出した。その小瓶を見たチェスターが、軽く瞠った目を瞬く。

「あの時の……」

共に出かけたシンブリーの町で、シンシアが買い求めた小瓶だ。

チェスターの目元が、柔らかく細められていく。

「そうか。あれは私のために選んでくれたのか」

シンシアの手からそっと受け取ったチェスターは、曲がった指の先で小瓶の肩を撫でる。愛しげに、嬉しげに。

それから蓋を開けて中を見た。次の瞬間、彼の動きがぴたりと止まる。淡く輝く虹色の塗り薬など、王族の彼ですら見たことがなかっただろう。

まじまじと凝視するチェスターの様子を見て、シンシアの胸に不安が込み上げてくる。

だけどしばらくして、チェスターが表情を緩めた。

「美しいな。希少な材料を使ったのではないか？」

「乙女柿《シアル》の油と水穂草《ガルマ》の花粉。それと……」

自分の体から採った鱗だなんて言えるはずがない。そんな汚らしいものをと嫌悪されるかもしれないのに、秘密のまま使わせるのは申し訳ない。

そうと分かっていても、シンシアは口にはできなかった。

だけどチェスターは追及することなく、シンシアを唖然とした顔で見る。

「乙女柿《シアル》の油？」

「えっと、はい。乙女柿《シアル》の実から採った油です」

チェスターに問われて、シンシアは慌てて思考の海から浮かび上がった。答えが不味かったのか、チェスターの眉が寄っていく。

「それは分かる。だがどうやって……」

チェスターの眉間に刻まれたしわが深くなる。口を一文字に引き結び呻くと、彼はちらりとシンシアを見た。

「あの夜か」

ぽつりと呟かれた言葉に反応して、シンシアは乙女柿《シアル》を手に入れた夜のことを思い出す。

もしもチェスターが助けてくれなかったら、シンシアは崩れている氷の世界と共に落ちていた。

夢とも幻ともつかない世界。だから命を失うことはなかったかもしれない。けれど彼女の心は過去に囚われ、乙女柿《シアル》の実も手に入れることはできなかっただろう。

彼は夢だと言ったけれど、チェスターは確かにあの世界に介入していた。そして彼は危険を顧みず、シンシアを助けてくれた。

シンシアが胸元に落としていた視線を上げると、太陽を仰ぐように細められたチェスターの目と目が合った。その熱を孕《はら》んだ眼差しに、シンシアは魅入られる。

「あのような危険を冒したのは、私のためだったのか」

切なげに。愛しげに。向けられた青の瞳が、シンシアの内側まで侵してくる。

シンシアの顔が一気に赤く染まった。高鳴りすぎた胸が弾けてしまうのではないかと恐怖を覚えるほどに、全身が熱い。

だけどチェスターの追及は終わらない。

「乙女柿《シアル》の油と水穂草《ガルマ》の花粉。それと？」

シンシアに対する心配と期待が入り混じる眼差しで、チェスターが見つめてくる。

残る材料は、彼女の鱗と真珠。

現実に引き戻されて、シンシアの熱は急激に冷めた。

「そ、それと……」

口の中で答えを転がす。

生みの親ですら忌み嫌った醜い鱗。そんな答えを、唇より先に出すことはできない。

さっと、シンシアから血の気が引いていく。

「私は……」

なんというものを、チェスターに渡したのか。役に立てるかもしれないと浮かれて、彼の肌に何を塗らせようとしているのか。

尊い王家の御子。どれほど気安く接してくれたとしても、その事実は変わらないというのに。

たとえ王族でなかろうと、シンシアを人として扱い、救いをもたらしてくれた大恩ある人。

醜い鱗だ。それも自分の肌から剝いだものを彼の肌に使わせるなんて、許される所業ではない。

「その、やっぱり返してください。とても、その、殿下の肌に使えるような素材ではないのです。……申し訳ありません」

涙目になって懇願を始めたシンシアを、チェスターが静かに眺める。

「それは、私にはもったいないという意味か？」

怒りは感じない。けれどいつになく凪いだ声。

シンシアの心は不安に染まっていく。それでも止めなければという思いのほうが勝った。

「違います！　チェスター殿下に触れさせるのもおぞましいものを入れてしまったのです」

「ならばよい。使わせてもらおう」

「チェスター殿下!?」

シンシアから悲鳴にも聞こえる声が上がる。

対照的に、チェスターの表情は緩む。塗り薬が入った小瓶を、さっと上着の胸ポケットにしまってしまった。そんなところに入れられては、シンシアは取り戻すことができない。

「気にするな。戦場では令嬢には聞かせられないようなものを、肌に塗ったり食べたりしたものだ」

「それとこれとは違います」

なぜ薬を持ってきてしまったのかと、シンシアは後悔する。

恨みがましそうに見上げるシンシアに、チェスターが笑顔を返した。

※

その夜。寝台に腰を下ろしたチェスターは、シンシアから半ば無理矢理に奪った塗り薬を手にしていた。彼女が自分のために作ってくれたのだと思うと、口元が緩むのを抑えられない。今までこんな感情を抱いたことはなかった。

オーダーメイドの品を贈られた経験ならば、山ほどある。全て第一王子であるチェスターのためだけに作られた、唯一の品だ。

いったい手の中にある塗り薬と何が違うのか。

職人の手による品と、自ら苦心して作ってくれた品。それだけだろうか。

答えの出ない思考を頭の中で廻《めぐ》らせながら、チェスターは薬が入った小瓶に指を這《は》わす。この小瓶もまた、彼女が選んでくれた品。

蓋を取れば、見たこともない虹色をした塗り薬。いったい彼女はどこで、こんな不思議な薬の作り方を知ったのか。疑問に思いつつも袖をまくり、指先で大切にすくった薬を塗っていく。

彼女が触れてくれた時と同様に、癒やされる気がした。

実のところ、チェスターは治っても治らなくても構わないと思う。

外見で見下す者たちに、不快感を抱いていた時期もある。だが、彼の素顔を知ってもなお、屈託のない笑顔を向けてくれるシンシアと過ごす時間が、彼の心の歪みを癒やしてくれた。

人目を気にせずやりたいように動き出してからは、徐々にではあるけれど、周囲とのわだかまりが解けてきている。視察で訪れた領地の貴族たちも、おおむね友好的だった。

「だが治れば――」

シンシアは喜んでくれるだろう。まるで自分のことのように、嬉しそうに笑ってくれるのだ。その眩しい笑顔を想像すると、やっぱり治ってほしいと思う。

そして、欲望が顔を出す。

顔の傷が癒えれば、再び社交の場に戻れる。シンシアをあの輝くシャンデリアの下にエスコートできるのだ。着飾った彼女が微笑む姿は、どれほど美しいだろうか。

想像したチェスターの目に、未来を望む強い光が灯った。

日陰に身を置かせずに済むのなら、求めてもいいのではなかろうかと。

「妖精よ。もしも叶うなら、彼女を手に入れる幸福を私に――」

窓から見える庭では、妖精たちが甘い蜜を求めて飛び交っている。空を見上げれば、星々が瞬く。

チェスターは寝台に横たわり、目を閉じた。いつもは中々寝付けず、酒の力を借りて夜を越す。けれどその夜は、気持ちよく意識が遠のいていった。

そうして早く眠ったからだろうか。まだ夜も暗いうちに、チェスターは目を覚ます。

カーテンの向こうは闇夜に支配されているのに、部屋の中は仄かに明るい。何事かと警戒したチェスターだったが、無闇に飛び起きれば状況を悪化させる危険がある。まずは視線だけで様子を探った。

光源はすぐに見つかる。シンシアから貰った薬を塗った腕だ。小さな妖精たちが、蜜に群がるように彼の腕に集まっていた。

チェスターの視線は、寝台脇のサイドテーブルに置かれた塗り薬へ移った。

王城で使われている妖精灯には、上質な砂糖や蜂蜜を使用している。それでもここまで妖精を集めることはない。

いったい何が入っていたのかと、腕に視線を戻しながら思案した。

塗り薬に満足したのか。小半刻ほどすると妖精たちが腕から離れていく。立ち去る妖精が置き土産とばかりに、鱗粉《りんぷん》を振りまいた。

きらきらと輝く鱗粉は、奇跡を宿した魔法の粉。けれど手に入れるのは困難で、妖精玉《フェアリージェム》に含まれる鱗粉でさえごくわずか。たとえ妖精を捕まえたとて、一欠片も落としはしない。

そんな貴重な品の大盤振る舞いを、チェスターは呆気に取られながら見守る。

妖精の鱗粉が触れた腕は、心なしか気持ちよく感じられた。

しばらくすると、妖精たちが窓や壁をすり抜け外へ出ていき、室内が暗闇に閉ざされる。

もう妖精が残っていないのを確認すると、チェスターは上体を起こした。ランプを手繰り寄せ、明かりを灯す。

妖精たちは気分屋だ。いざという時に砂糖水に集まってくれるとは限らない。特に普段は妖精灯を置いていない場所だと、集まってくるまでに時間がかかる。だから場所や状況によっては、油を利用したランプも併用されていた。

チェスターは袖をまくると、揺れる明かりをかざす。

揺らめく炎が映し出す肌からは、爛れた火傷の痕も、無数に刻まれていたはずの傷痕も消えていた。

「信じられない」

思わず目を見開き、何度も指でなぞって肌の状態を確かめる。

どんな良薬だろうと、時間をかけて徐々に回復していくものだ。それが一晩にも満たぬわずかな時間で完治してしまうとは。妖精の奇跡にも驚いたが、その奇跡を引き起こした薬にも驚愕するしかない。

いったいあの薬には何が使われていたのだろうか。チェスターは虹色の塗り薬を呆然と見つめる。

しばしの時間を置いて、恐る恐る手を伸ばした。

まだ夜は長い。

塗り薬を指ですくったチェスターは、顔や頭部に残る傷痕にも薬を塗っていく。それから足に、指に――

丁寧に、薄く、使いすぎないよう注意しながら薬を塗るチェスターの頬を、一筋の涙が滑り落ちる。

受け入れたはずだった。これが自分の運命なのだと。国を護った名誉の負傷だと、誇りに思っていたのだ。けれども、治るのだと、取り戻せるのだと、目の前に希望を見せられれば、胸に熱いものが込み上げてくる。

だがそれ以上にチェスターの心を震わせたのは、塗り薬をくれた彼女への想い。

「シンシア……」

彼女は常に、手袋で手を隠していた。襟元は首まで覆う。

その姿を見て想像できないはずがない。彼女の肌にも、無数の傷痕があるのだと。

躾と称して子供に鞭《むち》を振るう貴族や家庭教師がいることは、彼も耳にしていた。シンシアの態度や教養の不足、それに伯爵の様子を思い返せば、彼女も被害者なのだと容易に推察できる。

「私などより、君のほうが必要としていただろうに」

これほど効果の高い薬だ。きっと自分の傷を癒やすために探し、作り方を見つけたに違いない。そして父親の目から逃れたことで、ようやく材料を集めるために動き出せたのだ。

中には伝説でしか語られない、乙女柿《シアル》の実まである。他にも何やら口にできない材料がある様子だった。

チェスターの傷痕を見ても動じない彼女が怯むくらいだ。よほど触れたくないものだったのだろうと、彼は想像する。

それでも彼女は作り上げた。自分のためではなく、チェスターのために。

シンシアへの愛しさが、嵐となって荒れ狂う。胸の内をかき混ぜ、彼の全身を焦がした。

抑えきれない感情の渦。しかし、喜びは一瞬にして霧散する。

シンシアがチェスターのために作ってくれたと聞いて、嬉しさから半ば強引に奪ってしまった。まずは彼女に使わせるべきであったのに。

そのことに思い至り、罪悪感が剣となって彼を刺す。

「足りるだろうか？」

なるべく節約して使ったつもりだけれども、残りは半分にも満たなかった。

シンシアの体を苛《さいな》む傷痕が、どれほどあるのか分からないというのに。

「足りなければ――」

必要な材料を聞き出して、チェスターが取り寄せればいい。どんな希少な品であろうとも、あらゆる手段を使って手に入れてみせよう。

伯爵家の令嬢であるシンシアが集めることができたのだ。王族であるチェスターならば、必ず揃えられるはず。

思考を前向きに切り替えれば、冷静な判断力が戻ってくる。余裕ができた彼は、シンシアとのやり取りを思い出した。

「そういえば、副作用を心配していたな」

チェスターの心から、剣が抜け落ちる。

自分の肌が無事に回復したと知れば、彼女も心置きなく薬を使えるだろう。そうすればシンシアも、彼女を縛る呪縛から解き放たれるはずだ。

チェスターは弾む心で寝台に横たわった。


闇の王に支配された夜が明けて、太陽の女神がチェスターの目蓋をくすぐる。

目覚めた彼は、跳ね起きるように寝台から降りると、夜着を脱ぎ捨て鏡の前に立った。明るい日差しの下でさえ、彼の肌に傷痕を見つけることはできない。夜中に一度確認していたとはいえ、改めて驚嘆する。

だが薬の効果は見た目だけに留まらなかった。右手の指が、自然な動きを見せる。まさかと思い杖から手を離し、右足に重心を寄せてみれば、しっかりと体を支えていた。

「はっ」

乾いた笑い声が零れる。

一音。けれどそれだけで充分。

「は、はは……。シンシア、君はどこまで」

私を喜ばせるのか。

その言葉は音にすることができなかった。大人たちを説き伏せ、兵たちを率いた彼の声が、久しぶりに聞こえたから。

目蓋をきつく閉じ、歯を食いしばる。迸《ほとばし》る感情を抑え込む彼の右手は、確かに握りしめられていて。

深く、深く、チェスターは息を吐き出した。開いた目に映るのは、鏡越しに笑うチェスター・ドュワール。多くの者を魅了した強き眼光が彼自身を射る。

「シンシア。私は君を、逃がしてあげられないかもしれない」

抑えきれない激情が、彼を支配してゆく。

※

一方、チェスターに人魚の塗り薬を渡したシンシアは、後悔に苛まれていた。

彼の傷痕が綺麗に治れば、喜びしかない。けれど、もしも鱗が生えてしまったら？　そう考えると不安で寝付けず、寝台の上で何度も寝返りを打って朝を迎えた。

御仕着せのドレスに着替えたシンシアだけれど、不安と寝不足で元気がない。ケイトに心配されながら、ぼんやりとした様子で味も分からない朝食を取り、控室へ向かう。それから茶器を持って、ふらふらとチェスターの執務室へ向かった。

すでに執務机に座っていたチェスターの顔には、昨日までと同じく白い仮面が着けられている。ペンを握る手にも、白い手袋がはめられたままだ。

薬を試さなかったのか。それとも――

シンシアの顔色はますます青ざめる。

けれど彼女の気持ちとは反対に、顔を上げたチェスターの青い瞳は嬉しそうに輝いていた。

「来たか、シンシア」

弾む声は、シンシアの知らない声。低く張りがあり、耳をくすぐって腹へと響く。

目の前に座っているのは確かにチェスターで間違いないのに、これはどういうことだろうかとシンシアは混乱した。

「少し話がある。来てくれるか？」

奥の部屋に移るチェスターに従って、シンシアは戸惑いながらも彼のあとに続く。

扉が閉められ、チェスターがシンシアを見つめる。青い瞳に覗くのは、隠し切れない喜びと少しばかりの悪戯心。そして、なぜか熱く潤んでいた。

シンシアを正面から見下ろしていた彼が、おもむろに仮面に手をかける。

「――っ！」

シンシアは思わず息を呑み、口元を両手で覆った。彼女の目尻には涙が光る。

チェスターの顔は、彼女が知る彼の顔から大きく変わっていた。傷痕に覆われて変形していた肌は健康そのもの。

「チェスター殿下……。おめでとうございます」

感極まり、声を詰まらせながら言祝ぐ。

「ありがとう。君のお蔭だ」

「お役に立てて光栄です」

シンシアの頬をぽろぽろと零れる涙を拭ったのは、手袋を外した武骨な指。曲がっていたそれは健康な状態に戻っていた。

頬の雫をすくった太い指先は、そのままシンシアの口元を覆う彼女の細い指へと動いていく。そして壊れ物を扱うように優しく彼女の手を取ったチェスターは、指先に口付けを落とした。

「今度はシンシアの番だ」

青い瞳が真っ直ぐにシンシアを射る。

あまりに強く熱い眼差し。シンシアの全身に痺れが走り、彼女は息を詰めた。

けれど彼の言っている意味が分からなくて、首を傾げる。

苦笑を零したチェスターは、塗り薬が入った小瓶をポケットから出した。

「大分減ってしまったので申し訳ないが、傷痕が悪化することはないと証明された。心配せずシンシアも使うといい」

握られたままだった手を上向きにされ、掌に載せられた小瓶。無意識に見つめたシンシアは、瞬きを繰り返す。しばらくして、チェスターが勘違いしていることに気付いた。

彼は自分の体に残る傷痕を隠すために、仮面を着け手袋をはめていたのだ。同じように手袋で手を隠し、首まで覆うドレスを着たシンシアを見て、体に傷を負っていると誤解するのは自然な流れ。

「あ、違うのです」

零れた声に、チェスターが訝しげに眉を寄せた。

「何が違うのだ？」

「その、私の体は別に、傷痕が残っているわけではなくて……」

「隠さなくてもいい。親を庇いたい気持ちは分かるが、君は幸せになっていいんだ」

どうやらチェスターは、シンシアが親から暴力を受けていたと思い込んでいるらしいと、彼女は思い至る。

考えてみれば、グレイソンとのやり取りも見られているのだ。そう勘違いされても仕方ないだろう。蔑ろにされていたのは事実であるし、鱗を失くすために色々と試されたので、あながち間違いとも言い難いのだが。

しかし彼女の体には、塗り薬を必要とする怪我はすでにない。シンシアはどう説明したものかと考える。

「足りないようであれば、必要な材料はこちらで揃えよう。作り方を教えてもらえるのならば、薬師《くすし》に命じて作らせてもいい。むろん、君が見つけた秘薬のレシピだ。教えたくなければ無理には聞かないし、薬師に作らせるとしても秘密は厳守させる」

秘密も何も、薬の作り方は王城の敷地にある図書館で見つけた本に書かれていたもの。図書館に入る許可を得た者ならば、誰でも知ることができる。当然ながら、シンシアに秘匿する権利などない。

そう伝えればいいのは理解している彼女だけれども、薬の作り方を知られれば、人魚の鱗についても話さなければならなくなるわけで。

いつの間にか涙は乾いていた。

シンシアは伝えるべきかどうか、チェスターの顔と、掌に置かれた塗り薬を交互に見ながら考える。

傷が癒えたのなら、もうこの薬は彼に必要ない。このまま受け取ってもいいだろう。けれど、そうしてシンシアの体も健康になったと思われてしまえば、今までのように肌を隠すことに不信感を抱かれかねない。

それに——とシンシアは思う。

古傷に苦しんでいるのは、チェスターだけではない。

戦に従事した騎士や兵士はもちろん、なんらかの事故などで傷を負った人だって大勢いる。彼らを苦しみから解放する方法を知っていながら秘密にするなんて、あまりに身勝手だろう。

シンシアは覚悟を決めた。

「チェスター殿下、申し上げます」

真っ直ぐに、青い瞳を見上げる。

シンシアの秘密を知れば、チェスターはもう二度と優しく笑いかけてくれないかもしれない。

約束した池でのピクニックは取り消されるだろう。

チェスターに仕えるようになって、シンシアはたくさんの幸せを知った。その日々が終わるのだと思うと、悲しくて、苦しくて、胸がぐしゃぐしゃに壊れてしまいそうだ。

今にも泣き出しそうな顔で真剣に見つめるシンシアに、チェスターも表情を引きしめた。

「聞こう」

短い承諾の言葉。シンシアは頷いてから、話し始める。

「この薬の作り方は、王城の図書館で見つけた本に書かれていました」

チェスターが虚を突かれた顔をして、眉を跳ね上げた。

「図書館に？　それならば医師や薬師が知らないはずはないのだが……。どのような本だった？」

「とても古い本で、飴色の表紙に宝石がはめ込まれていました」

「あれか……」

本の特徴を告げれば、チェスターはすぐに思い至ったらしい。

図書館の蔵書の中でも一際古く、凝った装丁の本だ。シンシアでなくても、好奇心をくすぐられ手に取ってしまうだろう。

けれど彼の表情には困惑が広がっていく。

「しかしあの本は、私も幼い頃に見つけて読んだことがあるが、書かれているのは荒唐無稽な内容だったはず。妖精の羽根だの、小人の髭《ひげ》だの、手に入らないものばかりだ」

国中の希少な品まで手に入れられる王族ですら、入手を諦めるものばかり。だから昔の人が戯れに書いたものだと考えていたという。

「薬師の中には試みる者もいたと聞くが――」

そこまで口にして、チェスターははっとした表情でシンシアを見た。

彼女はすでに、実在しないと思われていた乙女柿《シアル》の実を手に入れている。

「他の材料も手に入れたのか？」

「……はい」

「どうやって――っ⁉」

問いかけたチェスターの言葉は続かなかった。シンシアが、頑なに外すことのなかった手袋を外したから。

無言となったチェスターの顔を、シンシアは恐ろしくて見ることができない。

優しかった彼が拒絶する眼差しを向けていたらと考えるだけで、体が震えてしまう。気味の悪い鱗を使った薬を肌に塗らされたと怒っているのなら、罪悪感で胸が張り裂けそうだ。

ぎゅっと目を閉じて、断罪の時を待つ。

一方、シンシアの手を見たチェスターは、言葉を失い狼狽《うろた》えていた。

記憶の片隅から、本の内容を引っ張り出そうとしているのか。口元に手を当て、視線を彷徨わせる。しばしの時を経て、チェスターが顔を上げた。

「まさか」

薬に使われていた材料がなんであったのか。人魚の鱗がなんだったのか。

思い至ってしまったであろうチェスターの表情が歪んでいく。

「嗚呼」

後悔とも、絶望とも呼べる、苦悶の声。

「なんてことをしたのだ」

漏れ出たチェスターの言葉が、シンシアには咎める言葉に聞こえた。

「申し訳ありませんでした。このような汚《けが》らわしいものを、殿下の肌に使っていただくなど」

「そうではない！」

深く腰を折って頭を垂れるシンシアの上に、チェスターの否定する声が響く。

「自分の体から剝いだのか？　痛かっただろう？　なんて無茶をするのだ」

チェスターはシンシアの震える指を優しく包み込んだ。繊細な硝子細工を扱うように優しく撫で、手首の鱗に唇を寄せる。

「君を犠牲にするのだと知っていれば、水穂草《ガルマ》を採りになど連れていかなかった。君を傷付けてまで、元の姿に戻りたいとは望んでいなかった」

思わぬチェスターの反応に、シンシアは思考が追い付かない。

困惑しながら勇気を出して顔を上げると、苦痛で歪むチェスターの顔が映った。

「頼む、シンシア。もう二度と、あの薬は作らないと約束してくれ」

「ですが、あの薬があれば、多くの人を救うことができます」

彼女の言葉を聞いたチェスターが、悲痛な表情で首を横に振る。

「どんな理由があろうと、君が傷付くことは承服できない。もしもあの薬を望む者がいるなら──使う者がいたなら、私はその者を許すことができないだろう」

シンシアには、チェスターの心が理解できなかった。

気味が悪いと言われ続けていた鱗を見せたのに、チェスターは抵抗なく触れるどころか、口付けを落としたのだ。

痛みを訴えても、何度も鱗を剝がされた。それなのに、チェスターは傷付くなと言う。

シンシアの頰を伝って零れ落ちた涙が、虹色の真珠となって絨毯《じゅうたん》の海に潜っていく。

「チェスター殿下……」

どうして彼は、こんなにも優しいのだろう。どうしてこんなに優しいのに、彼を避ける人がいるのだろうか。

シンシアには分からないことだらけ。それでも一つだけ、はっきりしたことがある。

チェスターは、シンシアの鱗を嫌悪しない。

それだけ理解できれば充分だった。

「私なら大丈夫です。チェスター殿下のお役に立てたのなら、とても嬉しいです」

ただただ嬉しくて、笑顔が溢れる。

けれどチェスターの表情は、さらに歪んでしまった。

「チェスター殿下？」

「君は……」

うつむいてしまったチェスターを、シンシアは心配しながら見つめる。

自分は大丈夫だと、だから鱗くらい幾らでも差し出して構わないと、その思いを、どう伝えれば受け取ってくれるだろうか。

悩むシンシアの視界で、チェスターが動く。片膝を床に突き、シンシアの手を取って彼女を見上げた。

その眼差しがあまりに真剣で。そしてあまりに強い光を宿していたものだから。シンシアは吸い込まれるように彼の瞳を見つめ返す。

「生涯をかけて、必ず君を護ると誓おう。だからどうか、私の妻になってはくれないだろうか?」

そう言って、チェスターはシンシアの手に口付けを落とした。

シンシアは彼が口にした言葉の意味を、すぐには理解できなかった。数拍の間を挟んでようやく頭が動き出すと、即座に混乱が襲う。

「チェ、チェスター殿下!?」

顔を真っ赤に染め、目を白黒させて、なんとか彼の名を呼んだ。動揺するシンシアの顔を、チェスターは熱い眼差しで覗き込む。

「傷を癒やしてもらったからではない。どうやら私は、君を愛してしまったようだ。あの生誕祭の夜に君と出会えたことを、妖精たちに感謝しよう。どうかこの哀れな男の想いを、受け入れてはくれぬだろうか?」

思わぬ告白。続く懇願。

夢と言われても信じがたい光景を前にして、シンシアは自分が誰であるかさえ分からなくなりそうなほどに混乱した。

「あ、あの、私は伯爵家の娘で、チェスター殿下とは」

「私は臣下に下る。伯爵家の令嬢であれば、充分に釣り合う」

チェスターの言う通り、公爵家以下の家格ならば、伯爵家の娘が嫁いでもおかしくはない。王族が相手でも、状況によっては伯爵家の娘が嫁いだ例もあるのだから。

「う、鱗が生えているのは、手だけではなくて、その、もっと広いところにも」

「美しい人魚を娶《めと》れるなど、男の夢そのものだ」

拒絶されるのを承知で告げたのに、チェスターはうっとりと目を細める。その上、シンシアには予想も付かないことを口にした。

「美しい、ですか？　この鱗が？」

「ああ。シンシアは美しい。その心根も、その鱗も、全てが美しく愛おしい」

混乱するシンシアに向けて、言われた経験などない歯の浮くような台詞《せりふ》が、チェスターの口から次々と飛び出してくる。

これ以上は毒だと、シンシアは耳をふさぎたくなった。

「愛しているのだ、シンシア。ここまで伝えても応えてくれぬということは、私では不服ということだろうか？」

シンシアが混乱している間に立ち上がっていたチェスターが、改めて問うてきた。

引きしまった体躯《たいく》。邪《よこしま》な心を持つ者は震えあがりそうなほどに強く真っ直ぐな眼差し。それに王族という地位。

彼を不服などと言える女性が存在するなど、シンシアには想像も付かない。

「そんな！　チェスター殿下に不服なんてあるはずがありません！」

思わず否定の言葉を口にする。

「では、他に好きな男が？」

「チェスター殿下以外に、お慕いしている殿方はいません！」

反射的に答えたシンシアは、自分が何を言ったのか理解していなかった。

チェスターの口元が、魅惑的に引き上げられる。

「私以外、か。では、私のことは慕ってくれていたわけか」

「え？　――嗚呼っ！」

指摘されて失言に気付いても、もう後の祭りだ。

シンシアは助けを求めて、涙目のままチェスターを見上げた。彼女を追いつめているのは、彼だというのに。

ふっと目元を和らげたチェスターが、彼女の顎に手を添える。

「これが私から逃れられる最後の機会だ。シンシア、嫌なら断れ。私の妻になってくれるな？」

力強い指は、シンシアが顔を動かそうとしてもびくともしない。

「わ、私でいいのですか？」

「シンシアがいいのだ」

熱く潤んだ青い瞳が、真っ直ぐにシンシアを求めていた。

シンシアは覚悟を決める。

「私も、お慕いしております。……チェスター様」

勇気を振り絞っての告白。直後、シンシアの視界を影が覆う。

唇に感じた温もりが、温度を上げつつ全身へ巡っていく。頭が沸騰しそうなほど熱くなって、シンシアの体から力が抜けた。

腰に添えられた手に体を支えられ、真っ赤な顔でチェスターを睨み付ける。けれど、彼は嬉しそうに笑っていて。

「私の愛しい人は、優しい上に可愛らしい」

額にも口付けを落とされて、シンシアはチェスターの腕の中に囚われた。

約束

書き下ろし番外編

その日、シンシアはチェスターに誘われて、王城の森にある池を訪れた。

池の畔に立つ水楓《アクアメプル》の葉は赤く染まり、陽を浴びてきらきらと輝く。以前採った水穂草《ガルマ》は茶色く色が変わり、上の穂は花粉を失い小さくなっていた。

チェスターが操る小舟に乗ったシンシアの髪を、風が撫でていく。

シンシアは用意してきた焼き菓子の包みを開いた。ケイトに手伝ってもらい、初めて自分で作ったものだけれど、所々にひびが入り焼きむらもある。

こんな菓子を王子であるチェスターに食べさせてよいものかと迷いながら、恥ずかしげに差し出す。

「憶えていてくれたのだな」

シンシアの心配は杞憂《きゆう》に終わり、チェスターが嬉しそうに目尻を下げた。自由に動くようになった右手の指先で焼き菓子を摘み、観察するように見る。拙い出来の焼き菓子を見られる恥ずかしさで、シンシアは居たたまれない。

一口齧ったチェスターが、頬を緩めた。

「美味いな。こんなに美味く作られては、城の料理人が辞表を出しかねん」

そう言って見つめるチェスターの視線に熱を感じて、シンシアは顔を赤らめる。

「ご、ご冗談を仰らないでください」

「いや、本心だ。だから私以外の者には与えるでない」

独占欲を含んだ言葉から彼の想いが強く感じられて。シンシアはますます赤くなっていく。食べかけの焼き菓子を口へ放り込んだチェスターが、シンシアの膝に置かれた焼き菓子を一つ摘んで、彼女の口元へ運ぶ。

唇に触れる硬い感触。シンシアは首まで赤く染めながら、小さく口を開ける。

恥ずかしさで頭がくらくらして、舌の上にのった焼き菓子の味は分からなかった。そんなシンシアの様子を、チェスターは満足そうに眺める。

「お、お返しです」

シンシアは焼き菓子を手に取ると、チェスターの口元へ差し出した。

一瞬だけ、チェスターが目を丸くする。しかし彼は頬すら赤らめることなく、にやりと笑って口を開けた。豪快に焼き菓子にかぶりついた彼の唇が、シンシアの指先に触れる。

ぴりりと全身を何かが駆け巡った衝撃を受けて、シンシアは目を瞠って硬直した。

「これは先ほどのものよりも美味いな」

咀嚼して呑み込んだチェスターが、悪戯気な視線を向けてくる。

シンシアは動揺で息を吸うことすらままならない。

真っ赤になって動かなくなったシンシアをしばらく見つめていたチェスターが、ふと思い出したように話題を変えた。

「先日用意してくれたスカーフだが、母がたいそう喜んでいた。刺繍の出来はもちろんだが、隣国に嫁いでいた友人から久しぶりに手紙が届いたとかで、シンシアに感謝していたよ」

シンシアはチェスターの表情を窺う。王太子妃に訪れた幸運を喜ぶ一方で、どこか悲しげな表情をしている。

彼の感情に釣られるように、シンシアの胸も痛んだ。

隣国とはしばらく前まで戦をしていた。チェスターはその戦で兵を率いて戦い、隣国の兵の命を多く奪っている。

敵対する国に住んでいるからといって、双方の国に暮らす人々全員が敵対しているわけではない。隣接する国であればなおさらに、心を許した者が敵国に住んでいるという例は多かった。最終的に開戦を決定したのは王や高位貴族たちではあるが、彼らとて例外ではない。むしろ政略のためと、友人どころか親族が隣国に嫁いでいる者もいる。

人の命は重い。戦という理由があろうとも、大切な命を奪う苦しみは如何ほどか。ましてチェスターの指示で命を落とした敵将の中には、彼が知る顔もあったかもしれない。

湖の向こうに生える水楓《アクアメプル》を見つめるチェスターの横顔があまりに切なくて。シンシアは震える胸を落ち着けるため目蓋を落とす。

「王太子妃殿下にお気に召していただけたのならば、身に余る光栄です。ご友人からお手紙が届いたことも喜ばしいのですが、私が感謝されることではないと思うのですが？」

シンシアはあえて明るい声を出した。

視線を彼女に戻したチェスターが、わずかに口の端を上げる。彼の表情から哀切が消えたことに、シンシアはほっと安堵した。

「朝、目が覚めると、枕元に手紙が置かれていたそうだ。使用人の誰もその手紙を運んでいないという」

そんな芸当ができるのは、妖精しかいない。どこかで止められていた手紙を、妖精たちが王太子妃の元へ運んでくれたのだろう。

妖精たちがわざわざ王太子妃のために突然動くなど、考えられないこと。妖精に寵愛された何者かの力が関わっているからとしか考えられない。そしてシンシアが刺す刺繍にはその力が宿るのか、持ち主に些細な幸運を与えると噂されている。

だけどシンシアは、それらが自分が引き起こした奇跡だとは思えなかった。彼女は未だ、自分が妖精の愛し子だというチェスターの推理を受け入れられずにいる。

彼女の心を読み取ったかのように、チェスターが続けた。

「シンシアの周囲には妖精が集まりやすい」

指摘されたシンシアは小首を傾げる。

「そうでしょうか？　王城に来てから妖精を目にするようになりましたけれど、マーメイ家にいた頃は、目にしたことがありませんでした」

壁や窓をすり抜けられる妖精たちだけれど、マーメイ伯爵家でシンシアに与えられていた部屋に入ってきたことは一度もなかった。

あの寂しく暗い空間に妖精が一匹でもいたならば、どれほど心が救われたことだろうかと、シンシアは過去を振り返る。

彼女の反応を見たチェスターが、首を緩く横に振った。

「シンシアと初めて会った夜。そして城に呼び出した日。君は星桂草《シモン》の香を纏っていた。妖精たちは星桂草《シモン》の香を避ける。妖精を尊重する我が国では、星桂草《シモン》の香を焚くことは滅多にない。焚くのは子供が生まれる時に妖精の取り替え子《チェンジリング》を防ぐためと、葬儀の際に妖精の悪戯で魂が精霊界に迷い込まないためくらいのこと。生と死を司《つかさど》る香と呼ばれる所以《ゆえん》だな」

シンシアにとっては物心ついた頃から嗅ぎ慣れていた香だ。星桂草《シモン》の香が常に焚かれていることに違和感を覚えたことはなかった。

だがマーメイ伯爵家以外の者からしてみれば、常時星桂草《シモン》の香を身に纏うなど異常なこと。

「奇妙だと思っていたのだが、君が妖精の愛し子であることと、マーメイ家での扱いを考えれば納得できる。マーメイ家は過去に、妖精の怒りを買ったのではないか?」

厳しい表情となったチェスターを見つめ返し、シンシアははっとする。

マーメイ伯爵邸では、来客から見えない場所に妖精除けのオーナメントを飾っていた。さらにシンシアの部屋には星桂草《シモン》の香が焚き込められていたのだ。

妖精たちが館に訪れるのは喜ばしいこととされる。にもかかわらず、マーメイ伯爵家は妖精を拒絶していた。それはなぜか。

彼女の脳裏に、乙女柿《シアル》の実によって見せられた記憶が蘇る。

幼いシンシアを傷付けたことで、マーメイ伯爵家は妖精の怒りに触れた。だから妖精たちが館に近付かぬように、グレイソンが対処したのだ。特にシンシアの周囲には厳重に。

それでもなおシンシアの妖精を惹き付ける力は強く、マーメイ伯爵領や周辺の領地には、その恩恵がもたらされていたのだろう。

シンシアは愕然として息を呑む。そしてようやく、自分は本当に妖精の愛し子なのかもしれないと思い始める。少なくとも、妖精たちが彼女に好意を向けていることは確かだろう。

そんな彼女に、チェスターが問いかけた。

「スワロフ教会のバザーで売られていた妖精のハンカチーフは、マーメイ伯爵夫人が寄贈したものだそうだ。心当たりがあるのではないか？」

持ち主にささやかな幸運を与えると噂される、妖精のハンカチーフ。

以前にも、シンシアは妖精のハンカチーフについてチェスターから聞かれたことがある。その時は心当たりがなくて否定したけれど、母エレンが寄贈したものとなれば話は別だ。マーメイ伯爵家にいた頃、シンシアはいつも刺繍を刺していた。その多くが白いハンカチーフ。

数えきれないほど刺したけれど、貴族の夫人であれば日ごとに違うハンカチーフを使っていても不思議ではない。回収していく使用人は、エレンが喜んでいると教えてくれた。

だからシンシアにとって刺繍は、母との唯一の繋がり。母のためにと心を込めて刺し、新しい糸が運ばれてくるたびに母からの贈り物だと喜んだ。

冷たく乾いた風が、彼女の胸の内を吹き抜けていく。

寂しげに目を伏せたシンシアを、チェスターが心配げに見つめた。

「余計なことを言ってしまったな」

「いいえ。誰かが喜んでくださったのなら、嬉しいことです」

シンシアはわずかな寂しさを残して微笑んだ。

全てのハンカチーフを使ってくれなくても、一枚くらいはエレンが使ってくれたかもしれない。そう自分を慰めて。

グレイソンが訪ねてきた際に、シンシアはマーメイ伯爵家と決別したつもりだったけれども、家族の情はそんなに簡単には断ち切れていなかったみたいだ。

「無理をしなくてもいい」

チェスターの腕が伸びてくる。頰を包む大きな手にシンシアは安らぎを覚えて。彼女は目を閉じて体の力を抜いた。

だけど幸せに慣れていない彼女の胸中に、不安が顔を覗かせる。

「本当に、私がチェスター様のお傍にいてもいいのでしょうか？」

「シンシアがいいのだ」

「王太子殿下や王太子妃殿下は、お認めくださるでしょうか？」

シンシアは伯爵家の娘。王子に嫁ぐにはぎりぎりの地位。だがその伯爵家はシンシアの後ろ盾とはならないだろう。

たとえチェスターが臣下に下ろうと、国王や王妃、その他の王族や高位貴族が、シンシアとの結婚を認めるとは思い難かった。

「心配しなくていい。すでに国王陛下からの許可は得ている。シンシアは妖精の愛し子だ。気を悪くするかもしれないが、必ず王家に取り込むよう命じられた」

「国王陛下が？」

シンシアが妖精から好かれていることは確かであろう。けれどシンシアには、未だ自分が妖精の愛し子であるという確信がない。もしも違っていたならば、国王を騙《だま》すことになる。

さっと青ざめたシンシアに、チェスターが慌てて補足を加えた。

「国王陛下にシンシアのことをお伝えした際に、国王にのみ伝えられる愛し子の伝承を明かされた」

チェスターは真剣な表情となって続きを口にする。

「シンシアの鱗は、妖精の愛し子の証だ」

「鱗が妖精の愛し子の証？」

思わぬ情報に、シンシアはきょとんと思考も動きも止めてチェスターを見つめた。

醜いと言われ続けた鱗。シンシアの視線が左腕に落ちる。

「シンシアの肌にある鱗は、魚の鱗ではない。水楓《アクアメプル》の樹皮だ。シンシアから貰った薬を塗ったところに、妖精が集ってきた。きっとシンシアに宿る水楓《アクアメプル》の精霊の力に惹かれたに違いない。妖精のハンカチーフを持つ者に幸運が訪れるのも、シンシアが刺した刺繍に水楓《アクアメプル》の精霊の気配を感じるからだろう」

かつて不屈の騎士との間に子を生したと伝わる水楓《アクアメプル》の精霊。彼の精霊の血を受け継いだ者の中に時折り現れるという、妖精の愛し子。

愛し子の肌が水楓《アクアメプル》の樹皮に似ているという説は辻褄《つじつま》が合う。

「広く知られていないのは、故意によるものだ。妖精の愛し子の体に生えた鱗が妖精を呼び傷を癒やすと知られれば、王家が保護するより先に見つけ出し、利用しようとする者が現れかねない。妖精の愛し子を護るために秘しつつ、王は密かに探していたそうだ。薬の本に人魚と書かれていたのも、水楓《アクアメプル》の精霊と結び付けないためだろう」

王城に勤める医師ですら治せなかった怪我を癒やす、薬の材料となるのだ。なんとしても手に入れたいと思う人間は絶えないだろう。たとえそれが、生きた人間だったとしても。

シンシアは誰かの役に立てるのならば、自分の鱗を提供してもいいと思っていた。けれど鱗を剝ぐのは激痛を伴う。彼女の意思を無視して全ての鱗を一度に剝がされたら、とても耐えられそうにない。さらわれたり、売られたりする危険もあるだろう。その先に待ち構える運命は、どれほどに残酷なものか。

醜いと嫌われていた鱗。ようやく人の役に立てると分かって嬉しかったのに。まさか自分の身を危険に晒すほどの、貴重な品だったなんて。

青ざめるシンシアを落ち着かせるように、チェスターが優しい音色で言葉を紡ぐ。

「たとえ臣下に下ろうと、私が王族であることに変わりはない。私の妻に手を出せる者は早々いないだろう。いたとしても、私が必ず君を護ると誓う。だから、そんな不安な顔をしないでくれ」

シンシアの瞳に映るチェスターの目は真剣で。そして彼女に対する労りと決意に溢れていた。

彼女の内側を占めていた恐怖が霧散していく。

「大丈夫です。チェスター様。チェスター様がいてくださるのなら、何も怖くありません」

こんなにも頼りがいがあり優しい彼が傍にいてくれるのに、どのような危険があるというのか。

彼の温かな掌に、シンシアは頬を摺り寄せる。

二人を祝福するように、水楓《アクアメプル》の木が嬉しそうに葉を揺らした。

あとがき

はじめまして。もしくはこんにちは。

この度は本書をお手に取っていただきまして、ありがとうございます。

本作は体に鱗が生えていたために家族から冷遇されて育った令嬢と、戦争で受けた怪我により後遺症を負った王子の物語になります。

私の描く作品には、体に支障を抱えた人がちょくちょく出てきます。特に意図しているわけではないのですが、作品の世界設定を考えるとそのほうが自然だと感じた場合に登場させます。

本作も戦争があった後という世界観でしたので、チェスターには身体的な支障があるという設定にしました。

念のために書いておきますと、私は別に怪我人を描写するのが好きというわけではありません。体に支障を持つ人を描くことに対して、抵抗感が薄いのだと思います。

おそらくですが、私自身が足を切断しかけた経験があったり、体に支障を抱えた人と接する機会に恵まれたりしたため、自然と身近に感じるようになったのではないかと思います。

体に支障を抱える人に対して偏見を抱いてしまう理由の一つは、身の回りにそういう人がいないことによる無知からだと言われています。

また、体に思わぬ支障が現れたとき、同じ症状を持つ人の生き方を知っているか知らないかでは、精神面への影響が大きく変わります。

人との出会いは縁や運もあるのでしょうし、実際に会う機会があっても身構えてしまうかもしれません。ですが書籍であれば、そういった問題は緩和されるでしょう。

もちろん、私が描くキャラクターたちがモデルとして適しているとは限りません。同じ支障を抱えても、どう捉え、どのような道を選ぶかは、人それぞれ。シンシアやチェスターとは違った考え方、感じ方をする人がいるのは当然だと思います。

それでも一例として何かを感じていただけたなら、作家冥利に尽きます。

出版に関わってくださいました皆様、応援してくださったｗｅｂの読者様方、ありがとうございました。皆様のお蔭で書籍という形で世に出すことができました。ありがとうございます。

本書を手に取ってくださった皆様に、楽しいひと時を提供できましたなら嬉しく思います。

この本を読んでのご意見・ご感想・ファンレターをお待ちしております。
〈宛先〉　〒104-8357　東京都中央区京橋 3-5-7
（株）主婦と生活社　PASH! ブックス編集部
「しろ卯先生」係
※本書は「小説家になろう」（https://syosetu.com）に掲載されていたものを、改稿のうえ書籍化したものです。
※この作品はフィクションであり、実在の人物・団体・法律・事件などとは一切関係ありません。

PASH! ブックス

囚われの鱗姫は救国の王子と
秘めやかな恋に落ちる

2024年10月14日　1刷発行

著　者	しろ卯
イラスト	睦月ムンク
編集人	山口純平
発行人	殿塚郁夫
発行所	株式会社主婦と生活社 〒104-8357　東京都中央区京橋 3-5-7 03-3563-5315（編集） 03-3563-5121（販売） 03-3563-5125（生産） ホームページ　https://www.shufu.co.jp
製版所	株式会社二葉企画
印刷所	大日本印刷株式会社
製本所	小泉製本株式会社
デザイン	小菅ひとみ（CoCo.Design）
編集	髙栁成美

©Shiro U　Printed in JAPAN　ISBN978-4-391-16324-7

製本にはじゅうぶん配慮しておりますが、落丁・乱丁がありましたら小社生産部にお送りください。送料小社負担にてお取り替えいたします。

Ⓡ本書の全部または一部を複写複製（電子化を含む）することは、著作権法上の例外を除き、禁じられています。本書をコピーされる場合は、事前に日本複製権センター（JRRC）の許諾を受けてください。また、本書を代行業者等の第三者に依頼してスキャンやデジタル化することは、たとえ個人や家庭内の利用であっても一切認められておりません。
※ JRRC［https://jrrc.or.jp/　Eメール：jrrc_info@jrrc.or.jp　電話：03-6809-1281］